粉墨功名

元代曲家的文化精神与人生意趣

门岿 著

天津社会科学院建院四十周年精品文库

天津社会科学院出版社

图书在版编目（CIP）数据

粉墨功名 ： 元代曲家的文化精神与人生意趣 / 门岿著. -- 天津 ： 天津社会科学院出版社，2019.6
（天津社会科学院建院四十周年精品文库 / 靳方华主编）
ISBN 978-7-5563-0558-2

Ⅰ. ①粉… Ⅱ. ①门… Ⅲ. ①元曲—文学研究 Ⅳ. ①I207.24

中国版本图书馆 CIP 数据核字(2019)第 099138 号

粉墨功名 ： 元代曲家的文化精神与人生意趣
FENMOGONGMING : YUANDAI QUJIA DE WENHUA JINGSHEN YU RENSHENG YIQU

出版发行：天津社会科学院出版社
出 版 人：张博
地　　址：天津市南开区迎水道 7 号
邮　　编：300191
电话/传真：（022）23360165（总编室）
（022）23075303（发行科）
网　　址：www.tass-tj.org.cn
印　　刷：天津午阳印刷股份有限公司

开　　本：880×1230　毫米　1/32
印　　张：7.375
字　　数：177 千字
版　　次：2019 年 6 月第 1 版　2019 年 6 月第 1 次印刷
定　　价：78.00 元

总　　序

《天津社会科学院建院四十周年精品文库》收录了天津社会科学院建院以来的部分精品学术著作和研究成果,即将陆续付梓。该文库的出版是天津社会科学院建院40年来优秀科研成果的集中展示,是对40年来领导和学者们不懈奋斗的诚挚敬意,也是对当今接续奋斗的社科院人的热忱激励。作为天津市规模最大、门类最全的哲学社会科学专业研究机构,40年来,天津社会科学院在众多学科涌现了杨柳桥、吕万和、卞慧新、黎干、孙振、王昌定、王辉、温克勤、罗澍伟、潘允康、周路、包永江、荣长海、张景荣等一大批国内外知名的专家学者,在哲学伦理学、法学理论、历史文化、经济社会等诸多领域贡献了一大批思想深邃、引领学界的研究成果,为繁荣发展中国哲学社会科学做出了突出贡献。借撰写文库序言的机会,谈几点感受。

我们正处在哲学社会科学繁荣发展的新时代。习近平总书记指出,当代中国正经历着我国历史上最为广泛而深刻的社会变革,也正在进行着人类历史上最为宏大而独特的实践创新。这种前无古人的伟大实践,必将给理论创造、学术繁荣提供强大动力和广阔空间。这是一个需要理论而且一定能够产生理论的时代,这是一个需要思想而且一定能够产生思想的时代。改革开放以来,中国共产党团结带领全国各族人民开辟了中国特色社会主义道路,在理论、制度和文化上,形成一系列创新的思想理论、发展理念和实践方略,为人类文明做出了突出贡献。天津社会科学院的发展伴随着改革开放的历史进程,从建院以来的初创奠基、探索前进、改革发展到如今的创新竞进,从站上新起点到迈入新时代,40 年风雨同舟,40 年披荆斩棘,40 年砥砺奋进,全体社会科学工作者用忠诚、担当绘就了一幅气势恢宏的历史画卷,谱写了一曲不问浮华的奋斗赞歌。新时代,新召唤,哲学社会科学正面临着空前丰富的素材与题材、空前复杂的命题与试题、空前广阔的机遇与空间,时代是出卷人,我们是答卷人,人民是阅卷人,在这个繁荣发展哲学社会科学的新时代,只有坚持以习近平新时代中国特色社会主义思想为指导,聆听新时代的声音,立足新时代的特点,回应新时代的呼唤,认真研究解决重大而紧迫的问题,才能真正把握住历史脉络、找到发展规律,推动理论创新,推进咨政建言,提升服务社会的品质。

新时代的哲学社会科学必须毫不动摇地坚持以马克思主义为指导。当今世界,各种思想观念、思维方式、意识形态的交流和碰撞越来越频繁、越来越激烈,给意识形态带来许多新问题、新挑战。以什么样的世界观、方法论来审视世界、引领未来,是哲学社会科学的根源问题。马克思主义是科学的思想体系,是人类思想史上最重要的成果,它揭示了人类社会发展的本质和规律,是科学的世界观和方法论,是我们认识世界、改造世界的强大思想武器。我国革命、建设和改革实践反复证明:中国特色社会主义需要马克思主义,坚持以发展着的马克思主义为指导,是我们事业沿着正确方向胜利前进的根本保证。当今中国,坚持马克思主义就是要不断深入学习贯彻习近平新时代中国特色社会主义思想。建设具有中国特色、中国风格、中国气派的哲学社会科学,必须坚持马克思主义指导地位，运用马克思主义观察时代、解读时代、引领时代，真正搞懂面临的时代课题。坚持马克思主义指导地位，需要不断推进实践基础上的理论创新，及时回答时代之问、人民之问，不断开辟马克思主义发展新境界；需要我们用马克思主义的思想武器，提升文化“软实力”和社会主义核心价值观体系建设，用强大的思想武器构筑意识形态领域的钢铁长城；需要我们加强主流意识形态的吸引力、凝聚力，提高主流意识形态的控制力和引导力，同新自由主义、历史虚无主义等各类不良社会思潮和意识形态领域的敌对势力做斗争。

哲学社会科学研究应该“以人民为中心”。与时代同步伐，与人民共命运，关注和回答人民需要的问题，是社会科学工作的生机与活力所在。“大学之道，在明明德，在亲民，在止于至善。”中国特色社会主义的成功经验蕴含着人民群众丰富实践创造的宝贵经验，为理论工作者的学术创新提供了丰厚土壤和研究样本。以人民为中心，需要我们“引时代明德、为人民立言”，牢固树立为人民做学问的思想，切实承担起以文化人、以文育人、以文培元的重要使命；需要我们认真汲取优秀历史文化中的合理元素，挖掘阐释其中符合时代精神、具有普遍意义的思想精华，为振兴中国学术尽心尽力；需要我们坚持理论与实践相结合，坚持问题导向，善于从实践中提炼经验做法，善于运用哲学观点和社会理论，回答和解决当前面临的矛盾和问题；需要我们唱响主旋律，凝聚正能量，不断巩固人民群众团结奋斗的共同思想基础；需要我们坚持从国家和区域发展的实际出发，聚焦高质量发展要求，努力在中华民族伟大复兴和“五个现代化天津”建设中，服务大局，展现作为；需要我们坚持平实务实，聚焦人民群众所思所想所盼，用通俗易懂的语言，有针对性地解疑释惑，积极回应群众关切，推进马克思主义思想大众化，始终贯彻理论创新“来自人民、为了人民、贴近人民”的鲜明品格。

哲学社会科学研究要强调精品意识。对社会科学研究成果而言，质量就是生命。大学之大，不在大楼，而在大师；大家之大，不在派头，而在作品。如何锻造学术精品，需要我们以扎根本土、深植时代为基础，在观念和手段结合上、内容和形式融合上进行深度创新，提高作品的思想高度、文化内涵、学术价值。当前，哲学社会科学研究的重要任务是立足中国特色社会主义伟大实践，提出具有自主性、独创性的理论观点，构建中国特色学科体系、学术体系、话语体系，这是产生学术精品的源泉和保障。社科工作者应该围绕“三个体系”建设，深入生活、扎根人民，树立正确的历史观与文化观，拿出真正经得起考验的精品佳作，凭本事说话，靠品质取胜。社会科学研究是一项苦差事，需要勤于思考、甘于清贫、淡泊名利，不畏浮云遮望眼，专心致志地锻造精品。如果不把心思和精力放在创作精品上，只想着追名逐利、走捷径、搞速成，成不了大师、成不了大家。以精品奉献人民，需要耐得住寂寞，经得起诱惑，守得住底线，立志做大学问，做真学问，同浮躁之风、弄虚作假、学术不端划清界限，在学术积累上下功夫，在守正创新上下功夫，不断增强学术积累和创新能力，拿出更多高质量、高水平的科研成果。

藉此为序。向被收入文库的作者和作品致敬！向接续奋斗 40 年的天津社会科学院人致敬！向为文库的出版付出辛勤努力的同志们致谢！也衷心希望更多的专家学者立时代潮头、通古今变化、发思想先声、引时代明德、为人民立言，不断涌现出更多的精品佳作、名家大师，不断推进全国一流社科院建设迈上新台阶。

靳方华

2019 年 3 月 17 日

目　录

引　言

元代是中国历史上一个特别的朝代。说它特别,其一,这是一个由少数民族统一华夏,施行民族歧视政策的朝代;其二,这是一个版图疆域空前广大,并为当今中国奠定了地域和首都所在地的朝代;其三,这是一个多民族杂处,各种宗教信仰并存,不同民族文化大碰撞、大交流、大融会的朝代;其四,这是中华民族中的儒生这一社会阶层的政治地位处于历史上的最低点,是这一阶层人士心理最不平衡的朝代;其五,这是一个民族矛盾和阶级矛盾、内部矛盾和外部矛盾错综复杂、相互交织、激烈斗争的朝代;其六,这是一个对外开放,重视工商,大力发展中外经济与文化交流的朝代,同时又是一个穷兵黩武的朝代;其七,这是一个城市经济畸形繁荣,社会从上到下注重享乐,因而促使市井文化大发展的朝代;其八,这是一个中国文学由雅到俗发生大转折的朝代。正是在这样的历史背景下,标志着中国文学发展到一个新的里程碑的元曲,在民间经过相当长时间的酝酿,终于逐渐成熟了,并逐渐向世人展示了它耀眼的光辉。

一大批元曲家先后登上当时的文坛,虽然他们生活的朝代不再是强汉盛唐,他们眼中所见皆是儒生被凌辱、民众被欺压,时时处处让他们愤怒;他们已不可能像唐宋文人那样饱读诗书,不再有科举之路使他们可以有希望平步青云;他们在高压之下,忍辱偷生,无可奈何地过着令人窒息的生活,但是他们还是为新王朝国土的统一、疆域的广大、南北交通的畅达而兴奋,他们希望自己的才华能够为时代所用。蒙古贵族对于汉族文人们的效忠,有一些人理解,有一些人则无动于衷,特别是一些靠武力争得权位的人,他们把持政权,坚决反对在要害部门和决策机构使用汉人。久而久之,文人们对新王朝的政策有了了解,一些人大失所望,一些人怨气冲天,一些人看破红尘,一些人随遇而安,一些人沉沦市井,一些人隐居山林……从唐五代以来在民间流行的曲子词,到文人手中又形成了一种新的诗体——词,并在宋代极其繁荣,成为一代文学的代表。但是北方国土处于少数民族政权统治之下时,契丹族、女真族、蒙古族等少数民族的音乐和汉族音乐自然而然地相互交融,形成新的音乐,它们在节奏上和风格上与唐宋传统曲调有很大的差异,成为“北曲”。用北曲填词歌唱颇具时尚风气,就产生了那一时代的“流行歌曲”——散曲。沉沦市井的文人们立即发现了这种新的乐调,他们闲来无事,就用这种民间流行曲调填起新词,遂使散曲更加迅速传播,由社会下层而达社会上层,连蒙古新贵中的一些公卿宰执也都作起散曲来。当然,散曲作家的中坚力量还是处于社会下层的文人们。

散曲只是抒情,于是市井间的民众创造了“说话”的形式来讲述故事。但是讲述并不能满足市民们的娱乐要求,于是就有了表演故事的形式产生,在宋有宋杂剧,在金有金院本。宋杂剧和金院本都是把音乐、舞蹈、讲述、歌唱、滑稽等艺术综合到一起的戏曲样式,只不过它们都比较粗糙、简单,没有完整剧本,也没有一定数量的专业作家,还处于中国戏曲的初级阶段。现今宋人、金人所留下来的绘画和墓中出土的雕塑、俑像，可以使人们窥见当时的演出场景。元代文人在市井发现民间用当时的流行歌曲表演故事，这种新的杂剧样式要比宋杂剧、金院本容量大得多，也足以使他们的才情得到充分发挥，于是相当一批文人投身于杂剧创作中，这就使中国古代戏曲迅速成熟起来。当时中国北方的大都、平阳、东平和南方的杭州都是杂剧演出的繁盛之地，至今在山西许多村镇还存有元代戏曲演出的舞台。由于有一批元曲家产生了，一批优秀的剧作产生了，元杂剧再也不同于宋杂剧，也不同于金院本了。

元曲家是中国最早一批优秀的戏曲作家，关于他们的创作总貌，可从元曲史家钟嗣成所作的《录鬼簿》中窥知。《录鬼簿》和佚名作者所著《录鬼簿续编》是研究元曲史和中国戏曲史最早的权威性著作。元曲家夏伯所撰写的《青楼集》则是关于元曲家和当时演员交往情况以及演员才干、演出情况的真实记录。至今山西还存留有元代演员在那里演出情况的壁画和刻石记录。元曲家杨朝英所编辑的散曲集《阳春白雪》《太平乐府》等也都流传至今。

元曲家不同于以前的文学作家。其一，以前的作家从事文学创作具有很强的功利性，文学创作几乎都和仕进、政治有相当密切的关系。不仅诗文如此，连唐传奇也曾蒙上过这种阴影。据说唐传奇的产生就来自文人的“温卷”，就是在参加考试前先写篇传奇送给考官，使考官了解自己的文笔和才华。这些都成为文人获取功名的工具，难免就使唐传奇沾染上官场言不由衷的习气。其二，以前的文学创作都和孔孟之道、儒家教诲、传经布道有紧密的关系。传统文学很讲究文以贯道、文以明道、文以载道，文学背负着沉重的道学包袱，已被压得有些喘不过气来。就是这样，作家也决不可离经叛道。其三，以前的文学有一个传统的风格要求,那就是要温柔敦厚,讲求“中和”之美,不失“大雅”正气。要隐忍,要有分寸,有节度,怨而不怒,决不可放纵情感,决不可行文偏激。作家讲求的是有道德修养、文学修养,可是作来作去,传统文学却失去了朝气、生气、活气。元曲家创作和仕途经济毫无关系。明代人不了解元代的情况,仅凭元曲繁荣、成就杰出,就以为元代和唐宋一样,也有以曲取士的科举制度。这纯粹是臆断。他们站在传统文人的立场,以为一代文学的繁盛必和当时政治提倡相关。然而元曲家的创作恰恰相反,他们是在科举无门、受到当政者蔑视的情况下,众多曲家不约而同努力创作,形成了一代元曲的繁荣。因而可以说,由于元曲家每一个人都有一部心酸史,元曲是元曲家们饱蘸他们自己的辛酸泪水写成的。元曲家的写作最不具功利目的,元曲是元曲家们真实情感的披露,内心里呼唤着人本的普遍要求,反映了人性的基本愿望,因而对传统的社会道德,诸如忠、孝、节、义之类,自觉不自觉地发出了反叛的呼声。元曲是元曲家冲破传统思想的藩篱,用他们的勇敢拼搏精神创作出来的。元曲家处于中国有史以来最令文人难堪的境地,他们被逼无奈才“上了梁山”,成为文学界的“绿林好汉”,但他们却是在用自己的全部力量“替天行道”,因而元曲的风格恣肆狂放、粗豪老辣、不讲含蓄、不论中和,读元曲,则直如见元曲家本人。

元曲家在他们的作品中纷纷抒发他们的忧郁、愤懑、痛苦、不平,有时则借他人之酒杯,浇自己胸中之块垒。他们毫无隐晦,直抒胸臆,务求痛快淋漓。他们或写自己对官场险恶的诅咒,对宦海风波的惊惧,对贪官污吏的痛斥;或写他们自己游山玩水的快乐,隐居林泉的情趣,以渔樵身份指点江山,评说历史风云;或写他们自己的独特志趣、爱好、交往以及在酒酣耳热之际的癫狂、风流。他们之中一些人更时时不忘世事，为百姓鸣不平，为处于水深火热中的民众伸张正义。元曲家与历代文人最大的不同就是他们大多数人都身处社会下层，为官者也多不居要职，没有实权，因此元曲家是历代文人中最接近百姓和民众的作家，是最能反映民众呼声和愿望的作家。元曲家虽然身不参政，但他们的血是热的，不要看他们的曲作歌颂退遁隐居，不要看他们的曲作反映的尽是避世、玩世思想，其实他们希望参政的意识更强烈。越是得不到，越是不能得到，越是追求。元曲家的心境并不平静，“柔软莫过溪涧水，到了不平地上也高声”，正是元曲家精神面貌的写照。元曲家在现实社会不能为官，不能参政议政，但是他们却能创造出一个戏曲世界，弦管声声，锣鼓咚咚，舞台上扮演帝王将相、文武百官，历史风云，当今时事，说古道今，指桑骂槐，尽情表现出元曲家的政治见解与治世方略，更表现出他们非同寻常的才华。“江湖状元”“山中宰相”，尽可从弦管粉墨中获得世人的首肯。他们的神韵风采为世人所瞩目，元曲家实际上就是那一时代文坛的骄子。其中佼佼者，如关汉卿、白朴、马致远、郑光祖被人称为“元曲四大家”，王实甫的名作《西厢记》被人誉为“天下夺魁”。乔吉、宫天挺、张可久、贯云石、张养浩、刘时中等皆为一时著名曲家。

元代，不仅以北曲演唱的杂剧兴盛，在南方，从宋代就产生的“永嘉杂剧”即“温州杂剧”——也就是用南曲演唱的一种戏剧样式也在继续发展，为了和北杂剧区别，人们称之为“南戏”。“南戏”在元代后期也产生了一批“南戏”作家，其代表人物和代表作品就是高明和他的《琵琶记》。传统论说元曲家，往往把“南戏”的作家排除在外。其实，“南戏”也是元代戏曲不可分割的一个组成部分。元曲的成就也应当包括元代“南戏”的成就。高明所作被后人奉为“南戏之祖”，实是元代戏曲的光辉。况且在元代，北杂剧和“南戏”已经相互交融，杂剧作家创作“南戏”

者大有人在,马致远、史樟、沈和、萧德祥、刘唐卿、曹子贞等皆作有“南戏”剧本。无论是北剧还是“南戏”,它们都是用当时流行的乐曲演唱故事,都为当时民众所欢迎、所欣赏;它们共同流行于元代,一起打破了传统的雅文学一统天下的局面;它们共同把处于社会下层的小人物——平民百姓推上了文坛、戏台,为中国古典文学和戏剧人物画廊增添了许多新的人物形象。这就使俗文学和通俗文艺蔚然勃兴。

元曲的精神,或者说元曲家的文化精神,说到底,就是它的大众化、通俗化、平民化。元曲家已不再是以前文学作家高高在上、趾高气扬、自命不凡的样子,他们已被最高统治者从“七宝楼台”重重抛了下来,他们从云间跌到了民间,于是对民众的喜怒哀乐比历代作家都更加熟悉和了解,有的元曲家甚至已和民众息息相通。所以,元曲家最能代民众立言,为民众呐喊。元曲家所呼唤的平等、自由、真情、廉洁、法治无一不代表了民众的呼声,这种具有进步的、民主的、离经叛道色彩的精神,无疑是元曲家对历史文化的进步、发展所做出的重大贡献。在平民化精神指导下的元曲家们,生活意趣和创作意趣又各有不同:有的身历官场,诉说宦海风云变幻和官场上无情的倾轧,以及自己对权奸的谴责,对那些腐朽、丑恶的厌恶;有的归隐林下,歌颂清静无为、悠闲自在、无忧无虑的隐居生活以及对神仙世界的渴望,对世事的讥讽;有的身居市井乡野,与普通民众相处,讲述民众生活的艰难,表达自己对民众贫困生活的关心,对民众遭受冤枉的不平,以及对古代英雄的歌颂,对清官的赞叹,对传统文化的呼唤……元曲家是在元代特定环境下所产生出来的一批作家。元代已没有了盛唐的气象,元曲家自然也无力改变这一历史事实,他们只能长歌当哭。然而元曲家有一定民主和进步意义的文化精神对后世文化的发展却起了极大的启发作用。明代文学高扬

“以情反理”的大旗，虽然有哲学思想的因素，但元曲家们所开创的元曲文化精神无疑直接哺育了明代戏曲家们的传奇文化。在中国文化发展史上，元曲家多姿多彩的文化精神永远闪烁着独特的光彩，富有永久的魅力。

一、堂堂大元:一个矛盾纠结的大帝国
——动荡变异中的元曲家们的复杂心态

成吉思汗和他的儿孙们在忽必烈之前已建立起一个地域空前辽阔的蒙古大帝国,而且已经形成了以成吉思汗"圣训"为宗法的施政方略,在长期征战中也已形成了蒙古族的新贵集团。当忽必烈建立元朝时,他必须面对他的祖父兄长们所形成和建立的种种制度和传统,同时他又必须面对古老的中原传统和习俗,他要统治以汉族为主要人口的中原大地,就必须行汉法,继承中原千百年来所建立起的一套政治制度,接受汉族的文化传统。然而汉族传统的文治德政、孔孟之道与蒙古帝国的金戈铁马、武力拼杀,即较先进的封建制度与文化和相对落后的奴隶制度与文化,两者之间的矛盾是难以调和的。因此,尽管忽必烈开创了一个地域广大的大帝国,但是这个帝国内部的矛盾却错综复杂。从阿里不哥与忽必烈争夺帝位算起,到元帝国灭亡的100年间,皇位的争夺战可以说贯穿整个元朝。虽然元朝从忽必烈开始,有几个帝王倾心改革,力图适应中原文化,以巩固他们的统治,但是守旧的蒙古贵族势力始终十分强大,这就使企图适应中原文化的统治策略难以得到彻底实施。整个元朝的历史就是一部充满民族矛盾和斗争、阶级矛盾和斗争的历史，汉族和其他民族反抗蒙古贵族统治以及农民反抗压迫和奴役的起义，在整个元帝国自始至终接连不断。元朝是一个空前统一的大帝国，同时也是一个始终处在动荡不安、不断变异、基础不甚稳定的王朝。这就是一代元曲家们不可选择的生活环境和创作环境。

元代特殊的生活环境和创作环境形成了元代曲家有别于历代作家的复杂心态。其一是一种天然的民族隔膜、民族抵触感，特别是由于统治者施行民族等级制度，造成民众自然对抗，或采取与之不合作的态度，消极抵制其统治。对汉族文人或元曲家来说，一部分人奉行的就是“道不同，不相为谋”的生活态度。他们或隐居避世，或滑稽玩世，将自己的才华全部倾注于元曲的创作之中，用元曲来抒发他们的苦闷、痛苦以及种种不得意的情感。其二是一种受传统的建功立业的功名心所驱使，从我堂堂华夏文明岂可一朝沦落的救世之心出发，要积极入世，争取为仕，要做大元朝统治阶层中的一员，并要用自己手中的权力尽力保护、传播、宣扬中原儒家文化。元曲家中的这一部分人歌颂大元朝统一天下的功业，歌颂元代帝王的治绩，其目的无非是要想方设法进入官场，其用心可谓良苦。其三是面对现实，无论在野或为官的元曲家，他们都切身体味到元朝统治者所施行的民族等级制度的痛苦。在朝为官者更体味到元朝官场尖锐复杂的斗争，在野者则深深体味到被压迫的难受滋味。他们之中有些人愤怒了，在曲作中大声指责元朝的黑暗；有的人沉沦了，在曲作中宣扬及时行乐，不必再多问世事；有的人看破了红尘，讴歌超凡脱俗；有的人冷眼看世界，与世无争，自吟自唱自得其乐；有的人不甘寂寞，一直孜孜不倦地追求功名富贵，其中得意者高歌其春风得意，失意者则低诉他们到处碰壁的悲哀；有的人因不同机遇进入官场,但也因此更多了解了官场的内幕,或极叹仕途的凶险,或呵斥奸佞的专权,或倍感索然要从速隐退……元曲家“众口一词”——都在用新兴的曲作诉说他们各自的情感。虽然元曲家们所说所唱内容不同,情感不同,但都表达了一代文人复杂的心态。他们所作所唱代表了那一时代社会各阶层民众的最真实的声音。

总而言之,元曲家各种各样的咏唱道出了一个不争的事实——堂堂大元,是一个矛盾纠结的大帝国。

唱锦绣簇华夷:乍入新朝的喜悦

从公元 907 年唐朝灭亡之后,历经五代十国混战、辽宋夏金对峙,直到元朝建立(1271),中国近 400 年的分裂局面才结束。“起朔漠,并西域,平西夏,灭女真,臣高丽,定南诏,遂下江南,而天下为一。故其地北逾阴山,西极流沙,东尽辽左,南越海表”“东南所至不下汉唐,而西北则过之,有难以里数限者矣”“自封建变为郡县,有天下者,汉、隋、唐、宋为盛,然幅员之广,咸不逮元。”[①]在空前统一、地域辽阔的元帝国,其开国君主忽必烈行汉法、重经济、卫疆土,使一代新朝出现了繁荣。当时来中国游历的意大利人马可·波罗在他所写的《马可·波罗游记》中真实地记录下那一时期中国城市经济繁华的情况。

为适应时代的变化,适应当时各民族融合的社会环境,适应新兴市民阶层的娱乐需求,在市井间产生了一种有别于传统唐宋大曲与乐舞

① (明)宋濂等撰:《元史》第五册,中华书局 1976 年版,第 1345 页。

的新形式,当时的人们称之为“乐府”“新乐府”或“大元乐府”,后人称之为“散曲”。那时的人们用散曲的歌唱形式再加以舞蹈、动作,表演一定情节的故事,就形成了中国戏曲最早的成熟形式——杂剧,当时人们也称其为“传奇”,以其所演故事内容新奇又能传远命名。杂剧在宋代就已产生,金代又有院本形式,宋杂剧和金院本是戏曲的雏形,还不大成熟。元杂剧出现之后,中国才有了真正完美的戏剧。因为散曲和杂剧都产生于元代,是元代的新声,所以人们把它们笼统地称为“元曲”。元曲家——散曲家和杂剧家,有的只写散曲,有的只写杂剧,有的既写散曲又写杂剧。

元曲家们乍入新朝,心态不一。有的人对新朝充满希望,以为遇到大好时机,可以施展才华,实现抱负,大有作为,就大唱赞歌,祝愿元朝及其皇帝万岁万万岁;有的人则只为眼见革故鼎新、国家疆土统一、社会安定、国富民足,出现了一片生机勃勃的景象而喜悦满怀;有的人来自旧朝,深受创伤,或充满怀旧情绪,或满怀辛酸悲凉,对新朝冷眼旁观;有的人持有传统意识,对蒙古统治者入主满怀戒心;有的人眼见蒙古新贵横行霸道,对汉人、南人歧视,对儒生轻贱,于是对新朝大失所望……各种各样复杂的情态。本书将对元曲家们的不同心态、不同表现一一进行分说,这里先说歌唱元朝“锦绣簇华夷”、满怀喜悦的元曲家们。他们对新朝大唱赞歌,深深祝福。其中马致远可谓代表,他的〔中吕·粉蝶儿〕曲唱道:

至治华夷,正堂堂大元朝世,应乾元九五龙飞。万斯年,平天下,古燕雄地,日月光辉。喜氤氲一团和气。

〔醉春风〕小国土尽来朝,大福荫护助里。贤贤文武宰尧天,喜,喜!五谷丰登,万民乐业,四方宁治。

元世祖忽必烈

忽必烈(1215—1294),即元世祖。成吉思汗之孙。1260年即位,平定内乱后,于至元元年(1264)迁都大都(今北京)。至元八年(1271)定国号为元。至元十六年(1279)灭南宋,统一中国。

〔啄木儿煞〕善教他,归厚德,太平时龙虎风云会。圣明皇帝大元洪福与天齐!

此曲把“堂堂大元”描绘成“一团和气”,他以为那一时代在上是龙虎风云会,文武贤能辅佐圣明皇帝,天下太平;在下是五谷丰登,万民乐业,国家安宁。所以他要祝福皇帝和大元朝“洪福与天齐”。他在另一首〔粉蝶儿〕曲中更礼赞道:“寰海清夷,扇祥风太平朝世,赞尧仁洪福天齐。乐时丰,逢岁稔,天开祥瑞,万世皇基,股肱良庙堂之器。”“凤凰池暖风光丽,日月袍新扇影低,雕阑玉砌彩云飞,才万里,锦绣簇华夷。”因而他发自内心地祝贺:“祝吾皇万万年,镇家邦万万里。八方齐贺当今帝,稳坐盘龙亢金椅。”和马致远一样,为新朝建立欢呼而高歌者,还有一些元曲家,如有的曲家写了〔中吕·普天乐〕《大德天寿贺词》:“凤凰朝,麒麟见。明君天下,大德元年。万乘尊,诸王宴。四海安然朝金殿,五云楼瑞霭祥烟。群臣顿首,山呼万岁,洪福齐天。”为新皇帝执政而高歌。还有吴弘道、卢挚、张养浩、贯云石等一些曲家从不同方面歌唱他们所处的新时代。吴弘道写有〔越调·斗鹌鹑〕套曲,其中有曲唱道:

〔紫花儿序〕托赖着一人有庆，五谷丰登，四海无敌。寒来暑往，兔走乌飞。节令相催，答贺新正圣节日。愿我皇又添一岁，丰稔年华，太平时世。

〔小桃红〕官清法正古今稀，百姓安无差役。户口增添盗贼息，路不拾遗，托赖着万万岁当今帝。狼烟不起，干戈永退，齐贺凯歌回。

〔庆元贞〕先收了大理，后取了高丽。都收了偏邦小国，一统了江山社稷。

…………

〔尾〕愿吾皇永坐在皇宫内，愿吾皇永掌着江山社稷。愿吾皇永穿着飞凤赭黄袍，愿吾皇永坐着万万载盘龙亢金椅。

和马致远一样，吴弘道把目光注视于宫廷，希望新朝的皇帝能够永坐龙椅，新朝的命运能够久长，表现出他们对新王朝的忠心。贯云石等一些曲家则把目光投向了民间，他们以民众生活的安乐景象来歌颂新王朝，表现他们对元王朝当政的喜悦。贯云石〔双调·新水令〕《皇都元日》唱道：

郁葱佳气蔼寰区，庆丰年太平时序。民有感，国无虞。瞻仰皇都，圣天子有百灵助。

〔搅筝琶〕江山富，天下总欣伏。忠孝宽仁，雄文壮武。功业振乾坤，军尽欢娱，民亦安居。军民都托赖着我天子福，同乐蓬壶。

〔殿前欢〕赛唐虞，大元至大古今无。架海梁对着擎天柱，玉带金符。庆风云会龙虎，万户侯千钟禄，播四海光千古。三阳交泰，五谷时熟。

〔驾鸯煞〕梅花枝上春光露，椒盘杯里香风度。帐设鲛绡，帘卷虾

元成宗铁穆耳

元成宗(1265—1307)，即铁穆耳，忽必烈之孙，真金之子。1294 年忽必烈去世，真金早亡。铁穆耳继位为帝。在位 13 年，为政缺乏乃祖之雄风大略。

须。唱道天赐长生，人皆赞祝。道德巍巍，众臣等蒙恩露。拜舞嵩呼，万万岁当今圣明主。

和贯云石一样写新朝兴旺气象的曲作还有佚名氏的〔越调·斗鹌鹑〕《元宵》，其曲词唱道："圣主宽仁，尧民尽喜。一统华夷，诸邦进礼。雨顺风调，时丰岁丽。元夜值，风景奇，闹穰穰的迓鼓喧天，明晃晃金莲遍地。"他写大街上"香馥馥绮罗还往，密匝匝车马喧阗，光灼灼灯月交辉。满街上王孙公子，相携着越女吴姬。"让人们都疑惑是否走进了神仙福地。家家通宵不寐，户户欢歌笑语……真是一片太平盛世景象。而卢挚于《阳翟道中》中所写的"田家即事"〔双调·折桂令〕曲，则讴歌了当时的田家生活，曲词说："颍川南望襄城，邂逅回家，春满柴荆。翁媪真淳，杯盘罗列，尽意将迎。似鸡犬樵渔武陵，被东君画出升平。桃李欣荣，兰蕙芳馨，林野高情。"从田家热情接待来客写出了农民生活的富足和社会安定。张养浩以"寒食道中"为题所写〔中吕·十二月兼尧民歌〕唱道："人家浑似武陵源，烟霭蒙蒙淡春天。游人马上袅金鞭，野老田间话丰年。"还有王伯成春游所写的〔越调·斗鹌鹑〕曲，写其所见乡野美景，最后唱道："四围锦绣繁华地，车马喧天闹起。看了这红紫翠乡中，堪写在丹青画图里。”这些曲家的曲作都歌颂了新朝的新气象和山川的壮美。

有一些元曲家则径直抒发自己的志向，高唱他们要在新朝建功立业、辅国安邦的壮志，欢歌他们在新朝的作为和取得的成就，表现出他们参与新朝政治的鲜明意识和快乐情感。如姚燧〔中吕·阳春曲〕唱道：“墨磨北海乌龙角，笔蘸南山紫兔毫，花笺铺展砚台高。诗气豪，凭换紫罗袍。”即唱出他要凭借自己的文才博取功名成就的壮志。他后来也果然获得了成功。而身为伐宋元帅的伯颜和张弘范，在得胜回归后皆满怀喜悦，高唱自己的胜利和对元代皇室的忠心。伯颜〔中吕·喜春来〕曲唱道：“金鱼玉带罗襕扣，皂盖朱幡列五侯，山河判断在俺笔尖头。得意秋，分破帝王忧。”张弘范同调曲唱道：“金妆宝剑藏龙口，玉带红绒挂虎头，旌旗影里骤骅骝。得志秋，喧满凤凰楼。”两曲异曲同工，喜悦之情皆溢于言表。还有一些曲家，尽管对新王朝的统治者不感兴趣，无意参政，甚至不屑于参加新政，但是他们对天下能够统一仍由衷地高兴。元帝国灭南宋，一些元曲家南游南宋故都杭州，对其繁华不由得发出赞叹之歌。如关汉卿所写〔南吕·一枝花〕《杭州景》唱道：

普天下锦绣乡，寰海内风流地。大元朝新附国，亡宋家旧华夷。水秀山奇，一到处堪游戏，这答儿忒富贵。满城中绣幕风帘，一哄地人烟凑集。

〔梁州〕百十里街衢整齐，万余家楼阁参差，并无半答儿闲田地。松轩竹径，药圃花蹊．茶团稻陌，竹坞梅溪。一陀儿一句诗题，一步儿一扇屏帏，西盐场便似一带琼瑶，吴山色千叠翡翠。兀良，望钱塘江万顷玻璃。更有清溪、绿水，画船儿来往闲游戏。浙江亭紧相对，相对着险岭高峰长怪石，堪羡堪题。

〔尾〕家家掩映渠流水,楼阁峥嵘出翠微,遥望西湖暮山势。看了这壁,觑了那壁,纵有丹青下不得笔。

关汉卿本是大都人,元灭南宋以后他才得以南游。在杭州他逛市容,登吴山,望钱塘,游西湖,察盐场,眼见天下名城杭州富丽的景象,不由自主地放声高歌。他认为那里"一到处堪游戏",处处美景"堪羡堪题"。关汉卿只是一个旅游者、观赏者,他绝不谈仕途政治,也不想参与政治,他只是为当时的安定、富足、美丽的景象所陶醉。自得其乐、自寻快乐,是又一种元曲家的心态。张可久所唱〔双调·折桂令〕《钱塘即事》,其心态与关汉卿类似。其曲道:"倚苍云拱北城高,地胜东吴,树老南朝。翠袖联歌,金鞭争道,画舫平桥。楼上楼直浸九霄,人拥人长似元宵。灯火笙箫,春月游湖,秋日观潮。"也简练地概括了杭州的繁华与富丽,表达了其喜悦之情。

元曲家不论其地处南北,无论其原来生于金或生于宋,当他们被时代变革的潮流卷入新朝代,都有一个如何面对现实的问题。由于元曲家们每一个人的出身背景不同、教养不同、志趣不同,他们对新朝所持的态度也不同。其心态更是多种多样,喜忧伤悲可谓千变万化。上述叙说了一些元曲家乍入新朝的喜悦,但就是这些元曲家,他们的喜悦之情也不是永久不变的。比如说马致远,他在志不得伸,抱负难以实现,仕途奔竞劳累感到前途无望时,转而变得十分伤悲,其曲作变得牢骚满腹、怨气冲天,他可谓元代"断肠人"的代表。其他像贯云石、张养浩等人在元朝为官,却备受权贵欺压排挤,他们的另一些曲作则又抒发了对元朝统治大为不满的情绪。

叹不读书有权：
仕途无望的愁苦

元代统治实行“四等人制”：一等人是蒙古人，二等人是色目人，三等人是汉人，四等人是南人。这四等人的政治地位相差悬殊。《元史·百官志》言：“其长则蒙古人为之，而汉人、南人贰焉。”就是说，政府各级官员的首脑人物必须由蒙古人担任，三、四等人的汉人和南人是不可以担任首要官职的。当时地方官首脑称为“达鲁花赤”，叶子奇《草木子》卷三记载：“元路、州、县各立长官，曰达鲁花赤，掌印信，以总一府、一县之治。”《元史·世祖纪三》也明确记载：“以蒙古人充各路达鲁花赤，汉人充总管，回回人充同知，永为定制。”蒙古人当政，信任的是本族人，同时又是那些与贵族统治者有一定关系的人：或有血缘家族之亲，或有同僚共事之渊源等，并非任何蒙古人都能为长官。当时人称这种关系为“有根底”或“有根脚”。权衡所著《庚申外史》下篇即说：“元朝之法，取士用人，唯论根脚。”他指出元代为相者，皆根脚人也；居监察之首者和莅百司之长者，也皆是有根脚的人。用蒙古人重根脚，用其他民族的人同样重出身、门第、根脚。《元典章》卷九明确规定，如果一时找不到蒙古人为官，也要从有根脚的色目人中挑选。也就是说，要从色目人先世为蒙古朝臣的子孙中委任。蒙古人的这种选官制度就决定了他们以血缘为重、以门第为重、以出身为重的官制特色。他们把对官员的人品德操考察放在了末位，对官员的文化和学识几乎不大考虑。他们从马上得天下，所看重的也是武力拼杀，对于识字不识字无所谓，也就根本不把其作为任官的条件。蒙古在入主中原以前从没有过什么科举考试,他们建立大元帝国也根本没有想过要举行科举考试,并从考试中选出官吏。所以在元代不读书有权、不识字为官的现象十分普遍。《元史》卷一七三《崔斌传》记载:"江淮行省事至重,而省臣无一通文墨者。"

生活在大元帝国的汉人和南人中的读书人,从唐代以来他们所走的人生道路就是读书为官,学而优则仕,科举是他们追求人生目标的必由之路。元代开国数十年停止了科举,就使相当数量的读书人无所适从,感到前途渺茫。即使后来当政者认识到科举对中原读书人的意义,恢复了科举,汉人和南人为官者也寥寥。《草木子》卷四说:"至于科目取士,只有万分之一耳。殆不过粉饰太平之具。"由于仕途无望,元代文士内心多有愁苦,多有不平。

陈高曾有《感兴》诗道:"客从北方来,少年美容颜。绣衣白玉带,骏马黄金鞍。捧鞭揖豪右,意气轻丘山。自云金张胄,祖父皆朱轓。不用识文字,二十为高官。市人共咨嗟,夹道纷骈观。如何穷巷士,埋首书卷间。年年去射策,临老犹儒冠。"[①]该诗记述了一个出身豪门的贵族少年不识文字,20岁即为高官的故事,同时为白首穷经的儒生不得出仕深感不平。陶宗仪《辍耕录》卷二更记道:"今蒙古人、色目人之为官者,多不能执笔画押,例以象牙或木,刻而印之。"《草木子》卷四具体记述说:"北人不识字,使之为长官,或缺正官,要题判署事及写日子,'七'字勾不从右,而从左,见者为笑。"面对如此现实,元曲家不由得发出深深慨叹。有人写下两首〔中吕·朝天子〕曲:

不读书有权,不识字有钱,不晓事倒有人夸荐。老天只恁忒心偏,贤和愚无分辨。折挫英雄,消磨良善,越聪明越运蹇。志高如鲁连,德

① (元)陈高撰:《不系舟渔集》卷三。

过如闵骞，依本分只落的人轻贱。

不读书最高，不识字最好，不晓事倒有人夸俏。老天不肯辨清浊，好和歹没条道。善的人欺，贫的人笑，读书人都累倒。立身则小学，修身则《大学》，智和能都不及鸦青钞。

不读书有权，读书反受人轻贱，元曲家们个个都对仕途充满愁苦。王恽在其《秋涧集·吏解》一文即说："今天下之人，干禄无阶，入仕无路。"时势逼迫想谋生、想为官的读书人只能去走吏役之途。因为元朝不行科举，官员往往推举自己属下的吏役担任某些官职的空缺，以形成自己在官场的嫡系。但是因为吏役并不需要多少学识，蒙古人和色目人也多争相为之。据《元史·选举志》所记，由吏役到入流为官，大概还得十几年的时间，一些儒生受传统观念的束缚，放不下架子，又不甘心去做吏役，这就使某些人更加痛苦。有的元曲家则在他们的剧作中借剧中人物抒发他们的愁苦之感。如很有才学的高文秀所作的杂剧《谇范叔》第一折〔油葫芦〕曲唱道：

自古书生多命薄，端的可便成事的少，你看几人平步蹑云霄。便读得十年书也只受的十年暴，便晓得十分事也抵不得十分饱。至如俺学到老，越着俺穷到老。想诗书不是防身宝，划地着俺白屋教儿曹。

该曲借剧中人物范雎不得志的愁苦，对"调大谎往上趱，抱粗腿向前跳，倒能够禄重官高"的指责，表达了作者对现实的不满。

又如元曲名家宫天挺，文章笔力人莫能敌，才富五车，胸怀大志，可他却遭权豪中伤，虽然事情被辨明，当权者仍不再用他。他满腔悲愤，但只能在其曲作中加以抒发。其剧作《范张鸡黍》就借剧中人范式之口骂尽了当政的腐败和黑暗，道尽了文人的仕进之难。其曲第一折说：

“只随朝小小的职名,被这大官人家子弟都占去了。赤紧的又有权豪势要之家,三座衙门,把的水泄不通。”他指责用人的不正之风,唱道:“国子监里助教的尚书,是他故人;秘书监里著作的参政,是他丈人;翰林院应举的,是左丞相的舍人”“则《春秋》不知怎的发”“《周礼》不知如何论”“制诏诰是怎的行文”。他愤怒地谴责道:“我堪恨那伙老乔民,用这等小猢狲。”那些人不学无术却凭借种种关系,走后门,施贿赂,上下联手,占据一个又一个职位,使真正有才学的人入仕无门。曲词痛快淋漓地嘲骂了当政权要互相勾结,任人唯亲,一个个尸位素餐,占据要路,阻贤扼能。作者借古讽今,抒发了自己无穷的愤懑。作者所写明里是叙他朝之事,实际是指斥当时社会。正因为此,杂剧家的作品在当时演出才会受到热烈欢迎。元曲反映了一代人的心声,所以它能成为一代文学的代表。

实际上,当时元曲家们的愁苦不仅在于他们不得仕进,还在于他们社会地位空前低下。据史料记载,儒士的社会地位还不如娼妓,儒士而为曲家,不是像现在一样说他们是艺术家,而是被人们瞧不起,成了下九流,成为借助娼妓而谋生的人。对这些人,特别是对杂剧作家,传统的儒学家瞧不起他们,受传统观念束缚的人也瞧不起他们。就是他们自己,因为受儒家观念长期熏陶,对自己所从事的事业也多鄙薄,这就使他们更加愁苦。为元曲家立传的钟嗣成,其实内心也充满了痛苦,所以要千方百计说明元曲家个个都有高才博识,不能将他们与娼妓同样看待。从这种辩解里,也可以看出元曲家们当日的心理负担有多么沉重。他们费尽心机地辩驳,无非是要说明他们与娼妓不是一回事。他们原本是要“学而优则仕”,成为人上人的,现实却把他们一股脑儿全打进市井中去,打到了社会的最底层,而且上天无路,看不到任何希望,他们怎能不无限愁苦呢！

讽胡言乱语成时用：对时政混乱的厌恶

元代不读书可以为官，不识字可以为官，没有学识可以为官，而且可以为高官，那么为官者怎样为政也就可想而知了。蒙古人、色目人对中原传统的礼法原本不知，他们也不愿去学习了解，其为政可以说基本上是随心所欲，没有任何章法可论。在儒者看来，那些官员简直是不明事理，不懂道理。元曲家面对这些官员治政，真是哭笑不得，对时政混乱从心里充满了厌恶。张鸣善有一曲〔双调·水仙子〕《讥时》唱道：

铺眉苫眼早三公，裸袖揎拳享万钟，胡言乱语成时用。大纲来都是烘。说英雄谁是英雄？五眼鸡岐山鸣凤，两头蛇南阳卧龙，三脚猫渭水非熊。

作者厌恶时政混乱已到了义愤填膺的地步。他说即使那位至“三公”、达到最高官阶的人，也胸无点墨，却装模作样。他们吆五喝六，裸胳膊卷袖子，一副市井无赖相，却要发号施令，一片胡言乱语，哪里是治政？纯粹是瞎胡闹！作者感慨英雄人才皆被埋没，而当政者却是种种怪物，厌恶之情溢于言表。

蒙古人和色目人为官不懂政事，不知刑名，要想治理有悠久文化传统的华夏，只能依靠汉人和南人。他们的统治离不开汉人、南人的辅助，可是在政治上又对汉人、南人倍加歧视，极不信任，从不敢放手使用。汉人、南人不管有多大才学，有多大本领，也只能身为副职，本来心理就不平衡,再看到蒙古人和色目人居官胡作非为,肆无忌惮地贪赃枉法,甚至公然索贿,勒索民财,他们对官场就不仅仅是厌恶,更是充满了愤怒。

据《元史》卷一七五《张珪传》记载,元朝几代皇帝都分赐诸王、公主、驸马、大臣、宦官、寺庙好多田地。受田之家自己经营,任命官吏,而那些官吏狗仗人势,在地方即为一霸,不仅巧取豪夺,随意征收苛捐杂税,欺压百姓,甚至私设公堂、牢狱、关卡,占据道路要津,对州县官员也尽行折辱。这些狗官和他们的主子无法无天。吴澄《赠史敏中侍亲还家序》(《吴文正公文集》卷十四)说:"数十年来风俗大坏,居官者习于贪,无异盗贼,己不以为耻,人亦不以为怪。其间颇能自守者,千百不一二焉。"叶子奇《草木子》卷四更记元朝公然卖官鬻爵,买到官位者则竞相掳掠,以补其买官之值。"上下贿赂,公然入市,荡然无复纪纲矣",就是"肃政廉访司官,所至州县,各带库子检钞秤银,殆同市道矣"。连负责反贪的官员都心黑手辣,见钱眼开,这个朝代的腐败现象也就相当惊人了。所以当时民谣唱道:"九重丹诏颁恩至,万两黄金奉使回。""奉使来时惊天动地,奉使去时乌天黑地;官吏都欢天喜地,百姓都啼天哭地。"尹廷高在其《玉井樵唱》卷下《车中作古乐府序》中写道:"铃丁当,铃丁当,大车小车摆作行,问渠捆载有何物?云是官满非经商。蟠螭金函五色毯,钿螺椅子象牙床,美人娇娇如海棠……人生富贵归故乡。"人们对各种各样的贪官污吏进行了尖锐的嘲讽和批判。元曲家则用他们的如椽之笔活画出一个又一个贪官恶霸的形象,揭露其灵魂的丑恶,鞭挞其行径的污秽,令当时的人们拍手称快。

《汉宫秋》(马致远作)第一折写毛延寿"大块黄金任意挝,血海王条全不怕。生前只要有钱财,死后哪管人唾骂!"表面写的是汉代人贪婪,实际指的是元代腐败现象。借古讽今是元曲家们常用的手法。王仲文所撰《救孝子》写推官巩得中自白道："小官姓巩，诸般不懂。虽然做官，吸利打哄。"（第二折）"我做官人只爱钞，再不问他原被告。"（第三折）李致远所作《还牢末》（楔子）写东平府尹尹亨自白道："做官都说要清名，偏我要钱不要清。纵有清名没钱使，依旧连官做不成。"李行道所作《灰阑记》第二折写郑州太守苏顺道："虽则居官，律令不晓；但要白银，官事便了。"关汉卿的名剧《窦娥冤》写楚州太守桃杌道："我做官人胜别人，告状来的要金银。""但来告状的，就是我衣食父母。"（第二折）这些剧作中的贪官或为汉人，或为宋人，或为金人，表面写的都不是元朝之事，可是明眼人一看便知其叙说的全是元人元事，只不过调换了一下人物姓名朝代而已。

孟汉卿所作《魔合罗》剧第二折写河南府县令："我做官人单爱钞，不问原被都只要。"而其文书萧令史则道："官人清似水，外郎自如面；水面打一和，糊涂成一片。"外郎就是书吏，官与吏相勾结，官事还能不糊涂一片？这些描写都活画出元代官场是非不分、黑白不辨、一塌糊涂的混乱局面。

元代不仅官吏糊涂贪婪，而且还有一批权豪势要和他们的子弟，在社会上形成一股以"衙内"为代表的恶势力，他们胡作非为曾引起当时人们极大的愤慨。元杂剧对这种恶势力也多有揭露。大戏剧家关汉卿的杂剧《鲁斋郎》中的《楔子》写鲁斋郎夸海口说："花花太岁为第一，浪子丧门再没双。街市小民闻吾怕，则我是权豪势要鲁斋郎！"其《望江亭》第二折写杨衙内自称："花花太岁为第一，浪子丧门世无对。普天无处不闻名，则我是权豪势宦杨衙内！"武汉臣所作杂剧《生金阁》中的庞衙内，李文蔚所作杂剧《燕青博鱼》中的杨衙内，无名氏所作杂剧《陈州粜米》中的刘衙内等,都是凶神恶煞一般,倚仗权势为非作歹,平民百姓对他们确实是听其名脑浆子痛,闻其名胆战心惊。元曲家在剧作中揭露其丑恶嘴脸,痛斥其残暴罪行,正是反映了广大民众的心声。

元曲家不仅借剧作中的人物表达对时政混乱的厌恶,而且他们有时还直言不讳地用散曲形式表达他们的不满情绪。像刘时中所作〔双调·殿前欢〕《即事》曲道:"醉颜酡,太翁庄上走如梭。门前几个官人坐,有虎皮驮驮。呼王留唤伴哥,无一个,空叫得喉咙破。人踏了瓜果,马践了田禾。"官吏下乡喝得烂醉,大呼小叫,如狼虎一般凶恶。他们的虎皮袋子已装得满满,还在叫爪牙换门挨户收敛,吓得老百姓都躲了起来,不敢应声,这时候他们却到田地里撒火,践踏瓜果禾苗……所以滕玉霄〔中吕·普天乐〕曲道:"仗豪贵,施豪势,倚强凌弱,乱作胡为。我笑恁,生能计,这等痴迷儿曹辈,贪名利那得便宜。使机受饥,以实得食,归去来分。"他奉劝那些一时作威作福的权豪势要们,不要过于嚣张,横行霸道是不会有好下场的。元曲家曾瑞也有同样的警告,其〔南吕·四块玉〕《酷吏》曲道:"官况甜,公途险,虎豹重关整威严,仇多恩少人皆厌。业贯盈,横祸添,无处闪。"其同调《叹世》曲道:"罗网施,权豪使,石火光阴不多时。劼活若比吴蚕似。皮作锦,茧做丝,蛹荡死。"权豪势要不要太猖狂,太作孽,怕只怕恶贯满盈之时,横祸飞来,后悔莫及。

由于曲家的情感在很大程度上反映了当时民众的心声,所以其曲作才能在民间广为传唱。

歌今朝有酒今朝醉:人生如梦及时行乐的颓放

在一些元曲家眼里,社会一片黑暗,他们既不愿意同流合污,现实也没有给他们开辟通向仕途的光明大道,他们干脆就放任自流,玩世不恭,再也不去关心功名,再也不问仕途经济。既然现实世界没有是非可讲,黑白不分,贤愚不辨,自己也没有回天之力,也就只能得过且过,也就只好今朝有酒今朝醉了。所以,一些元曲家就感叹人生如梦,良宵苦短。他们想着法儿、变着招儿追求及时行乐。他们或沉醉于酒和女人的世界,或放情于山水之间,去排解他们内心的苦痛,去熨帖他们受伤的灵魂。他们狂放颓废,他们自甘堕落曾受到正统士人的批判,然而却依旧我行我素。这就是元曲家们有别于历代儒士的独特风貌。有一首名为《玩世》的〔齐天乐过红衫儿〕曲道:

秦宫汉阙豪奢,到如今实难曰。伤嗟,些,土尽灰竭。叹消磨多少贤哲,豪杰。百代功名,千年志节。半霎南柯,一梦蝴蝶。尘外人,林中客,甘分闲也。弗使心饕餮,只要身常洁。且妆呆,且妆呆,静把柴门闰。晋朝耶,魏朝耶,指落花无言自说。

全曲充满了伤感。作者打算不问世事,去做"尘外人,林中客",以自得其乐。这是无可奈何的玩,远离现实世界的玩,又好像是一种"大梦猛醒"的玩。可是作者却偏偏又不能完全忘却现实生活,总令人感到作者在玩中似乎被一种无形的针刺扎,其心情并不开朗,时时被某种悲伤的情感所压抑,并没有玩起来。其实,这并不是真正的"玩世",充其量不过是隐世、避世,洁身自好而已。真正的玩世者能够忘却人世间一切功名利禄,抛开一切烦恼,随心所欲地寻求欢乐。玩世的元曲家以自我为中心,不受任何传统道德观念的束缚,以适意逍遥、痛快发泄为目的。在他们眼里,世间万物皆为我用,我却不能被他人主宰命运,受他人奴役,不能俯首低眉去做他人的奴隶。无论在现实世界他们社会地位多么低下,经济多么贫乏,但他们的心却比天高,骨子里充满了无比的自爱和自傲。有学者曾对元曲家玩世的人生哲学加以分析,概括为如下模式:

历史——何物不寒灰;

英雄——空留墓地荒冢;

人世——风波地、险恶窝;

人生——幻化如泡影。

结论:寻取个稳便处闲坐地,放浪形骸任自由。①

这种分析是正确的,有大量曲作可以为证。陈草庵〔中吕·山坡羊〕曲道:"身无所干,心无所患,一生不到风波岸。禄休干,贵休攀,功名纵得皆虚幻,浮世落花空过眼,官也梦间,私也梦间。"张养浩〔中吕·朱履曲〕道:"六十岁逡巡轮过,便到者稀年,应也无多。暗想人生待如何?古和今,都是梦;长与短,任从他,只不如,向云庄闲快活。"人生如梦,功名富贵乃过眼烟云,何不尽情享乐?马致远半生奔竞,还是与功名无缘,后来终于醒悟,他的〔南吕·四块玉〕《叹世》曲说:"两鬓皤,中年过,图甚区区苦张罗?人间宠辱都参破。种春风二顷田,远红

① 李昌集:《中国古代散曲史》,华东师范大学出版社1991年版,第334页。

尘千丈波，倒大来闲快活。”其〔双调·蟾宫曲〕《叹世》说：“咸阳百二山河，两字功名，几阵干戈。项废东吴，刘兴西蜀，梦说南柯。韩信功兀的般证果，蒯通言那里是风魔？成也萧何，败也萧何，醉了由他。”他最有名的曲作〔双调·夜行船〕更道：

百岁光阴一梦蝶，重回首往事堪嗟。今日春来，明朝花谢。急罚盏夜阑灯灭。

〔乔木查〕想秦宫汉阙，都做了衰草牛羊野。不恁么渔樵没话说。纵荒坟横断碑，不辨龙蛇。

〔庆宣和〕投至狐踪与兔穴，多少豪杰，鼎足虽坚半腰里折。魏耶？晋耶？

他诅咒名利，急流勇退，及时行乐，这种狂放恰恰是元代有志之士才干不得发挥，报国无门的真实写照。而白朴一曲〔中吕·阳春曲〕《知几》把这种颓放之情说得更直截了当：

今朝有酒今朝醉，且尽樽前有限杯。回头沧海又尘飞。日月疾，白发故人稀。

得过且过，及时行乐，哪管千古是非，什么英雄豪杰，什么忠臣孝子，什么圣哲贤良，在一些元曲家的眼里都分文不值。甚至传统的价值观也被他们在“酒醉”中颠来倒去，任意玩弄。屈原，依传统的认识，是一个忠臣，一个爱国的英杰，可是在某些元曲家看来，他的死太不值得了。贯云石〔双调·殿前欢〕说：“楚怀王，忠臣跳入汨罗江。《离骚》读罢空惆怅，日月同光。伤心来笑一场，笑你个三闾强，为甚不身心放？沧浪污你，你污沧浪。”陈草庵〔中吕·山坡羊〕也说：“三闾当日，一身辞世，此心倒大无萦系。淈其泥，啜其醨，何须自苦风波际？泉下子房和范蠡。清,也笑你;醒,也笑你。”他们以为与其让人贻笑,还不如趁年少大好时光及时行乐。贯云石〔中吕·红绣鞋〕说:“东村醉西村依旧,今日醒来日扶头,直吃得海枯石烂恁时休!将屠龙剑,钓鳌钩,遇知音都去做酒。”陈草庵〔中吕·山坡羊〕道:“风波时候,休教遥受,少年场上堪驰骤。酒盈瓯,锦缠头,休令人老花残候,花退落红人皓首。花,也自羞;人,也自羞。”卢挚〔双调·蟾宫曲〕中则道:“想人生七十犹稀,百岁光阴,先过了三十。七十年间,十岁顽童,十载尫羸。五十岁除分昼黑,刚分得一半儿白日。风雨相催兔走乌飞。子细沉吟,都不如快活了便宜。”快活就是醉酒,醉酒可以一醉解千愁;快活就是优游,优游可以沉醉山水自然美景,乐以忘忧;快活就是痴迷青楼,在那里同是天涯沦落人,相互慰藉,相互交流,在痛苦孤寂的人生中才能感到些许欣慰和快乐。可怜的元曲家本来并不颓废,他们要为新朝建功立业,他们要凭自己的才干成就一番事业,可是现实世界不给他们出路,不给他们机会,他们无可奈何,只得自寻其乐。

然而又有谁知道,又有谁懂得他们内心有多少苦痛!可以说,每一个元曲家,不管他们当时为官或不为官,官职是大还是小,每个人的生活历程都充满了辛酸。元曲家的放任自流实际上是对那一时代、那个社会的消极反抗和声讨!王实甫曾以《西厢记》杂剧名闻天下。他应当是一个很开朗、心胸开阔的人,这从他的剧作中可以感觉到。但是他也曾为官,也曾对官场的险恶有所领略。在某些方面,他和马致远的精神是相通的。他所作〔商调·集贤宾〕《退隐》曲中有词道:

〔梧叶儿〕退一步乾坤大,饶一着万虑休。怕狼虎恶图谋。遇事休开口,逢人只点头。见香饵莫吞钩,高抄起经纶大手。

〔后庭花〕住一间蔽风霜茅草丘,穿一领卧苔莎粗布裘。捏几首写怀抱歪诗句，吃几百杯放心胸村醪酒。这潇洒傲王侯，且喜的身登身登中寿。有微资堪赡赒，有亭园堪纵游。保天和自养修，放形骸任自由。把尘缘一笔勾，再休提名利友。

〔青哥儿〕呀！闲处叹蜂喧蜂喧蚁斗，静中笑蝶讪蝶讪莺羞。你便有快马，难煞我这钝炕头。见如今蔬果初熟，浊酒新篘，豆粥香浮。大叫高讴，睁着眼张着口尽胡诌，这快活谁能够！

〔尾声〕醉时节盘陀石上眠，饱时节婆娑松下走，困时节布衲里睡齁齁。偶乘闲细将玄奥剖，把至理一星星参透，却原来括乾坤物我总浮沤。

元代后期著名曲家钟嗣成则唱道："凤凰燕雀一处飞，玉石俱同类。分甚高共低，辨甚真和伪？早寻个稳便处闲坐地。"现实世界既然黑白不分、是非不辨，也就没有什么高低真伪可论，大家就都稀里糊涂过日子，能够自得其乐也就最好了。

谈功名于我何用：
与世无争随缘而过的安乐

即便某些元曲家的颓放还免除不了内心激愤，但无论醉酒高歌也罢，买笑青楼也罢，指古骂今也罢，他们的理智都是清醒的，他们胸中还怀有一颗对世事未曾冷却的心，颓废醉酒、及时行乐不过是他们的抱负不得实施所产生的痛苦的发泄形式而已。一旦他们得遇伯乐或明君，一旦他们得到施展才华的机遇，深埋在他们心底的"达则兼济天下""先天下之忧而忧""学而优则仕"的理想就会勃然萌发。所以，某些人虽然高唱归去来兮，却始终没有归去；某些人虽然已经归隐，却总不忘社稷民生，时隐时出。但是，也有一些元曲家是真心归隐，他们在山野过着与世无争、随缘而定的安乐生活，且把自己简陋的居处美其名曰“安乐窝”。

元曲家阿里西瑛有〔商调·凉亭乐〕曲道：“金乌玉兔走如梭，看看的老了人呵。有那等不识事的痴呆待怎么？急回头迟了些儿个。你试看凌烟阁上，功名不在我。则不如对酒当歌，对酒当歌且快活，无忧愁，安乐窝。”他把自己的“安乐窝”又命名为“懒云窝”，作了一系列曲子加以称颂。其曲名为〔双调·殿前欢〕，叙述了他在“懒云窝”里“醒时诗酒醉时歌，瑶琴不理抛书卧”的生活。其曲一出，立刻得到众多曲家的唱和。像贯云石、乔吉、卫立中、吴西逸等人，皆在其曲基础上对随缘而过、自得其乐的想法进行了不同的发挥。

贯云石《和阿里西瑛懒云窝》曲道：“懒云窝，阳台谁与送巫娥？蟾光一任来穿破，遁迹由他。蔽一天星斗多，分半榻蒲团坐，尽万里鹏程挫。向烟霞笑傲，任世事蹉跎。”表现出他不管世事变化，不问功名前程，与世无争，落得清闲自在、潇洒处世的人生态度。乔吉的和作则不止一曲，而是一组多曲。因为他的人生经历与身为贵公子、又曾为翰林学士的贯云石不相同。坎坷的经历、落落寡合的平民出身，又一生不遇，壮志难酬，使他的词和曲多有感慨。他说：“懒云窝，云边口月尽如梭。槐根梦觉兴亡破，依旧南柯。休听宁戚歌，学会陈抟卧，不管伯夷饿。无何浩饮，浩饮无何。”“懒云窝，懒云窝里避风波。无荣无辱无灾祸，尽我婆娑。闲讴乐道歌，打会清闲坐，放浪形骸卧。人多笑我，我笑人多。”他的清闲多少带有一种苦涩和自嘲的味道。卫立中的词和曲则多飘逸，具有不食人间烟火的味道。其曲唱道：“懒云窝，懒云窝里客来多，客来时伴我闲些个，酒灶茶锅。且停杯听我歌：醒时节披衣坐，醉后也和衣卧。兴来时玉箫绿绮，问什么天籁云和。”吴西逸则由“懒云窝”联想到“懒云仙”“懒云巢”“懒云关”“懒云翁”“懒云凹”等，写出一组歌唱其隐逸生活的曲子。他自比“懒云翁”，写出了他的潇洒清高。他说，“一襟风月笑谈中，生平傲杀繁华梦”，“已悟真空”，“梦已随胡蝶化”。他只爱林泉溪山，对市井莺花都已厌烦，是一个不问世事的真隐士。

杨朝英《和阿里西瑛韵》则把“懒云窝”改为“白云窝”，他一口气作了五曲，曲曲道出乐天知命、随缘而过的平和心态。他道：“把世事都参破”，“安贫守己窝中坐”；“富和贫争什么？自有闲功课，共野叟闲吟和。”“白云窝，闲赊村酒杖藜拖。乐天知命随缘过，尽自婆娑。任风涛万丈波，难著莫，醉里乾坤大。呵呵笑我，我笑呵呵。”不求功名富贵，但求清闲自在，一切随缘，听凭自然，这是杨朝英和许多曲家共同的心声。杨朝英在〔双调·水仙子〕曲中又唱道：“闲时高卧醉时歌，守己安贫好快活。杏花村里随缘过，胜尧夫安乐窝，任贤愚后代如何。失名利痴呆汉，得清闲谁似我。一任他门外风波。”为求清闲自在而避开世俗间的争攘，为求清静自乐，获得心理安宁，远离世事，许多元曲家都采取了隐居山野林泉的生活，并一再高歌自己隐居的快乐。

刘时中〔南吕·四块玉〕曲道：“佐国心，拏云手，命里无时莫强求，随缘过得休生受。几叶绵，几匹绸，暖时候。”“看野花，携村酒，烦恼如何到心头，红缨白马难消受。二顷田，两只牛，饱时候。”他曾在朝为官，人称天下名士，然而当他看到“官况甜，公途险，虎豹重关整威严，雠多恩少皆堪叹。业贯盈，横祸满，无处闪”时，便毅然辞官，浪游江湖。和他有类似经历的贯云石辞官归隐后，也高唱“呀，看一带云山，云山如画，端的是景物，景物堪夸。剩水残山向那答，心无牵挂。树林之下，椰

瓢高挂,冷清清无是无非诵《南华》,就里乾坤大”。曲家孙叔顺则有〔南吕·一枝花〕套曲唱道:

不恋蜗角名,岂问蝇头利?世情看冷暖,人面逐高低。闲是闲非,僻掉的都伶俐,百年身图画里。本待要快活逍遥,情愿待休官罢职。

〔梁州〕谁待想锦衣玉食?甘心守淡饭黄齑。向林泉选一答儿清幽地,闲时一曲,闷后三杯。柴门草户,茅舍疏篱。守着咱稚子山妻,伴着几个故友相识。每日价笑吟吟谈古论今,闲遥遥游山玩水,乐陶陶下象围棋。早起,晚夕,吃醉了重还醉,叹白发紧相逼。百岁光阴能有几?快活了是便宜。

〔煞尾〕都则是两轮日月搬兴废,一合乾坤洗是非。直宿到红日三竿偃然睡,那些儿况味谁知?一任莺啼唤不起。

和关汉卿齐名的曲家庾天锡曾在中书省任员外郎,出为中山府判,作有15种杂剧。他的人生态度也是高歌归隐:“光阴迅速,多半晴天变雨。待拣搭溪山好处,吞一杯,嚎数曲。身有欢娱,事无荣辱。”“引一仆,着两壶。谢老东山,黄花时好去,适意林泉游未足。烟波暮,堪凝伫,谪仙诗句。”(〔商角调·黄莺儿〕)优游市井,不愿仕进的曲家曾瑞,更是一再颂歌他的隐居生活。他先是歌颂隐士的清悠:“冠世才,安邦策,无用空怀土中埋。有人跳出红尘外,七里滩,五柳宅,名万载。”继而说其自在:“鸡恰啼,人忙起,利逼名煎苦相催。争如我梦胡蝶睡。由你好,笑我痴,强似你!”他有一首长套〔正宫·端正好〕,由15支曲子连缀讴歌其隐居和志向,其中有曲道:

〔小梁州〕男儿贫困果如何,击缶讴歌。甘贫守分淡消磨。颜回乐,知足后一瓢多。

〔幺〕既功名不入凌烟阁，放疏狂落落陀陀。就着老瓦盆，浮香糯，直吃的彻。未醒后又如何。

〔滚绣球〕学刘伶般酒里酡，仿坡仙般诗里魔，乐闲身有何不可？说几句不伤时信口开河，折莫待愤悱启发平科；见破绽呵闲盍，教人道我豪放风魔。由他似斗筲之器般看得微末，似粪土之墙般觑得小可，一任由他。

〔醉太平〕看别人挥鞭登剑阁，举棹泛沧波，争如我得磨陀处且磨陀。无名缰利锁，携壶策杖穿林落，临风对月闲吟课。有花有酒且高歌，居村落快活！

他说他自由自在、安详平淡，既不学“采薇”，也不学“洗耳”；不为什么仰天长叹，也没什么牢骚可发；他是“诗里乾坤，杯中日月”，“忘忧乐道，养气收心”，道：“由恁是非满乾坤也近不得我。”这是一个完全超然物外，纯粹心情平静的隐士。像曾瑞这样的曲家在元代也有一批。查德卿有〔双调 · 庆东原〕曲道：“达时务，薄利名，秋风吹动田园兴。锄瓜邵平，思莼季鹰，采菊渊明。清淡老生涯，进退知天命。”薛昂夫则有〔正宫 · 端正好〕《高隐》长曲，叙述他对隐居的向往和羡慕。他道：“访知音习酬和，也不问名利如何，不贪不爱随缘过，把世事都参破。”他的〔双调 · 庆东原〕《自笑》曲道：“邵圃无荒地，严陵有顺流，向终南捷径争驰骤。老来自羞，学人种柳，笑杀沙鸥。从此便休官，已落渊明后。”孙周卿〔双调 · 水仙子〕《山居自乐》则明明白白写出他隐居生活的自得其乐：“西风篱菊灿秋花，落日枫林噪晚鸦。数椽茅屋青山下，是山中宰相家，教儿孙自种桑麻。亲眷至煨香芋，宾朋来煮嫩茶，富贵休夸。”佚名曲家有一首〔南吕 · 一枝花〕《渔隐》曲唱道：

不沽朝野名,自守烟波分。斜风新箬笠,细雨旧丝纶。志访玄真,家与秦淮近,清时容钓隐。相看着绿水悠悠,回避了红尘滚滚。

〔梁州〕结交些鱼虾伴侣,搭织上鸥鹭亲邻,忘机怕与儿曹混。寻了些六朝往事,吊了些千古英魂,悲了些陈宫禾黍,叹了些梁殿荆榛。本是个虚飘飘天地闲人,乐陶陶江汉逸民。有时摇棹近白鹭洲笑采青蘋,有时推篷向朱雀桥闲看晚云,有时湾船在乌衣巷独步斜曛,有时满身衣襟爽透荷香润,旋折来柳条嫩,穿得鲜鲜出网鳞,归去黄昏。

〔骂玉郎〕一篝灯篘佳酝,身趔趄,醉醺醺,高歌细和沧浪韵,全不受利名拘,那里将兴亡记,把什么荣枯问。

〔感皇恩〕守着这萧索江滨,冷淡柴门。凉露湿蓑衣,清风生酒,明月照盘飧。樵夫野叟,相近相亲。昨日离石头城,今朝在桃叶渡,明日又杏花村。

〔采茶歌〕山妻也最甘贫,稚子也颇通文,无忧无虑度朝昏。但得年年生意好,武陵何用访秦人。

〔尾〕茫茫烟水无穷尽,泛泛萍踪少定根。为甚生平怕求进?想王侯大勋,博渔樵一哂,争似我一叶江湖钓船稳!

把功名看得很淡,不再孜孜追求,乐于山野林泉,与世无争,甘心贫苦,但落个自由自在,与家人团聚,自在快活地消磨日月,这种情况在别的朝代只发生在一些人身上,从没有成为一种普遍的社会现象,在元代则是读书人的一种普遍心态,因而元曲家反映这方面情感的曲作也就特别多。

怨黄金带缠着忧患:处于官场倾轧中的惊悸

元曲家中有一部分人曾跻身官场,而且由于某种机遇,某些人还曾厕身政府高级机关,担任某些高级职务。这些人对于当时的政界,对于当时官场内部的矛盾和斗争,了解得比一般人要透彻得多,认识要深刻得多。尤其是其中一些人的家庭和他们本人都曾被卷入当时的政治斗争或权力之争中,他们根据自己切身体会所作的曲子就真实地反映了他们复杂的心态。其中共同的一点就是:无论官大官小,他们都深深慨叹仕途凶险,官场险恶,一日为官就一日提心吊胆。不当官时想当官,当了官时怕当官。

不忽木是元初的名臣,官至昭文馆大学士平章军国事。他曾拜师名儒许衡,是一个汉化程度较深的色目人。其父从元世祖忽必烈征战,立有大功,未及被大用而卒,故不忽木自幼即受忽必烈宠爱。但不忽木秉性刚直,看不惯蒙古勋臣骄横,自然在官场受到挤压,甚至被人中伤,被忽必烈误解……他的著名曲作〔仙吕·点绛唇〕《辞朝》则是反映元代任职高级官员的曲家心声的代表作。其中唱道:“宁可身卧糟丘,赛强如命悬君手。寻几个知心友,乐以忘忧。愿做林泉叟。”“臣离了九重宫阙,来到这八方宇宙。寻几个诗朋酒友,向尘世外消磨白昼。臣则待领着紫猿,携白鹿,跨苍虬。观着山色,听着水声,饮着玉瓯,倒大来省气力如诚惶顿首。”“臣向山林得自由,比朝市内不生受,玉堂金马间琼楼,控珠帘十二钩。臣向草庵门外见瀛洲,看白云天尽头。”这在当时曾引起很多人共鸣。全套曲由 14 支单曲组合而成,反复吟诵官场之险恶,从古到今,明说暗说;一再讴歌无官一身轻,林泉山野生活的自由和快乐。他直言:"感谢君恩厚,臣怕饮的是黄封御酒。""明放着伏事君王不到头,休、休,难措手,游鱼儿见食不见钩。都只为半纸功名一笔勾,急回头,两鬓秋。"但是他并没有真的辞官归隐,忽必烈也不放他归隐,反而给他的官职越来越大,甚至还想任命他为丞相。这就使不忽木生活在无尽的苦恼之中。他不适应官场的尔虞我诈,战战兢兢、满怀忧虑,在46岁的壮年就离开了人世。

如果说不忽木还只是感到官场的倾轧,心有不满而付诸曲作,那么孛罗所作曲〔南吕·一枝花〕《辞官》则是身受官场倾轧之害而写的切身体验了。孛罗原本是山北辽阳等路蒙古军万户,后为周王和世的常侍官。当泰定皇帝驾崩时,和世与其弟图帖睦尔争夺帝位,孛罗效力不小。故和世即帝位后封孛罗为御史大夫。但是不久,和世"暴卒"。历来是一朝天子一朝臣,孛罗被迫辞官。他在其曲作中一方面抒发了对宦海风波险恶无常的慨叹:"懒簪獬豸冠,不入麒麟画。旋栽陶令菊,学种邵平瓜。觑不的闹穰穰蚁阵蜂衙。卖了青骢马,换耕牛度岁华。利名场再不行踏,风波海其实怕他。"另一方面也抒发了他对于自己在官场备受排挤打击的愤懑和不平:"尽燕雀喧檐聒耳,任豺狼当道磨牙,无官守无言责相牵挂。""俺再不想巡案去奸猾。御史台开除我,尧民图添上咱。"他本来想辞官后能过上"山中闲宰相,林外野人家"的快乐生活,然而残酷的争权夺势斗争却不允许他逍遥自在,其悲惨的结局是被图帖睦尔为消除异己势力找个借口处死了。

还有一个出身显贵的大名鼎鼎的维吾尔族曲家贯云石,其曲作对官场的倾轧也多有描写,并抒发了他对官场险恶的厌恶之情。贯云石的祖父阿里海涯及其父贯只哥皆为元初名臣,为元朝建立立有功勋。

正因为此，他们也被卷入官场权力无休止的争斗中。贯云石初袭父职，为万户府达鲁花赤，后弃官从文章大师，也是著名曲家姚燧学文。至元仁宗时，贯云石又被任命为翰林侍读学士。他越接近最高统治阶层，就越了解统治者钩心斗角的内幕。他从自己祖父辈家庭的遭遇和自己耳闻目睹的现状，很快就明白了官场不是自己的久留之地，故而当机立断辞官，并离开了大都那令人想起来就害怕的是非之地。他的〔双调·清江引〕曲道："竞功名有如车下坡，惊险谁参破？昨日玉堂臣，今日遭惨祸。争如我避风波走在安乐窝。""避风波走入安乐窝，就里乾坤大，醒了醉还醒，卧了重还卧，似这般得清闲的谁似我？"庆幸自己离开了风波是非地，他高高兴兴地歌唱："闲来唱会〔清江引〕，解放愁和闷。富贵在于天，生死由乎命，且开怀与知音谈笑饮。"贯云石是一个很有才华的人，而且文武双全，可是他看不惯官场，一个人跑到市井间过起了自由而放纵的生活，但也因此糟蹋了身体，在38岁时就离开了人世。

张养浩曾官至监察御史、礼部尚书等职，他尽职尽守，一片忠心，直言谏诤，却触怒了权贵和皇帝，差一点丢掉性命。他对官场险恶深有体会，在其〔双调·水仙子〕《休官》曲中唱道：

中年才过便休官，合共神仙一样看。出门来山水相留恋，倒大来耳根清眼界宽，细寻思这的是真欢。黄金带缠着忧患，紫罗襕裹着祸端，怎如俺藜杖藤冠？

他更有多首曲作从不同方面叙说"为官即是祸"，劝人不要为官，当了官则要早抽身，不要到大祸临头才后悔莫及。他唱道："才上马齐声儿喝道，只这的便是送了人的根苗，直引到深坑里恰心焦。祸来也何处躲？天怒也怎生饶？把旧来时威风不见了。""正胶漆当思勇退，到参商才说归期,只恐范蠡张良笑人痴。腆者胸登要路,睁着眼履危机,直到那其间谁救你?”(〔中宫·朱履曲〕)所以他总括道:“翻腾祸患千钟禄,搬载忧愁四马车,浮名浮利待何如?枉干受苦,都不如三径菊四围书!”(〔中吕·喜春来〕)

没有在元代上层社会为官,或根本就不曾为官的元曲家们,对当时官场的明争暗斗也都有所了解。元代特殊的民族统治政策就决定了民族地位的不平等,决定了其官场内部不同民族官员之间的感情隔阂与必然产生的矛盾,决定了蒙古族官员的特权和他们的自傲,以及他们彼此之间的争权夺利,所有这些现象在当时已尽为人知。所以,一些曲家不由得对当时的官场望而生畏,不少曲作也写了官场的祸患和为官的惊悸之情。任昱曾用一句鲜明的比喻唱道:“高官鼎内鱼,小吏置中兔。”(〔双调·清江引〕《题情》)著名曲家曾瑞曾高呼:“官极将相位双兼,险,险,险。”(〔中吕·醉春风〕《清高》)另一曲家查德卿则由古及今总结历史教训,唱道:“姜太公贱卖了磻溪岸,韩元帅命博得拜将坛。羡傅说守定岩前版,叹灵辄吃了桑间饭,劝豫让吐出喉中炭。如今凌烟阁一层一个鬼门关,长安道一步一个连云栈。”(〔仙吕·寄生草〕《感叹》)这和张养浩〔双调·沉醉东风〕《隐居叹》所唱的是一个意思:“班定远飘零玉关,楚灵均憔悴江干。李斯有黄犬悲,陆机有华亭叹,张柬之老来遭难。把个苏子瞻长流了四五番,因此上功名意懒!”从古到今,官场仕途充满了凶险,无论你怎样忠心,无论你立有多大功劳,你也逃不脱“祸患”二字。俗语说:“伴君如伴虎。”元曲家则告诉人们:黄金带缠着忧患!他们以及元代所有的为官者,个个都是心怀惊悸。因而,张可久〔中吕·齐天乐过红衫儿〕《道情》唱道:“浮生扰扰红尘,名利君休问。闲人,贫,富贵浮云。乐林泉远害全身。将军举鼎拔山,只落得自刎。

学范蠡归湖,张翰思莼,田园富子孙。玉帛萦方寸,争如醉里乾坤?曾与高人论,不羡元戎印。浣花村,掩柴门,倒大无忧闷。共开樽,细论文,快活清闲道本。”汪元亨〔正宫·醉太平〕《警世》曲中则唱道:“辞龙楼凤阙,纳象简乌靴。栋梁材取次尽摧折,况竹头木屑。结知心朋友着疼热,遇忘怀诗酒追欢悦,见伤情光景放痴呆。老先生醉也。”“憎苍蝇竞血,恶黑蚁争穴。急流中勇退是豪杰,不因循苟且。叹乌衣一旦非王谢,怕青山两岸分吴越,厌红尘万丈混龙蛇。老先生去也。”为了全身避害,一些曲家采取了与统治者不合作的态度,而避世、出世哲学是元代大多数读书人所取的人生态度。

还有一些元曲家在他们的剧作中利用剧中人对官场险恶进行了揭露和批判。如马致远所作杂剧《陈抟高卧》中,宋太祖认为朝中为官强如山中学道,劝陈抟出山为官。陈抟则明确回答道:“三千贯二千石,一品官二品职,只落的故纸上两行史记,无过是重茵卧列鼎而食。虽然道臣事君以忠,君使臣以礼,哎,这便是死无葬身之地,敢向那云阳市血染朝衣。”(第三折〔滚绣球〕)“看蚁阵蜂衙,龙争虎斗,燕去鸿来,兔走乌飞。浮生似争穴聚蚁,光阴似过隙白驹,世人似舞瓮醯鸡。便搏得一阶半职,何足算,不堪提。”(第三折〔二煞〕)元曲家不能步入仕途,遂对仕途官场种种阴暗左说右说,以自我宽慰。但他们所述官场倾轧、多有凶险,也不是凭空捏造,而历朝历代都有含冤而死的忠臣、谏臣。元代蒙古贵族掌权,更是随心所欲地处理政事,他们当中一些人的头脑中根本就没有法的概念,权就是法,“我在此位,我的言行就是法”“顺我者昌,逆我者亡”,杀死个人,尤其是汉人,在当时真如捏死蚂蚁一样。所以元曲家不禁频频感叹:为官虽富贵荣华,却有无尽的忧患;无官虽贫贱,却可以逍遥自在、轻松悠闲。尽管如此,元曲家的心态还是难以平衡。无官无责,可以疏狂放浪,但是男儿生来就要建功立业,“明知山有虎,也要虎山行”。

恨无上天梯:
怀才失路的愤懑

元代立国之后数十年间取消了科举制度,传统的读书人赖以进入仕途的道路被阻塞。再加上蒙古人以马上取天下,对汉族传统的儒学根本就不懂,对其治理国家的意义更不明了,因此,对读书人也就不怎么看重。一时间,元代的读书人多心头惶恐,他们因看不到前途和出路而无限伤感,同时也倍感愤懑。元曲家则在他们的曲作中尽情地抒发了这种对现实的不满之情。马致远〔南吕·金字经〕曲直道:“夜来西风里,九天雕鹗飞。困煞中原一布衣。悲,故人知未知,登楼意,恨无上天梯。”纵使有七步之才,然而“题柱虽乘驷马车,乘车谁买长门赋”(〔双调·拨不断〕),怀才不遇也无可奈何,他只能自我安慰。其〔黄钟·女冠子〕曲道:

枉了闲愁,细寻思自古名流,都曾志未酬。韩信乞饭,傅说版筑,子牙垂钓;桑间灵辄困,伍相吹箫,沈古歌讴;陈平宰社,买臣负薪,相如沽酒。

〔幺篇〕上苍不与功名侯,更强更会也为林下叟。时乖莫强求。若论才艺,仲尼年少,便合封侯。穷通皆命也,得又何欢,失又何愁。恰似南柯一梦,季伦锦帐,袁公瓮牖。

〔出队子〕若朝金殿,时人轻马周。李斯岂解血沾裘,亚父争如饥丧囚,到老来终不将秦印收。

〔幺篇〕圣贤尚不脱阴阳彀，都输与范蠡舟。周生丹凤道祥禽，鲁长麒麟言怪兽，时与不时都总休。

〔黄钟尾〕且念鲰生自年幼，写诗曾献上龙楼，都不迭半纸来大功名一旦休。便似陆贾、随何，且须缄口。著领布袍虽故旧，仍存两枚宽袖，且遮藏着钓鳌攀桂手。

该曲历数古代不得志之士，不遇其时，也只能隐忍，马致远虽然满腹牢骚，也只能强自排解。但是元曲家们并不都像马致远那样，多年来一直对元朝朝廷抱有幻想。有一些曲家比马致远的情感还要强烈，他们已不对功名抱任何幻想和希望。著名曲家顾德润即唱道："人生傀儡棚中过，叹乌兔似飞梭。消磨岁月新工课，尚父蓑，元亮歌，灵均些。安乐行窝，风流花磨，闲呵諕，歪嗑牙，发乔科。山花袅娜，老子婆娑。心犹倦，时未来，志将何。爱风魔，怕风波，识人多处是非多。适兴吟哦无不可，得磨跎处且磨跎。"(〔南吕·骂玉郎过感皇恩采茶歌〕《述怀》)既然时机未来，志向再大、再高、再远，也无济于事，只能在无聊中打发岁月，消磨时光。这是一种自我安慰、消极处世的论调，其愤激之情可谓溢于言表。还有一些曲家的作品满怀激愤。如马谦斋〔越调·柳营曲〕《叹世》道："手自搓，剑频磨，古来丈夫天下多。青镜摩挲，白首蹉跎，失志困衡窝。有声名谁识廉颇？广才学不用萧何。忙忙的逃海滨，急急的隐山阿。今日个，平地起风波。"张可久〔中吕·齐天乐过红衫儿〕《道情》曲道："人生底事辛苦，枉被儒冠误。读书，图，驷马高车，但沾着者也之乎。区区，牢落江湖，奔走在仕途。半纸虚名，十载功夫。人传《梁甫吟》，自献《长门赋》，谁三顾茅庐？"

还有一些曲家用寓言的形式抒发其愤慨之情，如姚守中的〔中吕·粉蝶儿〕《牛诉冤》、曾瑞的〔般涉调·哨遍〕《羊诉冤》和刘时中的

〔双调·新水令〕《代马诉冤》就是这类曲作中的名篇。姚、曾、刘三人代牛、羊、马诉冤,实际是代自己,代有元一代有才之士怀才不遇而诉冤。这三位曲家虽然都是饱学之士,但是他们的仕途都命运多舛。姚守中只担任平江路吏那样的低微官职;曾瑞则无门入仕,终老山林;刘时中虽然曾官翰林待制,名闻天下,但在官场倾轧中最终被排挤出京都,被人称为"才大难用"。他们代牛、马、羊诉冤就是借牛、马、羊之口抒发他们心中的不忿和郁闷。三首套曲各自述说了牛、马、羊的功劳及其特长。牛道,"我是一个值钱底物""一勇性天生胆气粗,从来不怕虎""我本是时苗留下犊,田单用过牯,勤耕苦战功无补"。羊道,"本性善,群兽难及""驭车善致晋侯欢,拂石能逃左慈危。舍命于家,就死成仁,杀身报国"。马更诉说了它的"千里才""千钧力""垂缰义"。这无异于告诉人们,读书人各有所长,他们可以做出各种贡献。但是现实却是"耕牛运土遭诛戮",它衔冤负屈"诉不尽平生受过苦"。羊则道:"从黑河边赶我到东吴内,我也则望前程万里。想道是物离乡贵有些峥嵘,撞着个主人翁少东没西。无料喂把肠胃都抛做粪,无水饮将脂膏尽化做尿。便似养虎豹牢监系,从朝至暮,坐守行随。""见一日八十番觑我膘脂,除我柯杖外别有甚的。"马则道:"世无伯乐怨他谁?干送了挽盐车骐骥。空怀伏枥心,徒负化龙威。索甚伤悲,用之行舍之弃。"本为千里马,却因无人识而落入驴群。千里马无限伤悲道,"命乖我自知,眼见的千金骏骨无人贵""谁知我汗血功?谁想我垂缰义?谁怜我千里才?谁识我千钧力""把我埋没在蓬蒿,失陷污泥"。所有这些诉说无不是元代知识分子生不逢时、怀才不遇的发泄,是他们不被理解、不被时用的悲叹。但是他们又都借牛、马、羊之口对统治者愤怒地发出了警告。牛道,"有我时田园开辟,无我时仓廪空虚";马道:"若论着今日,索输与这驴群队!

果必有征敌，这驴每怎用的”“便休说驿站难为，则怕你东讨西征那时节悔”。这无异于警告统治者：你们将有才之士弃置不用，甚至听信驴子一样的小人谗毁，把有才能的人或放逐，或杀戮，有朝一日你们会后悔的。

有的曲家则在他们所作杂剧中借剧中人物抒发他们对现实的不满之情。如元曲四大家之一郑光祖的名作《王粲登楼》，写东汉末才子王粲自负才高，原以为可以谈笑觅封侯，然而当他离家至社会上，却流落天涯，飘零海角，中年已过，而百事无成。一日重阳佳节，他应朋友所约登楼饮酒，王粲不由得即景生情作歌。第三折他唱道：

〔上小楼〕一片心扶持社稷，两只手经纶天地。谁不待执戟门庭，御车郊原，舞剑尊席。我怎肯与鸟兽同群，豺狼作伴，儿曹同辈？兀的不屈沉杀五陵豪气！

〔幺篇〕据着我慷慨心，非贪这潋滟杯。这酒呵便解我愁肠，放我愁怀，展我愁眉。则为我志愿难酬，身心不定，功名不遂，倒不如葫芦提醉了还醉。

〔满庭芳〕我如今羞归故里，则为我昂昂而出，因此上怏怏而归。空学成补天才却无度饥寒计，几曾道展眼舒眉。则被你误了人儒冠布衣，熬煞人淡饭黄齑。有路在青霄内，又被那浮云塞闭。老兄也，百忙里寻不见上天梯。

又有佚名曲家所作《冻苏秦》剧中的苏秦唱道：“凭着我七尺身躯八斗才，哪怕他十谒朱门九不开，休想我白首困尘埃。凭着这兵书也那战策，我直着夺得一个可兀的锦标来。”（《楔子》）然而仕途并不像他所想的那么一帆风顺。现实逼迫他终于清醒：“如今那有才学的受困穷，几时得居要路为卿相。我想那耕牛无宿料,仓鼠可兀的有余粮。十载寒窗,捱不出齑盐况,怎生那风与雪缠的我慌。则他好茶饭不济饥肠,这破衣衫偏歇着我脊梁。”(第三折〔南吕·一枝花〕)这王粲也罢,苏秦也罢,剧中所写他们怀才不遇的遭遇以及他们的情感都不过是剧作者的代言人。不管剧中所写的是哪朝哪代之事,它们都是元代社会现实的反映。像郑光祖就是客居他乡志不获逞的儒生,他写王粲实际是抒发他自己怀才不遇的激愤。

为什么元代那么多有才学的人士不能施展其才华?钟嗣成的名作〔南吕·一枝花〕《自序丑斋》中有一曲〔哭皇天〕道:“饶你有拿雾艺冲天计,诛龙局段打凤机。近来论世态,世态有高低。有钱的高贵,无钱的低微……”张可久也有一首〔正宫·醉太平〕《感怀》曲唱道:“人皆嫌命窘,谁不见钱亲?水晶环入面糊盆,才沾粘便滚。文章糊了盛钱囤,门庭改做迷魂阵,清廉贬入睡馄饨,葫芦提倒稳。”他们曲中所唱的是说当时社会在钱财和人才两个问题上,重的是钱财。只要有钱,管你有没有才,这个人就可以做官,钱多还可以做大官。《元典章》卷五七记大德十一年(1307)杭州路所递呈子述有如下事:

把持官府之人,处处有之,其把持者,杭州为甚。每遇官吏到任,百计钻刺,或求其亲识引见,或赂其左右吹嘘;既得进具,即中其奸,始以口味相遗,继以追货馈送,窥其所好,渐以苞苴,爱声色者献之美妇,贪财利者赂之玉帛,好奇异者与之玩器;日渐一日,交结已深,不问其贤不肖,序齿为兄弟……彼此家人妻妾,不避其嫌疑,又结为姊妹,通家往还。……污吏,吞其钩饵,唯命是听,欲行即行,欲止则止,稍有相违,发言告诉,被其勒,拱手俯听。

著名曲家刘时中的套曲〔正宫·端正好〕《上高监司》中的〔滚绣球〕也道："都是无廉耻买卖人，有过犯驵侩徒，倚仗着几文钱百般胡做，将官府觑得如无。"①整个元代，富豪纳粟国库而补官，贿赂权臣而致位，收买试官而中选者，可谓数不胜数。在如此社会状态下，出现众多的怀才不遇之士也就不足为怪了。

问世道机变何时参透：为跳出苦海的渺茫追求

元代社会没有给知识分子提供美好的仕途，他们在上层社会的生存空间比历代都要狭窄，受传统儒家思想教育和熏陶的元代文人和曲家怎样适应这样一种社会现实，是他们每一个人都要面对的问题。这当中有人采取不与新朝合作的态度，有人则采取积极求仕的态度。前者以为自己是忠贞不贰，后者认为自己是顺乎天命。但是无论他们怎样选择，汉族儒生都要面对异族统治俯首听命，听与不听他们的内心都不平衡，都存在着一种民族尊严的失落感。元曲家的敏感心灵使他们比过去朝代一般士人更加痛苦，他们苦苦思索着世道机变，琢磨究竟怎样才能跳出苦海。他们感叹日月如穿梭，功名如烟云，或怨生不逢时，或叹人生无常，或鼓吹及时行乐，或劝人闲居逍遥，或高唱听凭自然，或狂呼要冲上云霄……他们上下求索，苦苦追求。

白朴是元曲四大家之一，由于出身金代名宦之家，年少时和母亲又在战乱中离散，因而他内心深处一直对新朝——元代存有芥蒂。尽管

① 转引自蒙思明《元代社会阶级制度》，中华书局 1980 年版，第 91 页。

他的朋友有不少成为新贵,并屡屡荐举他出仕,但是他都不为所动。他对现实所抱的态度正如他的〔中吕·阳春曲〕《知几》所唱:“知荣知辱牢缄口,谁是谁非暗点头。诗书丛里且淹留。闲袖手,贫煞也风流。”他不参与新朝政治,并不是他对世态没有认识,只是他不愿意表态而已。他是要冷眼观世界,心中自有一杆秤。

而在新朝曾为翰林学士的滕斌则唱道:“叹光阴,如流水。区区终日,枉用心机。辞是非,绝名利。笔砚诗书为活计,乐齑盐稚子山妻。茅舍数间,田园二顷,归去来兮。”“乐生涯,抛活计。麻绦草履淡饭黄齑。遇酒歌,逢场戏,落落魄魄无萦系,哪里管闲是闲非,游山玩水,埋名隐迹,归去来兮。”(〔中吕·普天乐〕《气》)曾官同知的邓玉宾唱道:“白云深处青山下,茅庵草舍无冬夏。闲来几句渔樵话,困来一枕葫芦架。你省的也么哥,你省的也么哥,煞强如风波千丈担惊怕。”(〔正宫·叨叨令〕《道情》)这两人先为官后入道,在宗教的境界里追求他们的精神解脱。他们是以“出世”的行为来摆脱现实的苦恼。

“志不屈物,故不愿仕”的曾瑞由北而南,优游市井,洁身自好,他在套曲〔双调·行香子〕《叹世》中唱道:“名利相签,祸福相兼,使得人白发苍髯。残花雨过,落絮泥沾,似梦中身、石中火、水中盐。”他看历史是:“跳下竿尖,摆脱钩钳,乐天真休问人嫌。顾前盼后,识耻知廉,是汉张良、越范蠡、晋陶潜。”他好像完全参透世事,在套曲末尾唱道:“无钱妆富刚为僭,有财合散休从俭。狂夫不厌,为口腹遥天外置网罗,贪贿赂满肚里生荆棘,争人我平地上撅坑堑。六印多你尚贪,一瓢足咱无欠。君子退谦,把两字利名勾,向百岁光阴里,将一味清闲占。供庖厨野齑香,忘宠辱村醪酽,无客至柴荆昼掩,卧松菊北窗凉,躲风波世途险。”

曲家邓学可似乎看得更透。他的套曲〔正宫·端正好〕《乐道》内有三首〔滚绣球〕曲，其一道："千家饭足可周，百结衣不害羞。问什么破设设歇着皮肉，傲人间伯子公侯。闲遥遥唱些道情，醉醺醺打个稽首，抄化些剩汤残酒，咱这愚鼓简子便是行头。今朝有酒今朝醉，明日无钱明日求，散诞无忧。"其二道："恰见元宵灯挑在手，又早清明至门插柳。正修禊传觞流曲，不觉击鼍鼓竞渡龙舟。恰才七月七，又早是九月九，咱能够几番价欢喜厮守，都在烦恼中过了春秋。你子见纷纷世事随缘过，都不顾急急光阴似水流，白了人头。"其三道："刬荆棘凿做沼池，去蓬蒿广栽榆柳。四时间如开锦绣，主人公能得几遍价来往追游。亭台即渐摧，花木取次休，荆棘又还依旧，使行人嗟叹源流。往常间奇葩异卉千般秀，今日个野草闲花满地愁，叶落归秋。"因此，曲家要"撇罢了是和非，拂掉了争和斗，把心猿意马牢收。舞西风两叶宽袍袖，看日月搬昏昼"。

元代多数曲家都采取了这种无所求的处世态度。因为有求就有失，有希望就有失望，失望就会招致痛苦。而一无所求，就可以摆脱一切世事的羁绊，跳出现实的苦海。所以著名曲家沈和在〔仙吕 · 赏花时〕也道：

休说功名皆是浪语，得失荣枯总是虚，便做到三公位待何如？如今得时务，尽荆棘是迷途。

〔幺篇〕便是握雾拿云志已疏，咏月嘲风心愿足，我则待离尘世访江湖，寻几个知音伴侣，我则待林泉下共樵夫。

〔排歌〕远害全身，清风万古，堪羡范蠡归湖。不求玉带挂金鱼，甘分向烟波做钓徒。绝尘世，远世俗，扁舟独驾水云居。嗟尘世，人斗取，蜗名蝇利待何如？

〔哪吒令〕弃朝中俸禄，避风波仕途；身边引着小仆，玩云山景物；杖头挑酒壶,访烟霞伴侣。近着红蓼滩,靠着白蘋渡,潜身向草舍、得这茅庐。

沈和向有“蛮子关汉卿”之称。他在作曲时尤善于将不同风格的南北曲合于一腔,这也是他不受时尚拘束的一种表现。所以,他不把位极人臣的“三公”放在眼里,“一任他紫朝服,我不愿画堂居。”他看破功名,追求的是“逍遥散诞”清闲自在的“常教两眉舒”的开心生活。有的曲家则到晚年才有所参悟,如范康〔双调·新水令〕《乐道》即唱道:“老来方知幼时非,急省悟半途之际。”其中〔得胜令〕曲唱:“呀,我如今参透静中奇,识破动中机;人我山为平地,是非海波浪息。莫待要呆痴,将意马心猿系。休纵放奔驰,现一轮皓月辉。”他道:“诵《南华》,讲《道德》,谈《周易》,见天心,察地利,明人事,须持心炼己……打破了太虚空,便是那出世超凡大道理。”

探求世道机变,追求人生乐趣,元曲家多有所得。曾任浙江省掾的汪元亨虽然只是省府下层小吏,但他对官场内幕却十分清楚。他思索探求的结晶便是他的《归田录》百首曲作。他唱道:“度流光电掣,转浮世风车;不归来到大是痴呆,添镜中白雪。天时凉拈指天时热,花枝开回首花枝谢,日头高眨眼日头斜。老先生悟也。”他“悟出”了什么呢?那就是“不归来到大是痴呆”。他又歌道:“莫争高竞低,休说是谈非。此身不肯羡轻肥,且埋名隐迹。叹世人用尽千般计,笑时人倚尽十分势,看高人着尽一枰棋。老先生见机。”他的处世哲学就是“装聋作哑”。他道:“耳闻时做聋,眼见处推盲。且达时知务暗包笼,权妆个懵懂。听人着冷话来调弄,由人着死句相讥讽,任人着假意厮过送。老先生不懂。”(以上〔正宫·醉太平〕《警世》)他道:“叹世事争头鼓脑,笑公门屈脊低腰。”“世态多般，祸福无端；落得身闲，做甚高官。”（〔双调·折桂令〕《归隐》）“回思，冠冕为身累；知机，云山与世违。”（〔双调·雁儿落过得胜令〕《归隐》）从元初的白朴到元末的汪元亨，整个元代曲家的“知机”，所反映出来的处世态度，就是对元代统治者的不合作与消极抵制。他们不是不想建功立业，不是没有理想壮志，但是现实令他们太失望了。他们明知自己的才学不被看重，明知社会上层已没有他们的立足之地，他们所受的儒家教育早已告诉他们：达则兼济天下，穷则独善其身，此时他们也就只能退而维护个人的尊严，以道家的“清静无为”来安慰自己那动荡不安、悲愁不已的灵魂了。

神仙道化剧并不是对佛道经典或佛道思想的演绎之作，在元曲家笔下，那些所谓的神仙，不过只是徒有虚名而已，他们在剧中大多只标明某位神仙的名号，而其行事和思想情感却多反映元代社会种种人生世态，特别是读书人，或者说就是元曲家中的一些人对时事的见解和认识。神仙只是外壳，灵魂却是元曲家的“悟世”。像《陈抟高卧》剧末陈抟所唱：“本不是贪名利世间人，则一个乐琴书林下客，绝宠辱山中相。”“不是世间人”，应当是神仙了，然而一句“林下客”，一句“山中相”，却露出了人物本来面目，不过是一个“隐士”罢了。“隐士”与“神仙”终究不是一回事。神仙道化剧所写也是现实社会人的生活和思想，反映了元曲家复杂心态的一个方面。

悲断肠人在天涯：
蹉跎岁月落寞度日的悲哀

元曲家生活在一个特定的时代，决定了他们的命运与历代文人都有很大的不同。尽管他们也曾接受过传统儒家思想的教育和熏陶,他们也都想学成文武业,货与帝王家,无奈他们那一时代的君主对他们那一套文章道德都不感兴趣。这在客观上使元代曲家天然就面临一个悲剧的现实世界。过去学子们总还有一条科举之路,不论人数多少,学而优总还可以入仕。元代,有相当长时间取消了科举,就是正开科举也是优先照顾蒙古人、色目人,汉人受到极大的歧视。可以说,与历代士子相比,元代的士子是最不开心的一代。

著名曲家马致远年轻时非常想像汉代司马相如那样因辞赋而得到皇帝的青睐,他一再写诗词和歌曲歌颂元朝、歌颂皇帝。然而,当时官场通行的是金钱和权势,只要人有钱贿赂,或有权贵做后盾,就不愁不能做官,而你文才再高,万言不值一杯水,没有权势人家撑腰,也是难以进入官门的。马致远自恃有才,他不相信自己就不能发迹。然而现实是无情的,经过半生的努力奔竞,他终于明白了。他认为他已把"浮生参透",他要做"酒中仙""尘外客""林间友 ","永休开是非口"。马致远在功名利禄的追求中历经坎坷,有诸多"鞍马区区山路遥""闷无聊,心内如烧"的感受。其中,最能反映他思想感情的就是那首脍炙人口的名作〔越调·天净沙〕《秋思》:"枯藤老树昏鸦,小桥流水人家,古道西风瘦马,夕阳西下,断肠人在天涯。"他把自己对人生追求的复杂感受——忧思、悲哀、不平、愤慨、孤苦、失望等全集中于那"断肠人在天涯"六个字之中。"天涯断肠人"是马致远为自己所画的像,也是为所有元代失意文人和曲家所画的像。因为功名无望,马致远写下了一系列抒发其悲哀心情的叹世曲。在这些曲作中,作者否定历史、否定现实、否定一切,他悲观至极,心灰意懒,只道"不如醉还醒,醒而醉""不如醉了还醉"。

和马致远齐名的曲家乔吉的遭遇也和马致远相似。乔吉曾希望像杜牧那样匡世济国，希望像周瑜、鲁肃一样成为英雄豪杰。但是他一生怀才不遇，报国无门，只能流落江湖，沉沦市井。他为自己青春虚度而悲哀，经常处于“客怀枕畔，心事天涯”的境地。他以“江湖状元”“烟霞状元”自嘲，他为自己无奈的“批风抹月”的落魄生涯而痛苦。在穷困潦倒的岁月中，乔吉用他的博学多才为世人留下了丰厚的曲作，其〔双调·殿前欢〕《里西瑛号懒云窝自叙有作奉和》有一曲唱道：“懒神仙，懒窝中打坐几多年。梦魂不到青云殿，酒兴诗颠。轻便如宰相权，冷淡如名贤传，自在如彭泽县。苍天负我，我负苍天！”曲中那震撼人心的呼喊“苍天负我，我负苍天”充满了气愤、无助、悲凉，这呼喊就是“断肠人”的哀鸣，就是天涯沦落人的呼号，应该说这也是元代曲家对他们所生活的那个时代的抗议。

天涯羁旅，是多数元曲家经历过的生活。为了求取功名，为了谋取生活出路，他们要四处求学问道，要去寻求通向仕途的门路。马谦斋〔双调·水仙子〕《燕山话别》曲描写此情此景道：“满饮方酹别长亭，相送王孙出上京。玉骢且莫敲金镫，听阳关第四声。临歧执手论情，千古思前训，一心怀志诚，休耽搁半纸功名！”曲中写出读书人外出求取功名时，朋友相送临别鼓励的情景。周德清〔越调·柳营曲〕《别友》则唱道：“一叶身，二毛人，功名壮怀犹未伸。夜雨论文，明月伤神，秋色淡离樽。离东君桃李侯门，过西风杨柳渔村。酒船同棹月，诗担自挑云。君，孤雁不堪听。”写出了壮志未酬的惆怅和忧伤。这其间有不少曲家求取功名未得其径，未得其门，而沦落江湖，有家难归，断肠天涯。徐再思〔双调·水仙子〕《夜雨》唱道：“一声梧叶一声秋，一点芭蕉一点愁，三更归梦三更后。落灯花棋未收，叹新丰孤馆人留。枕上十年事，江南二老忧，都到心头。”范居中之曲作〔正宫·金殿喜重重〕《秋思》唱道：“风雨秋堂,孤枕无眠,愁听雁南翔。风也凄凉,雨也凄凉,节序已过重阳。盼归期何期何事归未得,料天教暂尔参商。昼思乡,夜思乡,此情常是悒怏。”周德清〔双调·蟾宫曲〕《别友》则诉其艰难道:“倚篷窗无语嗟呀,七件儿全无,做什么人家。柴似灵芝,油如甘露,米若丹砂。酱瓮儿恰才梦撤,盐瓶儿又告消乏。茶也无多,醋也无多,七件事尚且艰难,怎生教我折柳攀花。”张可久〔中吕·卖花声〕《客况》三首则写出其凄凉的心境:

绿波南浦人怀旧,黄叶西风染鬓秋,暮云归兴仲宣楼。天南地北,尘衣风帽,漫无成数年驰骤。

十年落魄江滨客,几度雷轰荐福碑,男儿未遇暗伤怀。忆淮阴年少,灭楚为帅,气昂昂汉坛三拜。

登楼北望思王粲,高卧东山忆谢安,闷来长铗为谁弹?当年射虎,将军何在,冷凄凄霜凌古岸。

功名无成,沉沦天涯,落魄市井,遭人白眼,思古想今,曲家的心境怎能不无限悲凉,真是苦不堪言。因此,他们要用歌来排遣心中的苦闷。赵显宏道:“昨日街头唤小哥,早两鬓婆娑。云间乌兔似撺梭,老了人呵……功名不恋我,因此上落落魄魄。”(〔黄钟·刮地风〕《叹世》)秦竹村则道他在窗下用了二十年工夫,然后至皇都,他原想“只道功名掌中物,笑取,笑取”,却谁知“高引茅庐,无人枉顾;不遇知音,难求荐举;慷慨悲歌,空敲唾壶。落魄无成,新丰逆旅”。到头来他只能慨叹“蹭蹬几年无用处,枉被儒冠误”(〔双调·行香子〕《知足》)。就是这些歌也都充满了悲伤,让人听起来不由得不为他们心酸。

曾瑞〔中吕·喜春来〕《未遂》曲道:“功名希望何时就,书剑飘零甚日休！算来着甚可消愁？除是酒，醉倚仲宣楼。”功名无望，却还在天涯奔波，其心中充满了无尽的哀愁，向谁诉说？只有一醉解千愁，然而举杯消愁愁更愁，登楼望乡归不得，其痛苦真可谓断肠摧肝，不身临其境者难以体味。曾瑞才气纵横，由北而南，却功名无成，只能靠人接济度日，他的感慨自然比一般曲家要深刻得多。他的〔中吕·山坡羊〕《自叹》曲道：“南山空灿，白石空烂，星移物换愁无限。隔重关，困尘寰，几番眉锁空长叹。百事不成羞又赧，闲，一梦残；干，两鬓斑。”对其一事无成岁月蹉跎充满了愧悔和无奈。在这种情况下，他只能自我安慰说：“繁花春尽，穷途人困，太平分的清闲运。整乾坤，会经纶，奈何不遂风雷信。朝市得安为大隐，咱，妆做蠢；民，何受窘。”（〔中吕·山坡羊〕《讥时》）但是他人虽“隐于市”，心却不能平，不断反问自己：“肉撑翻鼎饕餮，土蚀损剑镆铘。诸公荣贵不曾绝，偏我如鸠拙。”

“命耶，运耶，穷通内分优劣？……”（〔中吕·快活三过朝天子〕《警世》）在得不到解释时，他也就只好归结为命运，以“杯吸长鲸，酒泛洪波，醉乡宽阔，不饮待如何”（〔正宫·端正好〕《自序》）来麻醉自己。

曲家董君瑞〔般涉调·哨遍〕《硬谒》讲的是一个怀才不遇之士走投无路，硬着头皮去向一家权贵强借硬索的故事。其中有曲唱道：

十载驱驰逃窜，虎狼丛里经魔难。居处不能安，空区区历遍尘寰。远游世间，波波漉漉，穰穰劳劳。一向无程限，划地不着边岸。镜中空照，冠上虚弹。诗书有味眼生花，岁月无情鬓成斑。长铗归来，壮志难酬，功名运晚。

〔幺〕世事谙博看，人情冷暖谁经惯？风帽与尘寰，遍朱门白眼相看。腹内闲，五车经典，七步文章。到处难兴贩，半纸虚名薄官。飘零吴越，梦觉邯郸。碧天凤翼未曾附，苍海龙鳞几时攀。困此穷途，进退无门,似羝羊触藩。

曲中所唱简直就是“断肠人在天涯”的说明和注释。现实已经逼迫得人们无路可走,在人们极度痛苦与愤怒的时候,他们就铤而走险了。

斥奸佞专权坑害民众:忍无可忍满腔愤怒

元代是一个空前统一的大帝国,是一个疆域空前辽阔的大帝国,但又是一个以马上得天下、崇尚武力的大帝国。尽管蒙古贵族中一些有远见卓识的人士竭力想学习中原的先进文化,但是他们总要受到来自他们内部持不同观点的落后势力的掣肘,蒙古贵族当政者中有一部分人贪婪成性,他们眼中根本就没有什么王法政治的概念,他们为所欲为,无法无天,凭仗特权,欺压民众,坑害百姓。对于这些蒙古新贵的倒行逆施及其爪牙们为非作歹的暴行,正义的元曲家们不禁义愤填膺,用自己的曲作揭露了那些贪官污吏的种种丑恶行径,鞭挞了他们卑鄙无耻的灵魂,指出了堂堂大元朝虽然威赫一时,震慑世界,但终将灭亡在他们自己手中。

大戏曲家关汉卿在元代初年就以其敏锐的洞察力看到了元代统治的弊病。他一方面歌颂王朝的新局面,歌颂大好河山,同时,他也从另一方面批判了那一时代官场的腐败。他的杂剧《窦娥冤》就是揭露当时社会“官吏每无心正法,使百姓有口难言”的名作。剧中主要人物含冤被屈的窦娥,就是当时社会善良民众的代表。他们本来老老实实、温温顺顺,可是却遭到流氓无赖的欺凌,这时候官府本应当为民做主,严惩恶棍,官员们却只是认为“但来告状的,就是我衣食父母”,只认金钱不审案,谁给钱谁就有理。窦娥明明被欺凌,反而被诬陷杀人,尽管她有理,但因无钱,竟被判死罪。窦娥在刑场上高呼:“没来由犯王法,不提妨遭刑宪,叫声屈动地惊天。顷刻间游魂先赴森罗殿,怎不将天地也生埋怨。”

对天地的埋怨、呼号,就是对元代贪官的声讨,是对当时黑暗社会的强烈抗议。剧中贪官的典型形象——桃杌,关汉卿让其自现丑形,他对告状的又是作揖,又是下跪,口口声声说:“我做州官胜别人,告状来的要金银”“但来告状的,就是我的衣食父母”,一下子就暴露出其污秽的灵魂。关汉卿的《望江亭》《蝴蝶梦》《鲁斋郎》等剧皆从不同视角揭露了当时社会的黑暗。权豪势要如果看上了汉人官员的妻子,也可以任意欺凌抢夺,打死人可以不偿命,公然横行街市……关汉卿对这些坑害民众的奸佞的丑恶嘴脸的揭示,对这些卑鄙小人无耻行为的鞭挞,表现了他的愤怒之情。还有一些曲家和关汉卿一样,对当时社会种种贪官污吏、权豪势要横行霸道、欺压民众的行径进行了声讨,如王仲文、孟汉卿、李致远、孙仲章、李行道、武汉臣等都在他们的剧作中描绘了各级官吏嗜财好利、贪心不足的嘴脸。“我做州官只爱钞,再不问他原被告。”(《救孝子》)“做官都说要清名,偏我要钱不要清。纵有清名没钱使,依旧连官做不成。”(《还牢末》)“虽则居官,律令不晓。但要白银,官事便了。”(《灰阑记》)……一个个权豪势要俱是凶神恶煞,平民百姓闻其名则胆战心惊;一个个官员皆贪赃枉法,只知道搜刮民脂民膏,鱼肉百姓。虽然剧中人的身份可能是金朝人、宋朝人,甚至是汉代人、唐代人,但那不过是假借而已,实际所反映的都是元代的社会现实。

如果说借剧中人表现曲家的情感还有一点间接的话,那么从一些直接抒发曲家情感的散曲里就可以更清楚地看到元曲家对当时社会现

实的不满。随着时间的推移,越到元代后期,这种不满情绪越是强烈。比如元代后期流传很广的〔正宫 · 醉太平〕曲:

堂堂大元,奸佞专权。开河变钞祸根源,惹红巾万千。官法滥刑法重黎民怨,人吃人钞买钞何曾见。贼做官官做贼混愚贤。哀哉可怜!

元代后期的至正年间,黄河泛滥成灾,民众流离失所。元朝廷命贾鲁负责治理黄河,有一些官员乘机贪污受贿。再加上变革钞法,铸造新钱,致使钱钞贬值,物价飞涨,因而引起元末农民头裹红巾大起义。此曲叙述的就是此事。该曲尖锐地指出了元代的不治顽症——奸佞专权,官法滥,刑罚重,官即是贼,贼即是官。这种情况积累到一定程度,最终只能导致自身灭亡。几乎和这只曲子同时流行的其他曲子道出了同样的事实,反映了曲家的种种不满情绪。有的曲家甚至揭露奸佞恶劣行径并与之进行斗争。元代后期太师伯颜专权,史书记载他任中书右丞相后"擅爵人,赦死罪,任邪佞,杀无辜",甚至擅杀郯王彻彻笃,擅街市……贬职宣让王帖木儿不花、威顺王宽彻普化,"锻炼诸狱,延及无辜"。当时曹德官居山东宪使,正在京城,闻知伯颜的奸行,止不住内心的愤怒,就写下了两首〔清江引〕曲,并且将曲作大书贴于城门。他用隐喻手法对伯颜专权杀戮进行了尖锐的嘲讽。

其实早在曹德之前,著名曲家刘时中就已将他的曲作当成了议论,他比曹德更直接、更具体地对元代某些社会弊病进行了针砭。这就是他的名作〔正宫 · 端正好〕《上高监司》两曲。其中一曲写民众遭受旱灾的痛苦:

〔滚绣球〕去年时正插秧,天反常,那里取若时雨降?旱魃生四野灾伤。谷不登,麦不长,因此万民失望,一日日物价高涨。十分料钞加三倒，一斗粗粮折四量，煞是凄凉。

〔倘秀才〕殷实户欺心不良，停塌户瞒天不当。吞象心肠歹伎俩，谷中添秕屑，米内插粗糠，怎指望他儿孙久长。

〔滚绣球〕甑生尘老弱饥，米如珠少壮荒。有金银那里每典当？尽枵腹高卧斜阳。剥榆树餐，挑野菜尝。吃黄不老胜如熊掌，蕨根粉以代糇粮。鹅肠苦菜连根煮，荻笋芦莴带叶，则留下杞柳株樟。

〔倘秀才〕或是捶麻柘稠调豆浆，或是煮麦麸稀和细糠，他每早合掌擎拳谢上苍。一个个黄如经纸，一个个瘦似豺狼，填街卧巷。

该曲写民众的灾难和困苦实际是对当时官府的谴责，虽然有天灾但也有人祸。曲中所描述的那些“殷实户”“停塌户”“吞象户”借天灾而发横财。他们如果不和官府勾结，绝不敢那样做；就是那么做，官府正直，也会制止他们。可是实际却是社会混乱一片，民众只能忍饥挨饿，在死亡线上挣扎。

其二则写他对当时所行钞法的认识。曲中细致地揭露了库藏钞币的弊端与胥吏狼狈为奸、偷盗库藏的丑恶行径。他虽然揭露的是下层官吏的偷盗行为，说“这厮每玩法欺公胆气粗，恰便似饿虎当途”，但是他也指出“已自六十秋楮币行，则这两三年法度沮”。管库的提调官和其下属从开库到押运以及到烧毁昏钞，这其间有种种作弊行径，刘时中提出“急宜将法变更”，建议“提调官免罪名，钞法房选吏胥，攒典俸多的路吏差着做。廉能州吏从新点，贪滥军官合减除，住仓库无升补……”他是想从“补天”的角度来挽救摇摇欲坠的大元朝，但是，病入膏肓的元朝已是无药可救了。

曲家兼画家的倪瓒身经元末的动乱年代，只能为这个曾经称雄一时的朝代迅速灭亡感到悲哀。其〔黄钟 · 人月园〕曲道：“伤心莫问前朝事,重上越王台。鹧鸪啼处,东风草绿,残照花开。怅然孤啸,青山故国,乔木苍苔。当时明月,依依素影,何处飞来?”其〔越调·小桃红〕曲道:“陆庄风景又萧条,堪叹还堪笑。世事茫茫更谁料?访渔樵,后庭玉树当时调。可怜商女,不知亡国,吹向紫鸾箫。”曲曲述说着朝代更迭而江山依旧的无限伤感。他只能深深慨叹“草茫茫秦汉陵阙,世代兴亡,却便似月影圆缺”“到如今世事难说,天地间不见一个英雄,不见一个豪杰。”他在与当时著名曲家张鸣善的唱和曲(〔双调·折桂令〕《拟张鸣善》)中,表明他处于乱世,也只能遗世独立,洁身自好:“侯门深何须刺谒?白云自可怡悦。”面临改朝换代,曲家对元朝灭亡已经没有了愤怒,也无须愤怒了。

二、弦管粉墨:曲中情思纸上功名

——处于社会下层的元曲家们的风采神韵

元曲是一代文学艺术的代表样式,从广义说它包含元代才诞生的散曲和元杂剧,还包含了在宋代就已产生,至元代才兴盛起来的南戏。无论元曲的哪一种样式,它们都共同表现出了元曲家们的神韵和风采。无论散曲、杂剧、南戏,其作者大都是处于当时社会下层的文人,或者是低级官吏。之所以出现这种情况,是元代民族等级制度和对汉人为官的限制制度所造成的必然结果。不管你有多大的才学、多大的本领,只要你不是蒙古人,在蒙古贵族中没有结交,你就不能担任中央以及地方各级官吏的首要职务,而且这种情况越到元代后期越严重。大多数元曲家在官场仕途都很不得意,所以他们就把自己的才思全用在了元曲的创作上,这也使得元曲有了自己的专门作家,出现了思想内容和艺术水平都很高的一批作品,从而继唐诗、宋词之后开创了一个元曲的新时代。元曲的辉煌成就,使它能够和唐诗、宋词相媲美。

元曲家在唐宋之后再度创立了一个中国古典文学的高峰。唐诗、宋词、元曲已成为人们对中国古典文学成就的高度概括。元曲家开创了中国古典戏曲大繁荣的新时代,正是从元代开始,中国古典戏曲才成熟起来,元曲家所创造的戏曲范式及其戏曲精神为以后的戏曲创作树立了榜样。明清以及近现代的戏曲家无不以元曲家的创作精神为标杆,无不对元曲家的创作给予极高的评价。元曲家还开创了中国古典文学由雅到俗的大转变,开创了雅文学与俗文学齐头并进的新时代。元以前是雅文学一统天下,虽然俗文学也在不断发展前进,但是俗文学却从来不能与雅文学抗衡,统治者与上层文人的趣味决定着文学作品情趣。元曲登堂入室乃是中国古典文学的一个转折点。

早在宋金时期,民间就产生“杂剧”样式,表演简短的故事和民间发生的趣事,有歌有舞,类似小品。元曲家学习民间说唱表演艺术形式中的“唱赚”和“诸宫调”样式,即把多支曲子连缀在一起的演唱形式,他们把新兴的散曲“套数”,用在市井间早已有的杂剧样式上,这种良性“嫁接”的结果,就产生了中国最早的成熟戏曲——元杂剧。元曲家迅即投入元杂剧的创作,使杂剧从“百戏”杂耍的混杂表演中独立出来。元曲家既写历史传说故事,也写现实人生事实,或借古讽今,或直抒胸怀。

元代文人既然失去了传统的晋升之路,他们也就把写曲作剧当作了自己的人生事业。他们在市井结成民间书会,互相切磋写剧技能;他们倾全部才思于剧作之中,以“曲词状元”为荣,争强斗胜:你写一本剧,我即用同一题材再写一本剧,务必在某一方面要超过前者。所以,元杂剧中颇多同题材的剧目。每一个元曲家都要出奇制胜,在激烈的市场竞争中充分发挥自己的才情,展现自己的风韵神采。曲是要人唱的,剧是要人演的,元曲家都努力和演员建立良好的关系和密切的联系,力争不断提高创作水平和演出水平。同时,为了博得观众——即大众的喜爱,元曲家在创作中就不能不考虑如何反映民众的精神需求,写作民众最关心的事情,反映广大民众的喜怒哀乐等情感,这就使元曲家的创作自然具有一定的大众精神和时代风貌。

可以说,一代元曲家们的风韵神采尽在时代的弦管粉墨中显现出来。

甘为梨园领袖曲词状元:士林中等辈伏低

元曲家中虽有一些人在朝为官,但是能够位居高官者寥寥无几。因为整个元朝对汉人都采取歧视态度,汉人在元朝为官受到种种排斥和不公平的待遇,除非有极特殊的原因,一般汉人很难进到统治阶层的重要部门和决策机构。元代的读书人有的不去做官,有的为官还要辞官,就是因为那个时代的官场太重出身了。元代又不重科举,读书人不能通过正常渠道走仕途,一些读书人就只好沉沦市井,他们手不能提篮,肩不能担担,只能以自己所擅长的文墨谋生。他们不得已而与市井的倡优,即歌儿舞女为伍,为他们撰写当时流行的散曲,为他们编写时兴杂剧,于是处于社会下层的文士中就成长出一批元曲家。对于此种社会现象,明人胡侍在他所著的《真珠船》卷四曾言:"盖当时台省元臣,都邑正官,及雄要之职,中州人多不得为之。每沉郁下僚,志不得伸。如关汉卿乃太医院尹,马致远江浙行省务官,宫大用钓台山长,郑德辉杭州路吏,张小山首领官,其他屈在簿书,老于布素者,尚多有之。于是以其有用之才,而一寓之乎声歌之末,以纾其怫郁感慨之怀,所谓不得其平而鸣焉者也。"于若瀛在《〈阳春奏〉序》文中则说:"盖金元以来,外夷据我中华,所用胡乐,嘈嘈杂杂,凄紧缓急,词不能按,乃复更为新声,其抑扬高下,足媚人耳。一时名士,如马东篱辈,咸富其才情,兼善声律,以故遂擅一代之长。要而言之,实所以宣其牢骚不平之气也者。彼腥膻当国,凡秉庶要,悉任丑虏。而中原怀才抱艺之夫,仅仅辱在僚左,此其所以慷慨悲歌,于仙吕诸宫、南吕诸调,悉诣其至极也。”

元曲家仕途失志,似乎从倡优那里找到了知音,从与倡优的合作中看到了自己的人生价值。因而几乎所有的元曲家都和倡优保持着良好的关系。元曲家夏伯和的《青楼集》即记叙了关汉卿、白朴、商正叔、姚燧、鲜于枢、卢挚、冯子振、刘时中、贯云石、滕斌、钟嗣成、乔吉、倪瓒、刘庭信等数十位曲家与当时一些名优的交往。而这些名优之所以有名,正是因为他们特别擅长演唱当时的流行歌曲——散曲,特别擅长表演时兴的杂剧。如《青楼集》记珠帘秀:“杂剧为当今独步;驾头、花旦、软末泥等,悉造其妙。”记顺时秀:“杂刷为闺怨最高,驾头诸旦本亦得体。刘时中待制,尝以‘金簧玉管,凤吟鸾鸣’拟其声韵。”记天然秀:“才艺尤度越流辈;闺怨杂剧,为当时第一手。花旦、驾头,亦臻其妙……尤为白仁甫、李溉之所爱赏云。”记孙秀秀则道:“都下小旦色。名公巨卿,多爱重之。京师谚曰:‘人间孙秀秀,天上鬼婆婆。’”文人与倡优相交,并不始于元代,在唐代文人狎妓就已非常普遍,宋代其风尤盛于唐。唐宋的文人传奇小说中描写文人与妓女关系的故事已有许多。因时代和社会环境不同,与唐宋时期相比较,元代文人与倡优的关系已经有了很大的不同。

在元代,文人几乎已处于社会的最底层。他们的社会地位与倡优相同,所以他们之间的关系再不是狎与被狎的不平等关系,而“同是天涯沦落人”,因而同病相怜,得以互相慰藉。同时,他们还要互相依靠、互相支持,在技艺上互相切磋、互相学习。元曲家所创作出来的作品要依靠倡优的歌唱和演出才能在社会上得到广泛的传播，才能体现出其应有的价值。元曲，包括散曲和杂剧，都是通俗文学，它们首先要得到市井百姓的认可。这和传统文学中诗文的价值首先要由士大夫首肯有着根本的不同。因而元代的倡优，特别是和元曲家相交往的倡优，她们首先是一名歌唱演员或戏曲演员，她们和纯粹出卖色相的妓女、面首有很大的不同。元代的倡优肩负着将元曲家的创作推向社会的巨大责任。所以同唐宋文人相比，元曲家对倡优更多一些尊重，他们之间的关系更加真诚平等，更多一些友谊。一些元曲家在与倡优的交往中忘却了他们的精神压抑，他们在这种交往中得到了从没有过的快乐和愉悦，从而乐不思蜀，不再去考虑什么功名利禄，他们一心要做梨园领袖、杂剧班头，争当曲词状元，在散曲与杂剧创作中极尽他们的才华，以使士林中等辈伏低。正是在与倡优的交往中，元曲家们看到了自己的历史使命和时代使命。可以说如果没有元代倡优的演出支撑，元曲家很难取得那么辉煌的成就。

元曲家大都和演员有着比较亲密的关系，比如关汉卿、卢挚、冯子振与珠帘秀，杨显之、刘时中、王元鼎与顺时秀，白朴、李溉之与天然秀，乔吉与李楚仪，钟嗣成与王玉梅，贾固与金莺儿等。其间还有很多动人的故事。比如贾固任山东佥宪时得识名优金莺儿，后来他出任西台御史，仍对金莺儿不能忘情，就作了一首〔中吕·醉高歌过红绣鞋〕曲寄给金莺儿，以表他的思念之情。其曲道：

乐心儿比目连枝，肯意儿新婚燕尔。画船开抛闪的人独自，遥望关西店儿。黄河水流不尽心事，中条山隔不断相思。当记得夜深沉、人静悄、自来时。来时节三两句话，去时节一篇诗，记在人心窝儿里直到死。

不料此事被官方窥知,有多事的人给捅到了宪台,贾固遂被人弹劾,以有伤风化、失却官体被罢官。但是曲家无悔,山东一带市井久久传颂其事。

再如,顺时秀善演闺怨类杂剧,曲家刘时中很欣赏其歌喉,曾赞其声韵如"金簧玉管",歌姿如"凤吟鸾鸣"。而另一曲家王元鼎和顺时秀关系更为亲密。有一次顺时秀生病,突然想吃马板肠,一时间难以寻觅,王元鼎得知,立即叫人把他所骑的马杀死,以满足顺时秀的愿望。王元鼎、顺时秀两人对剧作家杨显之都很尊敬,戏曲家贾仲明在《录鬼簿》中记载,对于杨显之,"王元鼎师叔敬,顺时秀伯父称"。当时有蒙古权贵官参政名阿鲁温者也看上了顺时秀,一天竟问顺时秀:"我比王元鼎如何?"顺时秀不客气地告诉他:"您是宰相,元鼎不过是一介文士。经纶朝政,致君泽民,元鼎哪里敢比参政!然而嘲风咏月、惜玉怜香,谁又能比元鼎呢?"王元鼎遂据此事写有〔商调·河西后庭花〕曲。曲道:

走将来涎涎瞪瞪冷眼儿睃,杓杓答答热句儿浸。舍不的缠头锦,心疼的买笑金,要你消任。鸳帏珊枕,凤凰杯翡翠衾。低低唱浅浅斟,休逞波李翰林。

〔幺篇〕支楞弦断了绿绮琴,吉玎掂折了碧玉簪,嗨,堕落了题桥志;吁,阑珊了解佩心。走将来笑吟吟,妆呆妆娄,硬厮挣软厮禁。泥中刺绵里针,黑头虫黄口鸩。

〔凤鸾吟〕自古到今,恩多须怨深。你说的牙疼誓,不害碜!有酒时吟,有饭时啃,你来我跟前委实图甚?小的每声价儿偿,身材儿娄,请先生别觅个知音。

〔柳叶儿〕走将来乜斜头撒唚,不熨贴性儿希林,软处捏硬处搯甜处渗。休忒恁,莫沉吟,休辜负了柳影花阴。

此曲嘲弄了阿鲁温的好色贪婪，描写了顺时秀虚与委蛇、不亢不卑的应酬，流露出曲家的喜悦和得意，表现出曲家的才情。

又如卢挚，他由诸生而任侍从，弱冠而登仕途，历任提刑按察使、肃政廉访使、集贤学士，官至翰林学士承旨，为一代名宦，又是一代文豪，时人称他“文名满天下”，所作“师表当代”，被誉为元初大家。就是这样一个在传统文学领域有很深造诣的政要人员，也受时代的席卷，投入时曲的创作，成为著名的曲作家。他冲破理学的束缚，将曲与传统的诗文并重，对被人歧视的倡优能平等相待。他和著名演员珠帘秀曾多有交往。这里仅录其互相唱和的〔双调·寿阳曲〕：

才欢悦，早间别，痛煞煞好难割舍。画船儿载将春去也，空留下半江明月。

山无数，烟万缕，憔悴煞玉堂人物。倚篷窗一身儿活受苦，恨不得随大江东去。

前一首是卢挚离开扬州时的告别之作，曲原题即为《别珠帘秀》，写得一往情深。后一首是珠帘秀的答作，也表现出她对卢挚的难以割舍之情。

在元代，身为朝廷大臣，又是名儒，为传统诗文代表作家，而又兼善俗文学，于散曲创作具有杰出成就者，不仅仅是卢挚，还有一批人，其著名者有姚燧、张养浩、冯子振、刘时中等。他们既擅长雅文学，又擅长俗文学。在雅文学的写作上，他们中规中矩，然而一旦离开朝廷，来到市井乡野，他们也能应和时代的旋律，作起流行乐曲来，就仿佛变成了另一个人。比如说姚燧，其声名与卢挚齐平，时人往往将姚卢并称。姚燧身为名宦，官翰林，太子少傅，被人称为古文大家，甚至有人将他比做唐代的韩愈、宋代的欧阳修。但是,他笔下竟出现这样的曲作:“博带峨冠少年郎,高髻云鬟窈窕娘。我文章你艳妆,你一斤咱十六两。”“马上墙头瞥见他,眼角眉尖拖逗咱。论文章他爱咱,睹妖娆咱爱他。”“寄与多情王子高,今夜佳期休误了。等夫人熟睡着,悄声儿窗外敲。”(〔越调·凭阑人〕)读这些曲作,谁又能相信它们出自朝廷名臣、一代大儒之手呢?然而这是事实,是时代风气使然。这种现象在唐在宋难以出现,在元代则成为一种普遍现象。也就是说,在元代不仅处于社会下层的曲家甘为梨园领袖,自觉自愿地为倡优作词写曲;就是身居高位的大臣,他们因为在蒙古族统治之下,身心备受压抑,自觉不自觉地也要用时代流行的乐曲抒发自己的情感。名公文士作曲,更能在士林中传播,得到上层社会人士的关注。而这种新兴的文学样式——散曲,由于得到上层文人的认可,也就更加迅速地在全社会传播发展,终成为一代文学的代表。在这种情势下,以散曲套数为建构基础的杂剧蔚然勃兴也就成为必然之事了。杂剧作者虽然在元代上层社会中人数极少,在中下层官吏中却大有人在。

力争书会夺魁新编竞演:
需是我辈编撰

宋元时期由于城市经济发达,娱乐业繁盛,市井艺人亟需提高他们的说唱艺术和大量的讲说底本,于是艺人们便自发地组织起来成立了行会性团体——书会。元曲家中有一些人就是书会成员。当时著名的书会有玉京书会、元贞书会、永嘉书会、九山书会、古杭书会、武林书会、敬先书会等。这些书会有的成立于元代,有的在宋金时代就已存在。

书会成员中的一般文人在当时被称为“先生”“才人”。如果是有功名官职者，则被称为“名公”。现存中国戏曲史上最早、最完整的剧作《张协状元》就是由九山书会的“先生”所作。该剧属于宋杂剧中的南戏系统，它是在永嘉杂剧形成之后书会先生们的竞胜之作。该剧一开场就有一首〔满庭芳〕词唱道：

暂息喧哗，略停笑语，试看别样门庭。数坊格范，绯绿可同声。酬酢词源诨砌，听谈论四座皆惊。浑不比，乍生后学，谩自逞虚名。《状元张叶传》，前回曾演，汝辈搬成。这番书会，要夺魁名。占断东瓯盛事，诸官调唱出来因。厮罗响，贤门雅静，仔细说教听。

在书会这样的行业组织里，曲家创作不仅互相竞胜，还互相切磋剧本创作的意境、结构、语言，有时也相互合作。著名元曲家杨显之以其所作《潇湘夜雨》闻名于世，同时，他与大戏曲家关汉卿为莫逆之交，关汉卿每有所作皆要请他加以审修。因此，杨显之还落了一个“杨补丁”的绰号。著名曲家马致远和李时中在元贞书会里和名演员花李郎、红字李二分工合作，每人一折，创作了杂剧《黄粱梦》。

演员和作家在当时界限相当分明。演员大多是倡优，历来是供人笑乐者，社会地位一向低下。文人则一向自视甚高，因为他们拥有一定的文化知识，历来属于特殊的“士”阶层。他们进可以为官，加入统治者的行列；退也要保持自身的精神独立，绝不与劳力者为伍。传统的倡优大多没有文化，只是依靠演技为生。在元代，传统观念比较强的文人和社会地位比较高的文人，对倡优仍抱有成见。如明人朱权《太和正音谱》载：“杂剧，俳优所扮者，谓之‘娼戏’，故曰‘勾栏’。子昂赵先生曰：‘良家子弟所扮杂剧，谓之“行家生活”，倡优所扮者，谓之“戾家把戏”。

良人贵其耻，故扮者寡，今少矣，反以倡优扮者谓之"行家"，失之远矣。'或问其何故哉？则应之曰：'杂剧出于鸿儒硕士、骚人墨客所作，皆良人也。若非我辈所作，倡优岂能扮乎？推其本而明其理，故以为"戾家"也。'"赵子昂（赵孟頫）乃宋室后裔，入元后得到元世祖忽必烈的喜爱，身为名宦，以多才多艺而涉足时曲，他所发的一通议论代表着上层文人对编剧和演剧的认识。他这段话也说明了在市井间书会中的才人、先生们皆是鸿儒硕士、骚人墨客，饱学而有文才。这些人编剧以供倡优——演员来演出。早期的编剧先生们还亲自扮演，粉墨登场。正如《元曲选·序》所记，关汉卿"躬践排场，面敷粉墨，偶倡优而不辞""需是我辈编撰，演员才有所可扮"，多少表现出作家的一点自豪感。

书会既不是行业组织，又不是天下只此一家别无分号，自然而然就会出现市场竞争。名演员之"名"是拥有观众这项资本，是争夺市场的一个条件。但名演员也需要有好剧本获得良好的演出效果，书会的先生们也就要不断编撰出新剧作来满足市场的需求。元刊《古今杂剧三十种》，除《赵氏孤儿》外，其余 29 种都标有"大都新编""古杭新刊""新编关目""新编足本""新刊的本"等说明文字。新编竞演，层出不穷，也就形成了中国戏曲发展史上第一次大繁荣。据《录鬼簿》所载，同一题材不同剧作家争相编写的剧作有数十种之多，有的情节相似，但还要以主唱不同编出"旦本""末本"进行竞争。例如，白朴所作《崔护谒浆》为末本，尚仲贤所作则为次本；李文蔚作有《谢安东山高卧》，韵为监咸，曲家赵公辅则作有次本；关汉卿作有《破窑记》，王实甫所作《风雪破窑记》为旦本；郑光祖作有《细柳营》，王廷秀所作《周亚夫屯细柳营》为次本；关汉卿作有《风月害夫人》，赵子祥所作为次本、旦本；王仲文作有《太祖夜斩石守信》，赵子祥所作则是次本；王实甫作有《于公高门》，梁进之所作为旦本;赵公辅作有《倩女离魂》,而郑光祖的同名名作为次本;武汉臣作有《三战吕布》,郑光祖所作亦是次本;孔文卿所作《东窗事犯》为末本,金仁杰所作为次本、旦本。可以想见当时舞台对演竞争的有趣现象:一边舞台演的是关汉卿所作的《破窑记》,一边演的则是王实甫所作的旦本《风雪破窑记》;一边上演的是李好古的《张生煮海》,另一边演出的则是尚仲贤所作的次本《张生煮海》……更有曲家不在同题材上出新竞争,而是别开蹊径。如曲家王伯成编有杂剧《太白贬夜郎》,范康乃编《杜子美游曲江》与之相抗衡。

元曲家的创作与后来明清时期曲作家的创作最大的不同点在于,他们所作是为了付诸演出而不是为了案头欣赏。为此,他们就必须接近市井,接近演员。演员使得作家的作品由纸上文字变为舞台上活生生的演出,广大的市民则成为作家和演员创作的欣赏者和评判者。元曲家的劳作只有得到观众的认可,才能使其创作获得应有的价值判断。元曲家的劳作也正是依靠广大民众的热爱,口耳相传,才在当时得到广泛的传播。元代后期曲家钟嗣成所作的《录鬼簿》开列了元代散曲家和杂剧家的名单,并记录了杂剧家的创作剧目,这正是他和曲界朋友们多年在市井搜集的结果。该书所载作家及其所作剧目可以说是历经民众的考评和时间的检验,都是曾经在舞台上风风火火演出过的,受到民众欢迎的剧作。在这众多的名作中,时人和曲家公认的"天下夺魁"之作,就是王实甫的《西厢记》。

王实甫,名德信,大都人。据《录鬼簿》记载,他作有14种杂剧,《西厢记》是他的代表作。《西厢记》所演的故事源于元稹所作的《会真记》。《会真记》又名《莺莺传》,是唐传奇中的名作,曾广为流传。宋金民间说唱和一些文人都曾以其为素材进行再创作,其中有名的作品如秦观、毛滂的〔调笑转踏〕,赵德麟的鼓子词〔商调·蝶恋花〕以及董解元的〔诸宫调〕,都对原作进行了不同程度的加工和改编。尤其是董解元,他把原来只有3000字的小说改编为一部5万多字的说唱文学作品,他再创作的功绩在文学史上是不可抹杀的,董作已从根本上改变了原作的主旨,人物面貌和故事情节都和原作有很大不同。原作的爱情故事缠绵悱恻、动人心弦是其长,但张生对莺莺的始乱终弃以及其中所充斥的女人尤物论却为封建糟粕。董作把张生抛弃莺莺的结局改为两人情投意合,共同出走,"从古至今,自是佳人合配才子",歌颂爱情自由、婚姻自主成为其作品新的主题。莺莺不再逆来顺受,她追求自己的幸福婚姻,克服了封建传统礼教的束缚;张生则由一个负心汉变为"志诚君子"。而新增加的人物,尤其是红娘的形象,为该作品又增添了不少光辉。董作在金元时期广为传唱,可以说家喻户晓。但是王实甫以其独到的艺术见地和审美眼光,发现董作并没有尽善尽美,他要在董作的基础上进一步修改完善,使其所作夺天下之魁。学习董作,研究董作,超过董作,这就是王实甫的奋斗目标。

王实甫突破了当时编撰元杂剧要"四折一楔子"的一般定式,他以空前绝后的五本二十一折的形式完成了元杂剧中的一部巨作。他的深思熟虑和妙笔生花使《西厢记》杂剧的思想性和艺术性都大大超过了董作的〔诸宫调〕。其人物形象和性格特征更鲜明,更具有典型意义,莺莺和张生的爱情更坚定、更纯洁,他们与代表封建势力的老夫人斗争更加勇敢、更加坚决;故事情节安排得更加合理,也更加激动人心。而其"愿普天下有情的都成了眷属"的主题尤其鼓舞人心,这比董作所言"自是佳人,合配才子"的陈词滥调自不可同日而语。尽管董作是民间文学作品中的上乘佳作,但它的粗糙、疏漏、庸俗也是明显的瑕疵。王作一出,董作不免黯然失色。所以,明代著名文学家王世贞在其所作《艺苑卮言》中认为,《西厢记》乃是元杂剧中的“压卷之作”。《西厢记》文采飞扬,字句绚丽,语言华美,更使它从产生以后就广泛流传,一直传唱至今,还从中国传唱到世界。

王实甫“才情富丽,真词家之雄”,明代曲家何元朗在其所著《四友斋丛说》所言诚不虚夸。贾仲明吊唁王实甫所作〔凌波仙〕曲言其“作词章,风韵美,士林中等辈伏低。新杂剧,旧传奇,《西厢记》天下夺魁”。也确是实言。元代时就有了“四大家”之说,所谓“四大家”,就是指关汉卿、马致远、白朴、郑光祖。此说源于周德清的《中原音韵》一书。但“四大家”之中不包括王实甫,为此,明代曲界曾深深为王实甫打抱不平,他们认为王实甫的曲作成就绝不在“四大家”之下。这种论调曾得到不少人的支持和回应。不管王实甫是否列于“四大家”,其杂剧《西厢记》名闻天下、千古不朽,这确是不争的事实!

拼个占断排场万马争先:出奇制胜逞才情

元杂剧在当时又被人们称为“传奇”,取其事奇而得传远之意。制作新奇,不蹈袭他人,不落俗套,追求剧作立意新、结构新、字句新、音律新,已成为当时剧作家们普遍的创作目标。出奇制胜、纷逞才情已成为当时戏曲界的一种时尚。戏曲越繁荣,就越要作家深深思考如何适应民众对戏曲越来越高的要求。戏曲不仅具有娱乐民众的功能,它还应有教化作用。元代后期南戏大家高明(高明,字则诚)认识到这一点,他的代表作《琵琶记》一开场就唱道:

秋灯明翠幕,夜案览芸编。今来古往,其间故事几多般。少甚佳人才子,也有神仙幽怪,琐碎不堪观。正是:不关风化体,纵好也徒然。论传奇,乐人易,动人难。知音君子,这般另做眼儿看。休论插科打诨,也不寻宫数调,只看子孝与妻贤。骅骝方独步,万马敢争先?

高明明确提出剧作的内容不仅要取悦民众,使人们得到快乐,更重要的方面乃在于戏曲创作要有一定的社会意义。高明,字则诚,号菜根道人,浙江温州瑞安人。温州杂剧在宋代就已名闻天下,其中《赵贞女蔡二郎》就是早期温州杂剧的一部代表作。戏中的男主角蔡伯喈被塑造为一个负心汉的形象,最后被上天惩罚——雷击而死。蔡伯喈本是汉朝的名士,民间文艺把他塑造为一个得富贵而抛恩义的负心汉形象,原本也是根据现实生活中比较普遍的现象概括而成的。为此,宋代大诗人陆游曾感慨道:"斜阳古柳赵家庄,负鼓盲翁正作场。身后是非谁管得,满村听说蔡中郎。"(《小舟游近村,舍舟步归四首》其四)温州杂剧所描写的蔡中郎的故事就是源于民间传说。高明熟知蔡中郎的民间故事和家乡杂剧的内容,但是他不满意原来的故事结构,不满意民间故事对蔡伯喈这一人物的塑造。高明原本出身于书香门第,祖父、伯父、兄弟都有诗名。他又是元代著名理学家黄溍的门徒,并于至正五年(1345)考中进士,在浙江一带曾做过七八品的小官。他目睹官贪吏暴,才不获展,遂愤而辞官,把自己满腔悲愤和对生活的认识全都融进他的戏曲创作之中。他将家乡人人皆知的《赵贞女蔡二郎》杂剧进行了彻底改造,苦心孤诣地编织成《琵琶记》。《琵琶记》一经问世立刻引起当时全社会的轰动,并产生了深远的影响。

在《琵琶记》中,蔡伯喈不再是混杂于众多负心汉中一个不起眼的人物。根据对生活的观察和认识,高明将蔡伯喈塑造成了一个与传统戏文迥然不同的人物形象。这个蔡伯喈是一个受制于封建礼教、内心充满矛盾和痛苦,想自主自立而又不能,在精神上备受煎熬的士子形象。虽然该剧依然是悲剧,蔡伯喈还是不忠不孝,但是高明却用极多的笔墨描写了蔡伯喈的诸多无奈。剧中写蔡伯喈本来和妻子赵五娘恩爱生活,并不热衷于功名富贵,他不想参加什么科举考试,不想去求取功名;可是他的父亲却利欲熏心,逼他去应考。考中之后他本不想做官,要回家乡,可是皇帝不允;丞相招赘,他本不愿意,一再辞婚,可是丞相不准。他既踏入仕途,就身不由己。他对父母生不能事,死不能葬,葬不能祭,家有贤妻却又续娶。在传统戏文中,蔡伯喈背亲弃妻的行为完全是由他自己贪图富贵的性格所决定的。而在《琵琶记》中,蔡伯喈则完全像是一个被一根无形的线牵引而不由自主的人。这根牵引他的"无形的线"才是造成他人生一系列悲剧的根本原因。这根"线"就是当时的社会制度,就是封建礼教。《琵琶记》的成功之处就在于他把传统戏文所写的个人悲剧变为社会悲剧,他把蔡伯喈这一人物形象赋予了更加广阔的社会意义,从而使蔡伯喈成为一个复杂的、典型的、戏曲史上前所未有的、具有普遍社会意义的艺术形象。

当然,剧中另一主要人物赵五娘的塑造也是极其成功的,应该说这一形象比传统戏文更加生动。这是中国戏曲文学史上一个光彩夺目的女性人物形象。赵五娘是一个普通乡间妇女,她朴实温柔,善良勤劳,她没有市井女子的风骚,没有大家闺秀的矜持,她在乡间一个普通人家安于平淡,无多奢望,但是朝廷一纸黄榜招贤的文告打破了她的平静生活。丈夫蔡伯喈被公公逼迫应试之后,她的生活就屡遭变故,一个又一个灾难降临到她的头上。她在极其艰难困苦的情况下在激流与漩涡中挣扎奋斗,从而闪现出她生命和性格中耀眼的光彩。在灾荒年里,她典卖首饰养活公婆，自己却偷偷吃糠度日。当公婆知道后，三人哭作一团。赵五娘所唱的《孝顺歌》历来激动人心，其词道：

呕得我肝肠痛，朱泪垂，喉咙尚兀自牢嗄住。糠！遭砻被舂杵，筛你簸扬你，吃尽控持。好似奴家身狼狈，千辛万苦皆经历。苦人吃着苦味，两苦相逢，可知道欲吞不去。

糠和米，本是相依倚，被簸扬你作两处飞？一贱与一贵，好似奴家共夫婿，终无见期。丈夫，你便是米么，米在他方没寻处。奴便是糠么，怎的把糠救得人饥馁？好似儿夫出去，怎的教奴，供给得公婆甘旨？

公婆在饥饿和忧伤中死去，她"祝发买葬，麻裙包土"，自筑坟台；又描画公婆遗容，身背琵琶，弹唱行乞，上京寻夫。剧作写赵五娘历经诸多苦难，她的悲剧源于蔡伯喈，却又不尽是由于蔡伯喈，归根结底还是源自那个封建社会、封建制度、封建礼教。因此，赵五娘的悲剧也就是对那一社会的控诉。

高明为人们捧出一部社会悲剧《琵琶记》，在当时他原本是要回护那个社会制度，歌颂蔡伯喈"全忠全孝"，宣扬忠孝节义，维护封建道德人伦，有助于当时的社会风化。但是由于他采取了写实主义的创作方法，所以其作品实际的客观效果远远超出他的预想，甚至与他原来的设想背道而驰。这也就是说，该剧在艺术上具有独到的功力。这一点尤为历代剧作家和评论家所称道。如王世贞在其名作《曲藻》中即言："则诚所以冠绝诸剧者，不唯其琢句之功、使事之美而已。其体贴人情，委曲必尽；描写物态，仿佛如生；问答之际，了不见扭造，所以佳耳。"汤显祖则道："《琵琶记》从头至尾，无一句快活话。读如此传奇，胜读一部

《离骚》。”“《琵琶记》都在性情上着工夫,并不以词调巧倩见长。”[1]正是高明的《琵琶记》,使中国戏曲最早成熟的形式南戏一跃而上,重整旗鼓,为中国戏曲第二个高峰——传奇兴盛时代的到来做了鸣锣开道的工作。明清时人们则直将《琵琶记》视为“南戏之祖”。

高明苦心孤诣,出奇制胜,立意要一马当先,可以说他达到了自己的创作目的。虽然他在仕途失意,但一部《琵琶记》却使他在中国文学史和戏曲史上占有一席不容忽视的地位。他为创作《琵琶记》所付出的辛劳也被后人传为佳话。焦循《剧说》引《雕邱杂录》道:“则诚《琵琶记》,闭阁谢客,极力苦心,歌咏久则吐涎水不绝,按节拍则脚点楼板皆穿。”又引《书影》所记曰:“虎林昭庆寺僧舍中,有高则诚为中郎传奇时几案,当拍处痕深寸许。”或许这些传说多少有夸张之处,但其所言高明为创作《琵琶记》曾反复推敲,认真研磨,却是毋庸置疑的。

在元代戏曲界,大多数作家都已清醒地认识到,剧作只有紧密结合现实,反映当时民众的情感和需求,才能被民众所欢迎。正是从这一基本点出发,元曲家们争强斗胜,不断出新,才使得元代大多数曲家的作品都蕴涵有较深刻的现实意义和社会意义。他们对传统的题材纷纷加以改造,刮垢磨光,使其成为闪耀新的思想光辉的作品。这也就是为什么元杂剧有不少作品取材于唐传奇、宋杂剧、金院本以及民间文艺却又与它们有明显区别的缘故。

---

① (明)汤显祖:《成裕堂绘像第七才子书琵琶记》卷一,见秦学人等编《中国古典编剧理论资料汇辑》,中国戏剧出版社 1984 年版,第 86 页。

歌舞杂剧独步新声第一：咫尺舞台万里风云

元曲，包括杂剧和散曲，起初都是为演唱、演出而作，它们和案头文学一个最大的不同点就是：元曲被人们欣赏离不开演员这个中介，离不开舞台这样的处所。所以元曲家对演唱和演出都有一些相当精湛的议论，和演员们都有比较密切的关系。而演员的素质与演技往往在一定程度上又决定着剧作家的创作能否迅速得到观众的认可。郑振铎先生曾明确指出："演员们的活动，也常是主宰着戏曲技术的发展。演员是传播、发扬戏曲文学之最有力者。读剧本者少，而看演戏者多。往往因一二演员的关系而变更了听众的嗜好与风尚的。"[①]元代曲家曾对演员表演提出明确的要求。如胡祗遹在《黄氏诗卷序》中即阐说了他关于演员演出的"九美论"。

胡祗遹的"九美论"一是说演员的气质要高雅，身姿外貌要漂亮，光彩照人；二是其举止要落落大方、娴雅安详、自然美好，不要扭捏、不要做作，不要俗相俗态令人生厌；三是其心思应当细腻，善于观察事务，洞达人情世故；四是其语言出口应字句真明，口齿伶俐；五是在歌唱时应歌喉清和圆转，累累如贯珠；六是在表演时应注意表情顾盼，使人解悟；七是在一唱一说间，要轻重疾徐中节合度，韵尾悠扬，就是词语记诵娴熟，也不是像老和尚念经那样，只是一个腔调；八是要体味所表演的人物的喜怒哀乐，把自己与所表演的人物化为一体，要使观听者如见其

① 《清代燕都梨园史料序》，《郑振铎文集》卷五，人民文学出版社 1988 年版，第 719 页。

人、如闻其声,对其言行功业,唯恐不得闻听;九是应温故而知新,关键词藻,时出新奇,使人不能测度为之限量。这“九美论”是元曲家对于戏曲演员的形体素质、风度气质和文化素养以及歌唱、念白、科泛表演所提出的理论要求。最终他要演员能够深入角色,塑造成功的舞台人物形象,并要不断出新,勇于创造。胡祗遹认为“九美既具,当独步同流”。并且他指出,李心心、赵真真、秦玉莲都是演员中的佼佼者。

关于李心心等演员,元曲家夏伯和所著的《青楼集》皆有所记载。夏伯和称:元代初年,李心心在京都以“小唱”闻名。所谓“小唱”,就是指“浅斟低唱”,即手执拍板,口唱慢曲。秦玉莲以善唱“诸宫调”与另一演员秦小莲同称为“艺绝一时,后无继之者”。赵真真,《青楼集》所记有两人:一善唱诸宫调,一善杂剧,有绕梁之声。其实元代自始至终都有一支庞大的演员队伍,元曲的繁荣与元代演员阵容强大、演技高超有密切关系。元代虽然有部分演员是在一个地方演出,成为地方著名演员,但是大部分演员的演出具有流动性质,到处“冲府撞州”“撂地作场”,或于社赛、庙会、节庆之日,为娱神、娱人而歌唱演出。山西洪洞县明应王殿有一幅题为“泰定元年(1324)大行散乐忠都秀在此作场”的壁画,画面逼真地表现了当时一位著名演员忠都秀在那里演出杂剧的情况。这幅壁画历尽劫难侥幸保存下来了。由于山西在元代是杂剧的一大繁盛地,那里一些偏僻的村落至今还保留着一些元代戏曲演出的舞台。有的舞台台柱上还保存有演员在该舞台演出的记载。演员到处献艺,四出演唱,使元曲更加迅速地在全国范围内流行起来,使得杂剧、散曲能从众多的民间艺术中脱颖而出,超越了曾经也十分风火的唱赚、诸宫调、金院本,以及颇被社会上层人士所喜爱的唐宋大曲,而成为时代文艺的主要形式。杂剧强大的综合力和空前的艺术魅力,正是通过许多演出团体和众多演员的努力,才被广大民众和社会各阶层所接受、所喜爱。

当时有很多演员为民众所熟悉、所称赞,一时间产生了很多名角。据金元文献所载,时代较早的最有名的演员就是“教坊”中的魏、武、刘三人。夏伯和的《青楼集志》即言:“国初教坊色长魏、武、刘三人,魏长于念诵,武长于筋斗,刘长于科泛。”在《青楼集》中,他更对南北著名优伶的才艺进行了介绍。因此人们得知珠帘秀“杂剧为当今独步;驾头、花旦、软末泥等,悉造其妙”;天然秀“才艺尤度越流辈;闺怨杂剧,为当时第一手。花旦、驾头,亦臻其妙”;顺时秀“姿态闲雅。杂剧为闺怨最高,驾头、诸旦本亦得体”。其他如南春宴长于驾头杂剧;张奔儿善花旦杂剧;国玉第、天锡秀、平阳奴长于绿林杂剧;李芝秀能唱杂剧达三百余段,“当时旦色,号为广记者,皆不及也”;朱锦绣则杂剧旦末双全,“高艺实超流辈”;李娇儿则被时人号为“小天然”,“花旦杂剧,特妙”;荆坚坚工于花旦杂剧,时人呼为“小顺时秀”;还有回族演员米里哈专工贴旦杂剧;龙楼景、丹犀秀专工南戏……这些演员甚为当时民众所喜爱,固然在于这些演员的演技高超不凡,但是如果没有大量优秀的元曲作家给他们提供剧作,他们也就无剧可演了。咫尺舞台,万里风云,正是由于元曲家给演员们提供了内容丰富多彩的剧本,元代的演员们在舞台上才有了发挥他们才艺的可能。反之,如果没有元代众多优秀演员们的表演,元曲家们就是写出再动人的剧作,那些剧作不能搬上舞台,终究是纸上作品,也不会赢得广大民众的赏爱,剧作家们也不可能博得极大的声誉。

正因为如此,元代的演员和散曲、杂剧作家之间的关系非常密切。曲家和演员交往一方面是沟通情感,以便于更好地合作;一方面也是互相切磋剧作和演艺。元曲家写作杂剧,有相当一部分作家是在书会中为特定的演员而创作。当时的剧团很简单,有一个演员能唱就可以演出。因为杂剧和南戏不同,杂剧通场戏只需一人歌唱。这个主唱演员如果善于演唱旦角戏,剧作家就要为他写作旦角为主唱的戏,也就是创作出所谓的“旦本”剧作。主唱人如果善于唱末角戏,曲作家就要为他写“末本”剧。演员能否独步新声,舞台上是否叱咤风云,在相当程度上要取决于曲作家写的剧作水平如何。元曲家们对著名演员也都很敬重,很赞赏。不少曲家都有诗文词曲赠予演员们。这当中关汉卿赠艺人珠帘秀的〔南吕·一枝花〕《赠珠帘秀》最有名。其曲唱道:

轻裁虾万须,巧织珠千串。金钩光错落,绣带舞蹁跹。似雾非烟,妆点就深闺院,不许那等闲人取次展。摇四壁翡翠浓阴,射万瓦琉璃色浅。

〔梁州〕富贵似侯家紫帐,风流如谢府红莲,锁春愁不放双飞燕。绮窗相近,翠户相连,雕栊相映,绣幕相牵。拂苔痕满砌榆钱,惹杨花飞点如绵。愁的是抹回廊暮雨萧萧,恨的是筛曲槛西风剪剪,爱的是透长门夜月娟娟。凌波殿前,碧玲珑掩映湘妃面,没福怎能够见。十里扬州风物妍,出落着神仙。

〔尾〕恰便似一池秋水通宵展,一片朝云尽日悬。你个守户的先生肯相恋,煞是可怜,则要你手掌里奇擎着耐心儿卷。

曲词巧妙地借“珠帘秀”之艺名,对其人加以歌咏和赞美。

情感是相互的,演员们对曲作家也大多能投桃报李,不少演员,尤其是能够作诗作曲的演员们也都写出了一些回应的作品,在曲坛上留下一段段佳话。《青楼集》即记有不少曲家与演员间的轶事,如演员张怡云与诗曲作家商正叔、姚牧庵、阎静轩经常聚会吟诗唱曲。演员顺时秀与曲家刘时中、王元鼎,演员天然秀与曲家白朴、李溉之,演员张玉莲与曲家班彦功,演员李芝仪与曲家王继学,演员马素卿与曲家刘廷信,演员曹娥秀与曲家鲜于枢,关系都非常密切。他们彼此不仅情感相投,惺惺相惜,而且在艺术上常相互切磋,相互激励。

无论杂剧演员还是散曲演员,以及说唱演员,他们要想在舞台上独步新声,叱咤风云,都离不开和曲家合作。反之,曲家若想使自己的作品付诸表演,广泛流传,使自己的创作从文本变为活生生的舞台形象,被广大民众欣赏,也离不开和演员密切合作。所以一般来说,元曲家都和某些或某个演员来往关系密切,由此形成了中国戏曲作家和演员之间长期保持良好关系的传统。

演奏弦管声声粉墨春秋:
偶倡优而不辞

如上所述,戏曲家要想使自己创作的剧本搬演于舞台,就必然要依赖演员的表演,必须和演员保持良好的关系。但是,作家能写作,未必擅长表演。没有演员的表演,再优秀的剧本也只是书面上的"死剧",不会变为活生生的演出。这在今天已是人所共知的道理,演员已被称为"表演艺术家",他们的社会地位得到普遍的认可。不过封建时代是官本位的时代,当了官,就有权、有势、有钱,就受人尊敬。唐宋以来的科举制度使读书人认定读书就是要做官。因而,"学而优则仕"成为读书人普遍的观念。士人,也就是读书人——知识分子们对自己的身份和地位自视甚高,他们认为自己将来必定要为官,高居人上,成为所谓的

“人上人”。演员，古来称为倡优，自古就是以技艺供人笑乐者，为人所驱使，一方面供役官方，一方面卖艺为生，被视为没有自己人格和尊严的下九流。他们处于社会的底层，被一般人瞧不起。倡优，在上层社会人们的眼里，不过是“玩物”的代名词而已。因此，属于士人阶层的作家、文人向来是不屑于和倡优为伍的。元代在数十年间，也可以说在近百年间取消了科举考试，而且由于蒙古族来自茫茫大草原，他们所重的是武力骑术，对于汉族中那些自视甚高的士人极为鄙视。这就使儒生们感到自己的社会地位一落千丈，甚至自叹不如倡优。因为蒙古统治者也要娱乐，所以也离不开倡优的耍笑逗乐，一般民众也要欣赏倡优的表演，并从中得到欢悦。只会讲述孔孟之道的儒生只能深深感叹“百无一用是书生”了。也只是在这种情况下，元代的文人才从一向不闻窗外事的书房中被迫走出来，到了市井民众间，以他们的亲身感受，以他们特有的文才，在书会、在勾栏，与当时的演员们普遍结下了深厚的友谊。有一部分人完全放下了读书人的架子，有一部分人放下了一些架子，有的人和演员一起合作创作剧本，有的人还能和演员一起演出。

演员却并不甘自居地位低下，不知从何时起民间戏曲艺人把唐明皇拉了来作为祖师爷。鼎鼎大名的唐明皇是个戏迷，他听戏着迷，竟把天竺国的文书批到琉球国，把琉球国的文书批到天竺国去了。这位唐明皇不仅爱听戏、看戏，而且自己还粉墨登场，扮演小丑的角色。他不仅自己参加演出，还下了一道圣旨，命三宫六院、各部大臣，都要上台演出戏文。[①] 虽然民间传说只是传说，未必实有其事，但是这一传说却反映了演员渴望得到社会重视，希望他们的地位能够得到改善和提高的

① 曲六乙：《戏剧舞台奥秘与自由》，百花文艺出版社 1984 年版，第 247 页。

心愿。在元代,由于社会地位的低下,一些文人落魄江湖,混迹市井,这些文人不仅创作散曲杂剧和南戏,而且他们和演员的关系比以往历代都密切。钟嗣成撰写《录鬼簿》,专门记载元曲家的事迹已很不易,夏伯和则把被人瞧不起的倡优的事迹记录下来,撰为《青楼集》,就更不易了。元曲家大都是演员的知音。他们或与演员相交好,感情亲密,甚至和演员结为连理;或同演员一起宴饮歌唱,互相慰藉、互相愉悦;或同演员一起切磋剧作,研讨技艺。这当中一些文人曲家兴之所至,就和演员一起登场演出。故臧晋叔《元曲选·序二》有言曰:"关汉卿辈争挟长技自见,至躬践排场,面敷粉墨,以为我家生活偶倡优而不辞。"元曲家作剧又演剧,在杂剧刚刚兴起时是比较普遍的,并不是只有关汉卿一个人面敷粉墨,作为临时演员参加演出。臧晋叔所谓"关汉卿辈",是指杂剧早期那一辈人。

朱权《太和正音谱》曾记曲家赵孟頫言:"杂剧出于鸿儒硕士、骚人墨客所作,皆良人也。""良家子弟所扮杂剧,谓之'行家生活'……良人贵其耻,今少矣,反以倡优扮者谓之'行家',失之远也。"这说明在杂剧刚刚兴起时,其剧作者有一个时期是连作带演的,他们创作了剧本,同时又指导演员如何去演出剧本,这当中就少不了要做示范表演和示范演出。元曲初期,戏曲作家是要身兼作家、导演、演员、教练、舞台监督等数种身份的。稍后,作家带出了一批演员,演戏遂成为演员们的"专利"。良家子弟扮演戏剧既不是从元代开始,也不是在元代结束。正如《太和正音谱》所记:"良家之子,有通于音律者,又生当太平之盛,乐雍熙之治,欲返古感今,以饰太平。所扮者,隋谓之'康衢戏',唐谓之'梨园乐',宋谓之'华林戏',元谓之'升平乐'。"元代以后,明清都不乏文人面敷粉墨演戏之事。《明史·王九思传》即记他和曲家康海交好,"每相聚浒东鄠杜间，挟声伎酣饮，制乐造歌曲，自比俳优。”而杨慎更在谪戍云南期间“纵酒自放”，簪花敷粉，以与倡优相戏而避祸。至于清代的李渔，更以其丰富的人生经历为基础，写出了《闲情偶寄》。

弦管声声粉墨登场，偶倡优而不辞，所演所唱固是其“我家生活”“是我一家风月”，演的不管是哪朝哪代的人物故事，但全离不开作者和时代的心声。臧晋叔谓关汉卿粉墨登场“或西晋竹林诸贤托杯酒自放之意”，倒是说到了点子上。中国古代文人不到无可奈何的情况下是不会粉墨涂面而为倡优之行的。今天的演员有不少已成为“明星大腕”，成为年轻人的偶像，甚至在社会上还出现了所谓的“追星族”，拜倒在一个个演员的脚下，但在古代，谁要是落入倡优的行列，那是几辈子都不能翻身，连其家族都要受牵连被社会瞧不起。宋元时的南戏剧本《宦门子弟错立身》就根据当时生活实际写了这样的事：男主人公——同知之子完颜寿马因爱上一个女演员，遂从家中出逃，也加入行院戏班演剧。可是他却因此被人瞧不起，谓其“错立身”，道其“玷辱家门”，“亲朋知道，真个笑破人口。”《元典章》卷一八甚至规定，良人不可与倡优通婚。其“禁娶乐人为妻”条曰：“乐人只教嫁乐人，咱每根底进行的人，并官人，其余的人每，若娶乐人做媳妇呵，要了罪过，听离了者。”然而就是在这种情况下，元代却有一个超凡脱俗的曲家，他就和那个完颜寿马似的，不只是偶倡优而不辞，简直是把自己大半生都献给了舞台——他就是著名的元曲家史樟。

史樟之父为大名鼎鼎的史天泽。史天泽是元代著名的开国名臣，《元史》卷一五五有传。值得注意的是，史天泽除了军功卓著，他在文学上也有很深的造诣，还被《录鬼簿》列为有名的曲家之一。史樟即是史天泽的第九子，因此时人称史樟为“史九”或“九公子”，其字“敬先”，号

“散仙”。他本以荫袭被封为真定、顺天两路新军万户,又任武昌万户、金吾元帅等职。但是他虽出纨绮之间,却无豪贵之习,反而因好庄列之学,竟弃家入道。文学家王恽曾为他的画像写道:“抱夷惠之志,蔚熊豹之姿,齐物我于一致,感盛衰之无时。其或戴远游之冠,甘元气之委,骑将军之马,扫干将之霓。欻坐皋比,玄谈四驰,提笔挥洒,以遨以嬉。敛凌云之剑气,等尺鷃而蓬飞,耻以艺进,与时推移。希达人之大观,每先事于几微。与其身外之乐,何若心之内怡,是则散之为仙,见于丹青者如是。”(《秋涧集》卷六六)其人出身富贵,不汲汲于富贵,看破红尘功名,不为利禄羁绊,虽入道却并不在道观清修,反而在市井混迹于书会才人、优伶倡伎之间,以求自得其乐。在这一点上,他和贯云石、关汉卿极为类似。不过关汉卿、贯云石更面对现实,直面人生,史樟则身在市井,却多对神仙世界抱有不切实际的幻想。其剧作以阐发道家思想的《庄周梦》为人所知。但是他既然身处社会底层,也就不能不受周围环境的影响,不能完全脱离现实,所以他在长期市井生活中还创作了南戏《董秀英花月东墙记》,和马致远合作南戏《风流李勉三负心记》等。他还在九山书会任“捷机”(或作“捷讥”),书会之“捷机”,可能是今天所谓编导或舞台监督之类。但捷机又是戏曲的一种角色名。有学者言道,“‘捷机’,据焦循《剧说》考为古剧角色名。”因而论说史樟:“他虽为贵公子,玩世不恭,粉墨登场,以示‘达人之大观’。”①不论捷机的含义是编导、监督还是角色,史樟和舞台戏曲演出有很密切的关系是不能否定的,他偶倡优而不辞也是完全可能的。这也就是说,元曲家“偶为倡优”

① 刘荫柏:《马致远生平作品推考》,《厦门大学学报(哲学社会科学版)》1982年第1期。

起码有两种情况:一是如关汉卿那样纯粹把戏曲作为自己的事业,为之献身;二是如史樟那样只是把戏曲作为娱乐而消遣。把戏曲作事业者自然会投入全部身心,故而不能不面对现实人生,为民众呐喊,其剧作也自会受到民众的喜爱。只是把戏曲作为个人消遣的工具,他们不过是游戏人生,其所作也只能为少数人所欣赏。这也就是在中国戏曲史上史樟名不大显的缘故。

摹写人物风貌皆由己意:以他人酒杯浇自家块垒

元曲家写曲是不得已而为之,又是"和顺积中,英华自然发外""风流蕴藉,自天性中来"。他们大多"志在乾坤外,敢嫌天地窄",他们"天生才艺藏怀抱",却生不逢时,面对玉石混淆、黑白不辨的现实社会,"叹平生壮志难酬",只能"几曲宫商大用心"。他们作曲作剧,曲曲剧剧皆抒发真情,所有的历史人物、历史事件在他们笔下无不深深打上他们个人情感的印记。他们摹写古今人物一任己意,全是要以他人之酒杯浇自家胸中之块垒。生不逢时、怀才不遇本来是封建社会大多数读书人不得志时的共同情感,但元代以前的文人大多信奉儒家修身养性之说,常以"穷则独善其身,达则兼济天下"作为自己处世的人生态度;他们大多相信会有时来运转之时,从不放弃建功立业的努力。而元代读书人,特别是元曲家中的多数人,却对社会政治大失所望,因而心灰意冷,再无奋进之想。比之前代文人,他们是彻底的颓放,什么儒家传统,什么建功立业,什么温柔敦厚,他们全都抛到了九霄云外。说他们狂也罢,怪也罢,颓唐也罢,沉沦也罢,总之,他们与传统的士子面貌迥异。被前代人们所崇拜的明君贤相、忠臣义士,在元曲家眼里,其价值皆发生了扭曲,他们完全凭借自己的时代感受和心理感受对古人给予不同以往的评说。

薛昂夫是元代著名的少数民族曲家之一,是回鹘人,原名薛超兀儿,又作薛超吾,其汉化程度较深,有字"昂夫",故人称其为薛昂夫。他又有汉姓"马",故亦被人称为马昂夫,自号"九皋",人又称其为马九皋。明清时人不知他这许多名号,往往将马昂夫、薛昂夫、马九皋视作不同的三个人,如有名的《太和正音谱》就有此误。其人能诗善曲,作有《薛昂夫诗集》(即《九皋诗集》),赵孟頫曾为该集作序。对于作曲,薛昂夫甚是自负。《南曲九宫正始序》曾记他"词句潇洒,自命千古一人"。他的〔中吕·朝天曲〕二十首见解尖新,议论深邃,独出心裁,别具一格。

其一唱道:"沛公,大风,也得文章用。却教猛士叹良弓,多了游云梦。驾驭英雄,能擒能纵,无人出彀中。后宫,外宗,险把炎刘并。"对汉代开国皇帝刘邦要心计、弄权术、杀功臣,给予了尖锐的嘲讽。又如:"丙吉,宰执,燮理阴阳气。有司不问尔相推,人命关天地。牛喘非时,何须留意?原来养得肥。早知,好吃,杀了供堂食。"此曲则一反传统,指出"人命关天地",辛辣幽默地揭露了统治者不管民众死活,只顾维护自己统治的残酷本性。再如:"董卓,巨饕,为恶天须报。一脐然出万民膏,谁把逃亡照。谋位藏金,贪心无道,谁知没下梢。好教,火烧,难买棺材料。"则对奸枭的贪婪残暴给予极端的蔑视和讥讽,指出为恶必有恶报。其他如:"卞和,抱璞,只合荆山坐。三朝不遇待如何,两足先遭祸。传国争符,伤身行货,谁教献与他!切磋,琢磨,何似偷敲破。"则对历来人们称颂的卞和献璧之事表示了不同的见解,对帝王滥用刑罚表示了极大的愤慨。"老莱,戏采,七十年将迈。堂前取水作婴孩,犹欲双亲爱。东倒西歪,佯啼颠拜,虽然称孝哉。上阶,下阶,跌杀休相赖。”则对历来被儒家称道的、不近人情、类似滑稽的孝道给了当头棒喝。其他叙孟母、俞伯牙、伍员、姜子牙、邵平、韩信、杜甫、武则天以及神仙吕洞宾、董永、弄玉等人物,他都发表了与传统之见大相径庭的认识,所有人物风貌在薛昂夫笔下皆一出己意,抹去了他们神圣的光华,使那些原本受人尊敬、被人崇拜的形象,全都变得那么卑琐、滑稽、可笑,或者变得那么可耻、可悲、可怜。

王伯成所作〔般涉调·哨遍〕《项羽自刎》套曲,其内容表面上是写项羽这一历史人物在楚汉相争时的失败及作者的悼念之情,但实际上王伯成在其曲作中已悄悄改变了历史人物的面貌。依《史记·项羽本纪》所载,项羽至死不减其英雄豪壮之气,其“别姬自刎”具有强烈的悲壮色彩。可是在王伯成笔下,项羽已丧失了令人敬慕的豪壮的英雄气魄,竟变为一个悲观、绝望、凄凄惨惨的让人可怜同情的弱者。这种形象内质改变的实质就是历史人物项羽在曲中已被偷换为作者自身的影像。与其说此曲是作者悼念历史英雄项羽,还不如说该曲是作者借项羽这一历史人物的躯壳来抒发他自己的悲凉心境。其曲道:“杀五侯虽惧怯,奈只身在战争。自知此地绝天命。壮怀已丧英雄气,巨口全无叱咤声。寻思到一场长叹,百战衰形。”这种英雄失路的悲凉和志士报国无门的悲哀同样是元代士人最深切、最悲伤的感受。如果说王伯成借叙事而抒情还需要人琢磨其意,那么马致远所写〔双调·庆东原〕《叹世》就相当简洁明了了。其曲道:“拔山力,举鼎威,喑呜叱咤千人废。阴陵道北,乌江岸西,休了衣锦东归。不如醉还醒,醒而醉。”

白朴所作名剧《梧桐雨》与马致远所作名剧《汉宫秋》,一写马嵬坡兵变时,唐明皇不得不赐死杨贵妃的悲痛与哀思,一写汉元帝面对匈奴大军压境下不得不献出王昭君,而王昭君乃以身报国,汉元帝无限悲伤与思念。两剧都不是严格意义上的历史剧,而应看作抒情剧。两剧异曲同工,均借历史上的某一变故,借历史人物的躯壳,表现作者自己的悲凉心境。《梧桐雨》写道,唐玄宗在马嵬兵变,杨贵妃死后,夜梦杨贵妃,被雨打梧桐惊醒,唱道:“兀那窗儿外梧桐上雨潇潇,一声声洒残叶,一点点滴寒梢,会把愁人定虐。”他埋怨那雨“平白地瀽瓮番盆下一宵,惹的人心焦”。因雨思人,道:“斟量来这一宵,雨和人紧厮熬。伴铜壶点点敲,雨更多,泪不少。雨湿寒梢,泪染龙袍,不肯相饶。共隔着一树梧桐直滴到晓。”《汉宫秋》结尾写汉元帝听到雁叫后,唱曲道:“却原来雁叫长门两三声,怎知道更有个人孤另。”他感觉雁鸣“伤感似替昭君思汉主,哀怨似作《薤露》哭田横,凄怆似和半夜楚歌声,悲切似唱三叠阳关令”。两剧写帝王的这种感受,实际是抒发作者自己内心的感受,那种种悲伤幽怨不过是作者对现实不满,借剧中人表达出来而已。

元曲家写杂剧实在是一种无奈的举动,他们是因为现实生活中已没有路可走才沦落到市井的,因此,他们笔下的剧作和剧中的人物无不打上他们自己思想和情感的烙印。他们所写的事件就是他们要借以抒发自己情感的载体;他们所塑造的人物形象,特别是那些儒士形象,有一些就是元曲家自己的化身。他们笔下的历史人物如苏秦、韩信、王粲、薛仁贵、张镐等,已与历史上的真实人物有很大的距离,这些剧中人物已完全是元曲家艺术创作的结果,其姓名用的是历史人物之姓名,其事件和所表现的人物精神面貌却已是元代某一元曲家的思想感情。如马致远所作《荐福碑》写宋代名臣范仲淹与他的结拜兄弟张镐之间的友谊和张镐命运多舛的故事,剧中一再描写张镐怀才不遇,历经磨难,实际上张镐就是马致远自己的化身。张镐“一介寒儒,半生埋没”,马致远

《梧桐雨》图

《汉宫秋》图

就是在求取功名的道路上奔波半生而一无所获，剧中张镐所抒发的悲愤之情就是马致远自己内心的不平：

〔油葫芦〕则这断简残编孔圣书，常则是养蠹鱼。我去这六经中枉下了死工夫。冻杀我也《论语》篇、《孟子》解、《毛诗》注，饿杀我也《尚书》云、《周易》传、《春秋》疏……

〔幺篇〕这壁拦住贤路，那壁又挡住仕途。如今这越聪明越受聪明苦，越痴呆越享了痴呆福，越糊突越有了糊突富。则这有银的陶令不休官，无钱的子张学干禄。

正因为马致远在现实生活中怀才不遇，所以他在剧作中才借张镐之口一再发泄他的不平之气。正因为社会现实充满黑暗、阴冷，所以他在剧中描写张镐不仅时运不济，而且还被人冒名顶替了他的官职，冒名者竟还要杀他灭口。马致远是否有这样的经历已不可知，但在当时社会这种现象应是屡见不鲜的。由于元曲家在现实中社会地位低下，但他们内心世界受传统思想文化的影响或熏陶，使他们心理上的优越感无论如何也抹不去，反而要顽强地表现出来，这就是为什么元曲较传统诗词多直露、直白，更多作者的主观情感和思想色彩。因此可见，元杂剧根本就没有严格意义上的历史剧，元杂剧从根本上说就是元曲家抒发他们个人思想感情的工具，所有的作品统统都是“借他人之酒杯，浇自己胸中之块垒”。

刻画世态炎凉人情世故：戏台上考试人伦

元代社会有一个特权阶级，那就是蒙古族统治者中的权豪势要。

这些人不学无术,只爱钱财、女色,仰仗特权,他们为非作歹。《通制条格》卷二八曾记载:“中书省奏:随路权豪势要之家,举放钱债,逐急用度,添答利息,每两至于五分或一倍以上;若无钱归还呵,除已纳利钱外,再行倒换文契,累算利钱,准折人口、头匹、事产。”“哈剌章富强、官豪、势要人每根底,放利息呵,限满时将媳妇、孩儿、女孩儿拖将去,面皮上刺着印子做奴婢……”[①]这些权豪势要之家巧立名目欺压民众:他们或借“朝觐”赋敛民财;或以修堤为名,掊敛民物;或以点军为名,取要饮食、盘缠、回程、送路;或以劝农为名,纠集酒食,征取鸡豚……甚至假造文书,强夺民宅、田产。《元史》卷一三一《拜降传》记这些人“侵暴细民,民有珍货腴田,必夺为己有,不与,则朋结无赖妄讼以罗织之”。这就使当时社会乌烟瘴气,人心不古,道德沦丧,元曲家面对这种现实情况不免心怀悲愤。

首先他们对弥漫社会的金钱势力进行了无情嘲讽。他们讥笑讽刺当时社会“如今人宜假不宜真,则敬衣衫不敬人”“善的人欺,贫的人笑”“智和能都不及鸦青钞”(佚名〔中吕·朝天子〕《志感》)。为了钱,人们极尽钻营之能事,一丝一毫机会都不放过。有一首佚名曲作〔正宫·醉太平〕《讥贪小利者》曾为这种人画像道:“夺泥燕口,削铁针头,刮金佛面细搜求,无中觅有。鹌鹑嗉里寻豌豆,鹭鸶腿上劈精肉,蚊子腹内刳脂油。”曲虽夸张,但对那些爱财如命、不失一切机会搜刮的人却刻画得入木三分。而曲家钱霖的名作〔般涉调·哨遍〕《看钱奴》对社会一般人聚敛钱财、巧取豪夺、自私自利、视财如命、贪得无厌、心狠手辣、寡情薄义、六亲不认的可悲可憎、可怜可恨的行径和面目也刻画得惟妙惟肖。

① 转引自蒙思明著《元代社会阶级制度》,中华书局1980年版,第127页。

其曲道:“看钱奴自古呼‘铜臭’,徇己苦贪求,待不教泉货周流。”他们“晓夜寻思机彀,缘情钩距,巧取旁搜。蝇头场上苦驱驰,马足尘中厮追逐,积攒下无厌就。舍死忘生,出乖弄丑”。这种人心中只认得钱,而且为钱已心理变态到令人难以想象的地步。他们“终朝不乐眉长皱”,一个个“狠毒性如狼狗,把平人骨肉,做自己膏油”“亏心事尽意为,不义财尽力掊,那里问亲兄弟、亲姊妹、亲姑舅”“资生利转多,贪婪意不休,为锱铢舍命寻争斗”,他们“一斗粟与亲眷分了颜面,二斤麻把相知结下寇仇”,只认钱不认人,已变成彻头彻尾的钱财的奴隶。元曲家感到社会风气日下,他们不满,他们愤慨,他们不能眼睁睁看着浊气熏天,他们除了斥责、揭露、讥讽不正之风,还歌颂正气,偏要在世态炎凉的情势下为人们匡扶正义、咏歌传统、校正人伦。于是,元曲家便创作出一批道德伦理剧,歌颂中华民族千百年来代代相传的美德。

宫天挺,字大用,其名作《范张鸡黍》系依据《后汉书·范式传》改编,内容歌颂范式、张劭两人之间生死不渝的友谊,宣扬为人立于天地之间首先要讲究信义。该剧一方面揭露社会风气败坏,如第一折〔天下乐〕曲道:“你道是文章好立身,我道今人都为名利引。怪不着赤紧的翰林院,那伙老子每钱上紧。(王仲略云)怎见得他钱上紧?(正末云)有钱的无才学,有才学的却无钱。有钱的将着金帛干谒,那官人每暗暗的衙门中吩咐了,到举场中各自去省试、殿试,岂论那文才高低?(唱)他歪吟的几句诗,胡尚下一道文,都是些要人钱谄佞臣。”另一方面高歌范、张之间的深情厚谊与共同的笃守信义。范式与张劭结为生死之交,一诺千金。两人就学间分别归乡,范式答应两年后某日到张家拜访。至期张劭杀鸡炊黍以待。张母怀疑两年之久,千里之遥,范式未必会如期赴约。但张劭坚信“哥哥是至诚君子,必不失信”。范式如约而至,两人互诉衷肠，相约一年后再会。岂料两人别后，张劭染病身亡。范式闻讯立即前往奔丧，为张劭料理后事，竭尽朋友之道。范式在〔黄钟尾〕曲道：

俺弟兄比陈雷胶漆情尤切，比管鲍分金义更别。张元伯，性忠烈，范巨卿，信士也。半世交，一梦绝。觉来时，泪流血。寸心酸，五情裂。咱功名，已不藉，到来朝，避甚些。披残星，带晓月，冲寒风，冒冻雪。披丧服，拽舆车，筑坟丘，盖庐舍，种松楸，荫四野，那其间，尚未舍。猛思量，在时节，我和他一处行，一处歇，戚同忧，喜同悦，生同堂，死同穴。到黄昏，厮守者，据平生，心愿彻。着后人向墓门前高耸耸立一统碑碣，将俺这死生交范张名姓写。

在那人情比纸薄、举世重金钱的社会，舞台上大唱信义，道"去食去兵，不可去信"，并高悬出范张生死之交、笃重信义的典范，反映出元曲家大力挽救当时日益败坏的世风的一片苦心。

宫天挺高唱信义，秦简夫则不仅歌颂信义还歌唱孝义，他的剧作比宫天挺涉及的社会面要更加广泛。其剧作《剪发待宾》取材于《晋书·陶侃传》，《世说新语》《晋阳秋》等书亦载其事：陶侃家贫，其友范逵到访，仓促间家中无以待宾，于是陶母剪发卖钱置席待客。杂剧固是歌颂陶母教子有方，但也反复申说为人当重信义。母子俩曾辩论"钱"与"信"哪个更重要。陶侃道："钱字是人之胆，财是富之苗。如何有钱的出则人敬，坐则人让，口食香美之食，身穿锦绣之衣；无钱的口食粝食，身穿破衣；有钞方能成事业，无钱眼下受奔波。"陶母教训儿子唱道："钱字是大金傍戋，信字是立人边言，信近于义钱招怨……你常存着立身夫子信，休恋这转世邓通钱。"谆谆告诫儿子万万不可出卖信义。秦简夫的另一剧作《赵礼让肥》是据《后汉书·赵孝传》改编的,写赵礼兄弟带着老母逃荒,路遇强盗,在那人吃人的年代,强盗自然不会放过他们。于是,赵礼兄弟争相去死,俱说自己肉肥可食,以救母亲兄弟。母亲却争着说自己身肥,求强盗放过她的两个孩子。这种母子兄弟争死的场面终于触发了强盗的良知,那强盗自思道:"马武也,你寻思波,兀的不是兄爱弟敬,为母者大贤,为子者至孝。你家中也有一爹二娘,三兄四弟,五姊六妹,知他死在谁人剑锋之下,填于草野沟壑之……则他这孝心肠感动我这铁心肠。"在那乱世,作者就是企图用他的剧作去劝导人们弃恶从善,颂扬孝悌礼义,以正人心。

秦简夫的名作《东堂老》更是让人回肠荡气,此剧可能是作者据现实生活素材所写的。该剧叙述扬州富商赵国器之子扬州奴不务正业,整日与一群狐朋狗友鬼混。赵国器唯恐辛苦积攒的家产被不肖之子挥霍一空,在临死时就向至交好友李实托子寄金,拜托其代为照管。该剧高度赞扬了李实尽忠于友,守信于友,代友教子,终于使浪子回头,悔过自新,他又把家产璧还朋友之子的高尚品德。剧中李实唱道:"想来我那幼年时血气猛,为蝇头努力去争。哎哟,使的我到今来一身残病。我去那虎狼窝不顾残生,我可也问甚的是夜甚的是明,甚的是雨甚的是晴。我只去利名场往来奔竞,那里也有一日的安宁。投至得十年五载我这般松宽的有,也是我万苦千辛积攒成,往事堪惊。"他以自己辛苦创业积攒家财的经历教导扬州奴要懂得"我则理会有钱的是咱能,那无钱的非关命,咱人也须要个干运的这经营",不能"稳坐的安然等"。他指出,扬州奴之所以走上败家的道路,是因为他自幼受宠,失于家教,又受环境影响,坏人引诱,终至气死父母而不醒悟。他知道执迷不悟的扬州奴非三言两语说教就能回心转意,所以他暗中关怀,等扬州奴金穷财

《东堂老》图

尽，一帮狐朋狗友看他已无油水可榨不再理睬他，他走投无路，只得靠借一贯钱做小本生意，自己辛苦养活自己，终于醒悟过来之后，才把其父重托他照管的家产完全还给扬州奴。而此时的扬州奴已经历了败家、受穷、醒悟、创业的辛酸体验，他已懂得财富来之不易，再也不会随手挥霍了。至此，东堂老的忠义形象高高耸立于舞台之上。此剧在元杂剧中别出一格，东堂老的形象在整个中国文学史上也是一个少有的典型。因为在中国古代社会，儒家思想占统治地位，社会舆论是重儒轻商，文学作品大凡写到商人，多是铜臭满身、唯利是图、卑鄙龌龊之徒，而此剧却把商人写得堂堂正正，这是十分难得的。

与《东堂老》寓意类似的剧作还有萧德祥的《杀狗劝夫》。剧中所写孙荣结交狐朋狗友，挥霍家资，打骂兄弟，甚至听信妖言要害死兄弟。他的妻子杨氏竭力规劝丈夫，最后乃想出杀狗一计，把死狗扮成人尸，放在自家门前。面对这一“人命”案，孙荣的那些所谓“朋友”都远远避开，唯恐惹火烧身，而恰恰是其亲兄弟帮他料理。在事实面前，孙荣幡然悔悟。该剧所宣扬的兄弟手足之情、夫妻之情，劝人交结要正，在当时起到了匡正人伦、有益风化的作用，所以该剧被改为南戏《杀狗记》后成为了“四大南戏”之一。

品评历史烟云人物得失：
满目沧桑感慨万千

人类社会总是如大河奔流滚滚向前，每一社会阶段的人们总是要自觉不自觉地对以往的历史人物和历史事件做出自己时代的评判，其中有的是要从过去汲取经验教训，有的是要借古评今，抒发自己的某些感慨。元曲家品评历史烟云人物得失，多有满目沧桑之叹。他们在现实生活中不如意事常八九，感受到种种压迫和精神压抑，因而有一种人生如梦、富贵如过眼烟云之感。如张可久所作〔双调·水仙子〕《次韵金陵怀古》曲道："朝朝琼树后庭花，步步金莲潘丽华，龙蟠虎踞山如画。伤心诗句多，危城落日寒鸦。凤不至空台上，燕飞来百姓家。恨满天涯。"该曲对六朝故都金陵的盛衰和南朝亡国的凭吊批判既充满了感伤，也寄寓了作者满目苍凉之情。同样，杨维桢的〔双调·夜行船〕《吴宫吊古》曲也抒发了作者的历史兴亡之感。此曲取材于春秋末期的吴越之争，他用简练的笔触抒写了两国之争，道出其间胜败原委，但不管谁胜谁败，历史所遗留下来的只是一片荒凉，任凭后人去凭吊。其中〔锦衣香〕〔浆水令〕两曲尤为有名，被明代著名曲家梁辰鱼整段借用于他的名作《浣纱记》的《泛湖》一出戏中。杨维桢〔锦衣香〕曲词为："馆娃宫，荆榛蔽；响屧廊，莓苔翳。可惜剩水残山，断崖高寺，百花深处一僧归。空遗旧迹，走狗斗鸡。想当年僭祭，望郊台凄凉云树，香水鸳鸯去，酒城倾坠，茫茫练渎，无边秋水。"〔浆水令〕曲词道："采莲泾红芳尽死，越来溪吴歌惨凄。宫中鹿走草萋萋，黍离故墟，过客伤悲。离官废，谁避暑，琼姬墓冷苍烟蔽。空原滴、空原滴，梧桐秋雨。台城上、台城上，夜乌啼。"然后该套曲以〔尾声〕结束道："越王百计吞吴地，归去层台高起，只今亦是鹧鸪飞处。"这结尾显然是化用李白《越中览古》诗："越王勾践破吴归，义士还家尽锦衣。宫女如花满春殿，只今惟有鹧鸪飞。"白诗与杨维桢曲皆慷慨悲凉，不过曲作更委婉细腻，更多一些伤感气息。

元曲家所作的怀古咏史诸曲格调大多郁郁低沉，有出世之念。

张养浩〔中吕·山坡羊〕《骊山怀古》道："骊山四顾，阿房一炬，当时奢侈今何处？只见草萧疏，水萦纡，至今遗恨迷烟树。列国周齐秦汉楚,赢,都变做了土;输,都变做了土。”说的是秦始皇空有以其为始,要建子孙万世帝王之业的梦想,也不过二世即亡。不仅是秦,就是当初那战国列强你争我打,我输你赢,到头来输又如何,赢又如何,还不都被历史的黄土所掩埋?所以张可久〔中吕·卖花声〕《怀古》曲唱道:“美人自刎乌江岸,战火曾烧赤壁山,将军空老玉门关。伤心秦汉,生民涂炭,读书人一声长叹。”

查德卿〔仙吕·寄生草〕《感叹》曲道:“姜太公贱卖了磻溪岸,韩元帅命博得拜将坛。羡傅说守定岩前版,叹灵辄吃了桑间饭,劝豫让吐出喉中炭。如今凌烟阁一层一个鬼门关,长安道一步一个连云栈。”此曲品评古人作为大有不以为然之意。他道姜子牙不该轻易就出来做官,韩信更是因接受拜将搭上了自己的性命;傅说本来居于傅岩,清闲度日令人羡慕,可是后来他却做了官,不能清闲自在了;而灵辄则因为吃了人家的饭食,就不得不以命相报;豫让也因为受人恩宠要为人报仇,结果被杀:这是何苦呢?难道人们就看不出统治者设下了一个又一个鬼门关,一个又一个圈套让热衷功名利禄的人去钻?人们明明知道仕途多艰险,为什么还要去争去奔呢?薛昂夫更是为古人鸣不平,其〔双调·庆东原〕《韩信》曲道:“已挂了齐王印,不撑开范蠡船,子房公身退何曾缠。不思保全,不防未然,划地据位专权。岂不闻自古太平时,不许将军见?”这既是对封建社会血腥残酷人事规律的总结,又是作者对千古历史朝代兴亡的无限感慨。

周德清〔中吕·满庭芳〕《看岳王传》曲道:“披文握武,建中兴庙宇,载青史图书,功成却被权臣妒,正落奸谋。闪杀人望旌节中原士夫,误杀人弃丘陵南渡銮舆。钱塘路,秋风怨雨,长是洒西湖。”《误国贼秦桧》曲道:“官居极品,欺天误主,贱土轻民。把一场和议为公论,妒害功臣。

通贼虏怀奸诳君,那些儿立朝堂仗义依仁!英雄恨,使飞、云幸存,那里有南北二朝分?”此两曲歌颂抗金英雄岳飞、岳云父子忠君爱国,痛斥奸贼秦桧妒贤嫉能、误君误国,情感激烈。

不同的元曲家身世遭遇不同,思想感情有别,其作品评古人古事态度情感也有很大差异。薛昂夫一首〔朝天曲〕曾对汉代开国皇帝刘邦的弄权耍奸进行了尖锐的嘲讽(见前所述),而睢景臣的一曲〔般涉调·哨遍〕《高祖还乡》则以更加恣肆的笔调摹写出一个无赖天子的形象。本来史书所载刘邦登基之后,乃衣锦还乡,在家乡设宴招待父老兄弟,酒酣之际还作了有名的《大风歌》,炫耀他“威加海内兮归故乡”的得意和威风。但是居于社会底层的元曲家没有什么好心情去为那作威作福的皇帝们歌功颂德,他们写千年以前的皇帝也是为写自己心中的忧愤。关于睢景臣其人,钟嗣成的《录鬼簿》说:“吟髭捻断为诗魔,醉眼慵开为酒酡。半生才便作三闾,些叹翻成《薤露歌》,等闲间鬓发成皤。功名事,岁月过,又待如何?”由此可见,睢景臣虽有才华,但不得志。他所写的汉高祖曲,虽是叙事,其中却也寄寓着他的感慨。他先是写乡民为迎接刘邦的到来,社长、乡绅如何忙乱,乡民如何被迫要应差服役,继而写乡民看到那些千奇百怪的銮仪:皇帝为了彰显其威风的一切摆设仪仗,顿时全化为了一片怪异、滑稽、可笑。当乡民终于看清来人时,他们不但不对这位皇帝礼敬,反而差点儿气破了胸脯。乡民道:

〔二煞〕你须身姓刘,你妻须姓吕。把你两家儿根脚从头数。你本身做亭长,耽几盏酒。你丈人教村学,读几卷书。曾在俺庄东住,也曾与我喂牛切草,拽坝扶锄。

〔一煞〕春采了桑,冬借了俺粟,零支了米麦无重数。换田契强称了麻三秤,还酒债偷量了豆几斛。有甚胡突处?明标着册历,现放着文书。

〔尾〕少我的钱,差发内旋拨还;欠我的粟,税粮中私准除。只道刘三,谁肯把你揪捽住?白甚么改了姓、更了名,唤做汉高祖?

邓绍基主编的《元代文学史》分析此篇作品说:“套曲写的是汉代的事,其实反映的却是元代的社会生活。作者很好地把历史意义与现实内容结合在一起,作品中反映的农村村社组织,排门告示催索差使,以至于銮舆仪仗的情况都能在元代史籍中得到印证。元代后期社会日益动荡,阶级和民族矛盾日趋尖锐,人民对统治者也日益不满,作品是在这样动荡不安的社会条件下产生的,不论作者的经历和思想状况如何,实际上他在作品中反映了当时人民对统治阶级的不满和愤慨。”[①]应当说作品首先是反映了作者对当政者的不满和他对现实社会的愤慨,任何人品评历史人物无不是从他所处的现实生活状况出发的。

戏说神仙踪迹问道求佛:但求人生平安

元代对宗教实行的是宽容政策,其开国皇帝忽必烈即说过:“人类各阶级敬仰和崇拜四个大先知。基督教徒,把耶稣作为他们的神;撒拉逊人,把穆罕默德看成他们的神;犹太人,把摩西当成他们的神;而佛教徒,则把释迦牟尼当作他们的偶像中最为杰出的神来崇拜。我对四大先知都表示敬仰,恳求他们中间真正在天上的一个尊者给我帮助。”[②]

---

① 邓绍基主编:《元代文学史》,人民文学出版社 1991 年版,第 348 页。

② 陈开浚等译:《马可波罗游记》,福建科学技术出版社 1981 年版,第 87 页。

这也就是说,元代统治者对宗教,不分门派种类,只要它对维护元朝的统治有利,他们就统统拿来为己所用。而中国土生土长的宗教则首推道教。道教有许多分支,金元之际全真教最为兴旺。自从成吉思汗接见了全真教的首领人物丘处机,藏传佛教首领巴思八充当元朝国师之后,道教和佛教都曾在元朝风靡一时。这种客观的社会环境就使相当一部分元曲家问道求佛,并创作了相当数量的“道情”曲和“神仙道化”剧。无论是曲还是剧,其主旨都是乞求神佛保佑,使人们脱离苦海,人生平安快乐。

元曲家中马致远是写神仙道化剧的高手,因此,他也被人们誉为“马神仙”。戏曲家贾仲明吊挽他的一首〔双调·凌波仙〕曲即道:“万花丛里马神仙,百世集中说致远,四方海内皆谈羡。战文场,曲状元,姓名香,贯满梨园。”他所作的《陈抟高卧》正是要人们以得道之士陈抟为榜样,参破功名,莫求富贵。名利有时尽,富贵如浮云。第三折写当陈抟被请出山,皇帝要封他官做时,陈抟说:“三千贯二千石,一品官二品职,只落的故纸上两行史记,无过是重裀卧列鼎而食。虽然道臣事君以忠,君使臣以礼,哎,这便是死无葬身之地,敢向那云阳市血染朝衣。(贫道呵)本居林下绝名利,自不合刬下山来惹是非,不如归去来兮。”“鸡虫得失何须计,鹏鷃逍遥各自知。看蚁阵蜂衙、龙争虎斗、燕去鸿来、兔走乌飞,浮生似争穴聚蚁,光阴似过隙白驹,世人似舞瓮醯鸡。便博得一阶半职,何足算,不堪题。”他很清楚自己“本不是贪名利世间人”,他“则一个乐琴书林下客,绝宠辱山中相”,早已“推开名利关,摘脱英雄网”,他心目中的生活是“高打起南山吊窗,常则是烟雨外种莲花,云台上看仙掌”。马致远的《岳阳楼》《任风子》《黄粱梦》等剧则都是写神仙度脱人为仙之作。剧作多是说人间生活不如仙界快乐,所以神仙要超度那些与仙界有缘之人。这些剧作虽然宗教气息浓厚,但是神仙本是虚无缥缈不存在于现实世界,只是人们幻想中的产物,所以剧中所写仍不过是经过作者幻想折射过的现实世界和现实事物的变形。人和事是虚的,但作者的思想感情却是实的。马致远笔下的神仙人物吕洞宾、马丹阳、钟离权,尽管行事带有"仙气",但他们在言谈话语之中却时时表现出作者马致远的精神风貌,也脱离不开元代那特殊的时代气息。这些作品皆对官场的腐朽黑暗进行了揭露和否定,不少曲文都借题发挥,隐指现实,抨击当时的统治。

钟离子度吕洞宾

钟离子度吕洞宾,这是道教的关于八仙传说故事之一。元曲家据以演绎为戏曲。钟离子,即钟离权,唐代人,《全唐诗》收录有其绝句三首。其身份即为一放浪形骸的道士。金代全真教兴盛,将钟离权视为北五祖之第二祖,称其为汉钟离,即在真人的基础上加以神化、仙化了。钟离权所度脱弟子吕洞宾则成为北五祖之第三祖。

神仙本应超然物外,对尘世万事漠然以待,可是马致远笔下的神仙却总是不忘人间,为功名得失所困扰,对朝代兴亡大发感慨。他写吕洞宾一上岳阳楼即感叹:"自隋唐,数兴亡,料着这一片青旗,能有的几日秋光。对四面江山浩荡,怎消得我几行儿醉墨淋浪。"吕洞宾二上岳阳楼更进一步了,又哭又笑,深深慨叹道:“你看那龙争虎斗旧江山!我笑那曹操奸雄,我哭呵,哀哉霸王好汉。为兴亡笑罢还悲叹,不觉得斜阳又晚。”吕洞宾还痛斥功名道:“这墨瘦身躯无四两,你可便消磨他有几场。万事皆如此,则你那浮生空自忙。他一片黑心肠,在这功名之上,敢糊涂了这纸半张。”所以说马致远写神仙实际是写现实,写的是他自己对现实生活的认识,不过用的是曲笔而已。他感叹兴亡多多少少包含有他的民族情感,为某些失落而哀伤;他斥责功名实际是对现实民族压迫、民族统治一系列政策不满,所以他才劝人们“世间人,休争气,及早地归去来兮”。马致远的《岳阳楼》剧就是借神仙之口抒发他自己仕途无望、不得不选择归隐田园之路。那种复杂的悲怆的道化剧,在宣扬神仙道化的背后,实际深蕴着对社会现实多层面的批判精神。

马致远的《黄粱梦》更对当时社会的弱肉强食、黑暗丑恶进行了批判。作者借神仙钟离权之口道:“假饶你手段欺韩信,舌辩赛苏秦,到底个功名不由人。”“如今人宜假不宜真,则敬衣衫不敬人。”剧中又以吕洞宾的幻梦经历揭露社会统治阶层的残酷与腥风血雨,从而歌颂那远离现实的神仙世界,实际就是山林隐居生活的可爱。钟离权道其仙家生活说:“俺那里自泼村醪嫩,自折野花新,独对青山酒一尊。闲将那朱顶仙鹤引,醉归去松阴满身。泠然风韵,铁笛声吹断云根。”他劝人入道说:“俺闲遥遥独自林泉隐,您虚飘飘半纸功名进。你看这紫塞军、黄阁臣,几时得个安闲分?怎如我物外自由身。”把虚无缥缈中的神仙世界和现实中的隐士生活合而为一,就是马致远神仙道化剧创作的特色。

写作神仙道化剧有一批作家,除了马致远外,还有史樟、吴昌龄、岳伯川、范子安等。至元末明初写作此类剧作的人就更多了,如谷子敬、

铁拐李图

铁拐李,传说中的八仙之一。其来历歧说不一。元曲家则根据传说演绎出关于铁拐李的种种杂剧。最著名的就是岳伯川的《吕洞宾度铁拐李岳》剧。

王子一、杨景贤、贾仲明等。不过那时的神仙道化剧大多脱离现实,已全然成为纯粹的教义宣传工具了。元曲家岳伯川所写的《铁拐李》是有名的度脱剧,也是著名的八仙故事之一。但是岳伯川却在这神仙出身的故事中表达了真实的社会现实生活的内容。剧中借岳寿,即后来的铁拐李之口,对社会黑暗做了深刻的揭露和斥责。剧一开始岳寿即对同伴道:“兄弟你哪里知道,俺这为吏的,若不贪赃,能有几人也呵!”他道:“这一管扭曲作直取状笔,更狠似图财致命杀人刀。出来的都关来节去,私多公少,可曾有一件儿合天道?他每都指山卖磨,将百姓画地为牢。”正由于他包揽词讼、作孽极多,所以他要受到阎王的惩罚。剧作却在此时宣扬“放下屠刀,立地成佛”,因其知罪认错遂得悟道,借尸还魂,再生为瘸子李岳,成为吕洞宾所超度的头一个弟子。其醒悟后的言语对众人甚是有启迪意义,他道:“为甚我今日身不正,则为我往常心不直,和那鬼魂灵不能勾两脚踏实地。至如省里、部里、台里、院里,咱只说府里州里,他官人每一个个要为国不为家,怎知道也似我说的行不的。”“我往常见那有钱无理的慌分解,见有理无钱的即便拍,瞒心昧己觅钱财。为甚我两个脚一个歪,也是我前世不修来。”这种神仙道化剧用的是传说中的神仙故事,表现的则是现实生活。它在揭露官场弊病的同时,也在告诫人们做人不可为恶,唯此才能平安。如能做到“名缰利锁都教剖,意马心猿尽放开”,那便会无牵无挂,自由自在。

范子安名康,杭州人。钟嗣成说他“天资卓异,人不可及”。“诗筹酒令闲吟咏,占文场第一功,扫千军,笔阵元戎。”但是却不得志而死。他所作《陈季卿悟道竹叶舟》明里是写吕洞宾度脱落第举子入道,实际却抒发了自己一肚子牢骚。剧中借吕洞宾之口道:“叹你这千丈风波名利途,端的个枉受苦。便做道佩苏秦相印待何如?你则看凌烟阁那个是真英武,你见你则看金谷乡都是些乔男女。你可也辨什么贤,辨什么愚,折莫将将陶朱公贵像把黄金铸,到底也载不下西子泛西湖。”又借列御寇之口道:“我看世俗之人,贪嗔爱欲,如青蝇之嗜血,似群蚁之慕膻;只利趋前,竟忘溺死。好愚迷也!”“你待要名誉兴,爵位高,那些儿便是你杀人刀。几时得舒心快意宽怀抱,常则是焦蹙损两眉梢。”

元曲家中写佛教故事,最有名的莫过于吴昌岭和杨景贤了。他们各写有一部唐三藏去西天取经的杂剧。由于唐三藏取经的故事后来被吴承恩写成了小说《西游记》,小说家喻户晓,元杂剧反而就少为人知了。但是,杂剧《西游记》要比小说早出现约一二百年,小说的创作不能不说受到杂剧的影响,这正如关于水浒英雄和三国故事的杂剧对小说《水浒传》和《三国演义》的影响一样。现存《西游记》杂剧的作者是吴昌龄还是杨景贤学术界意见不尽相同。但不管是谁写的,该剧所反映的是经过曲家思想折射的世俗观念。剧本主题虽然意在宣扬佛教的献身精神,歌颂佛法无边,劝人们皈依佛门,不怕磨难去求取正果。其题材也是写佛教徒取经的经历。其剧末〔太平令〕曲道:“四海内三军安静,八荒中五谷丰登。西天外诸神显圣,兆民赖一人有庆。则为老僧,取经,忠心来至诚。呀,传此话人间为证。”但在宗教的躯壳里,其骨子还是表现世俗、世相,曲折地反映社会的混乱、民不聊生、各种妖魔鬼怪横行霸道……杂剧还歌颂了反抗封建礼教的叛逆精神,而其要旨还在求得人生平安。其用〔太平令〕为全剧收尾也正是此意。

元曲家剧作问道求佛,叙说鬼神,正是要用一种超越现实的力量来纠正现实社会的不公,来满足人们在现实社会追求不得的愿望,伸张正义,慰藉心灵。而神佛度脱尘世凡人,就是表达了生活在痛苦中的人们希望摆脱困境的要求。马致远的《任风子》《黄粱梦》《岳阳楼》,戴善甫的《玩江楼》,岳伯川的《铁拐李》,范康的《竹叶舟》,郑廷玉的《忍字记》《看钱奴》,无名氏的《猿听经》,吴昌龄的《东坡梦》,李寿卿的《度柳翠》,武汉臣的《老生儿》等剧作,都用佛道故事编织其戏剧情节,虽然内容各不相同,但主旨都在寻求超现实的更美好的生活境界。

审视平民生活百姓情趣:推小人物上文学殿堂

中国传统文学在元代以前,一直是以诗词文为主,这些作品大多是写贵族王侯的生活或士子这一特殊社会阶层的生活。这种正统文学一直远离民众,就是某些作品写到民众,接触到下层社会,也多是居高临下,站在民众的对面,至多对民众的苦难深表同情,或劝告当权者“水可载舟,亦可覆舟”。但却很少有作家在骨子里把自己和市井民众、社会下层的百姓摆放在同一地位、同一层次,以自家人的态度来写平民百姓的生活,来描摹社会下层众生,来描写那些不为上层人物所注意的小人物,在文学殿堂里塑造小人物的形象。至此,元曲家这种传统的文学观才开始被打破。因为身为元曲家的一些人,他们自己首先就被那个社会的统治者打到了社会下层,他们已沦落到市井民众中,被逼无奈,客观上已成为被当时社会视为下九流中的一员。他们的社会地位已从往日的特殊——高高在上,变为现在的低下——和倡优、乞丐为伍。只有这样的元曲家,他们才真正体会到下层民众生活的艰辛,才真正懂得老百姓的喜怒哀乐,才会真正描写下层社会民众的面貌,塑造出一个又一个栩栩如生的小人物形象。

元曲,在当时是和传统文学相对立的俗文学,中国俗文学也正是由元曲的诞生才登上文学殿堂。元曲家当时的创作是不被正统文人所认可的,直到明、清两代,散曲、戏曲也不被正统文学所承认。清代修《四库全书》,遍搜天下文字,却对散曲、戏曲正眼也不瞧。面对这一历史事实,任谁也不能不对当时元曲家开创俗文学新局面的那种勇气、那种"若夫高尚之士,性理之学,以为得罪于圣门者,吾党且噉蛤蜊,别与知味者道"的精神所感动。正是由于元曲家的努力,在中国文学人物的画廊里,才第一次出现了众多来自社会下层的小人物形象,才使中国文学人物的面貌更加丰富多彩。

元曲家笔下塑造的小人物形象,集中表现了当时市井民众的历史风貌。举凡仆婢、倡伎、贩夫、商贾、吏役、驿卒、店员、公丐、农夫、渔樵、和尚、道士、民间艺人、落魄书生、泼皮无赖等城乡细民无不被元曲家搬上舞台,他们把这些社会下层人物作为剧作的主要角色或在剧中起关键作用的角色加以精心设计,给人以过目难忘的印象。如《窦娥冤》《救风尘》《魔合罗》《东堂老》《看钱奴》《老生儿》《来生债》《盆儿鬼》《杀狗劝夫》《朱砂担》《儿女团圆》……皆是以这类小人物为主要角色的剧作。就是在一些描写上层社会生活的剧作中,元曲家往往也着力塑造了一些小人物,这些小人物又在剧中起着很重要的作用,如《西厢记》中的婢女红娘,《赵氏孤儿》中的草泽医生程婴,《陈州粜米》中的市民张懒古……

元曲家之所以能够将许多小人物推上文学殿堂,根本原因就在于他们曾和他们笔下的小人物生活在一起,他们了解那些小人物,在情感上与那些小人物息息相通。比如《魔合罗》剧,写一个开绒线铺做小买卖的货郎李德昌,被其堂弟——一个市井医生毒杀的冤案破解过程。该剧虽意在歌颂破案的张鼎,属于"清官戏",但其中对市井小人物的塑造也极见功力。例如剧中刻画民间艺人高山:"老汉高山是也。龙门镇人氏。嫡亲的两口儿,有个婆婆。每年家赶这七月七入城来卖一担魔合罗。刚出的这门,四下里都布起云来,则是瓮盆倾瀽相似。早是我那婆子着我拿着两块油单纸,不是都坏了。我试看咱,谢天谢地,不曾坏了一个。这个鼓儿是我衣饭碗儿,着了雨,皮松了也。我摇一播,还响哩。"这段独白把高山的职业特点、生活方式、心理动态以及他的家庭情况都做了简明而又准确的交代,同时也刻画出一个朴实、老实的民间艺人形象,而这个人物恰恰又是将来破案的关键人物。《陈州粜米》明里是写宋朝之事,实际是写元朝的社会现实。在这本剧作中,作者不仅刻画了包拯的清官形象,更塑造出一个不屈不挠、敢于反抗斗争的市井小民张懒古的光辉形象。由于陈州遭受灾荒,张懒古一出场就道:"为因这陈州缺少米粮,近日差的两个仓官来,传闻钦定的价是五两白银一石细米,着赈济俺一郡百姓。如今两个仓官改做十两银子一石细米,又使

《陈州粜米》图

八升小斗加三大秤……”他心里很不满地去籴米。他的儿子嘱咐他到了赈米处，不要多说话。张㺐古则道：“这是朝廷救民的德意，他假公济私，我怎肯和他干罢了也呵。”他儿子说遇到那样的官也无办法，张㺐古却道：“做的个上梁不正，只待要损人利已惹人憎。他若是将咱刁蹬，休道我不敢掀腾。柔软莫过溪涧水，到了不平地上也高声。他也故违了皇宣命，都是些吃仓廒的鼠耗，咂脓血的苍蝇。”果然，张㺐古眼见不公，亲自领教了赈灾官员的狠毒，他愤怒地谴责那些黑心的官员：“你道你奉官行，我道你奉私行。俺看承的一合米，关着八九个人的命……你正是饿狼口里夺脆骨，乞儿碗底觅残羹。”他直骂粜米的官员是“害民的贼”！结果他遭到一阵毒打。可贵的是，张㺐古在被打致死时仍不屈服。他临死还嘱咐儿子，一定要上告那些害民贼：“遍衙门告不成，也还要上登闻将怨鼓鸣。”“我便死在幽冥，决不忘情。待告神灵，拿到阶庭，取下招承，偿俺残生，苦恨才平。若不沙，则我这双儿鹘鸰也似眼中睛，应不瞑。”也就是说，张㺐古不告倒那几个害民贼死不瞑目。阳间告不倒，他也要在阴间继续告。这种反抗到底的精神以前的文学人物是很少有的。人物虽小，其精神却浩然冲天。这就是元曲家对中国文学人物画廊的杰出贡献。

在元曲家把小人物推上文学殿堂的集体行动中，某些剧作家曾起了巨大的作用。其代表人物就是大戏曲家关汉卿。关汉卿在他数量众多的优秀剧作中，曾塑造了一批下层社会被压迫的小人物形象，尤其是妇女形象。像杜蕊娘、赵盼儿、谢天香、燕燕等妓女或女婢，都以她们活灵活现的独特个性，永远屹立在中国文学人物的画廊中。人们更不会忘记那含冤负屈，在刑场上指天骂地的善良的窦娥，以及在她周围，给她造成悲剧的那些形形色色的市井人物。窦娥被其父抵账做了蔡婆的童养媳,紧接着不幸又降临到她头上——她的丈夫去世,使她成为一个年轻的寡妇。她性格善良、孝顺婆母,偏偏又遇到流氓无赖张驴儿父子到她家寻衅,并诬赖她施毒害死一条人命。糊涂的贪官竟把窦娥问成死罪。这个小人物遭受突如其来的冤枉,无情的事实使她对社会、对官场猛然有了异乎寻常的清醒认识。她愤怒地指责当时的社会:"为善的受贫穷更命短,造恶的享富贵又寿延。""地也你不分好歹何为地,天也你错勘贤愚枉做天。"她道:"官吏每无心正法,使百姓有口难言。"她在阳世被冤杀而死,她并不屈服,一是发下三桩无头誓愿,二是做鬼到阴间也念念不忘复仇洗冤。这虽是个小人物,却闪烁出明亮的光辉,照耀着文坛,照耀着人们的心灵,使人永远不能忘记她生动高大的形象。《窦娥冤》剧不仅写出了元代社会的黑暗,代当时民众发出了愤怒的呼喊,而且也是一幅元代市井生活的生动画卷。关汉卿的另一剧作《蝴蝶梦》则塑造了一个伟大、善良、无私的母亲形象,而这个母亲形象却又是一个极普通的平民百姓、极平凡的小人物形象。王婆和她丈夫都是老实的农庄户。为了教儿子读书写字,王婆的丈夫到街市买纸笔,不料竟被权豪势要葛彪打死。突变发生,王婆闻知后道:"俺男儿负天何事,拿住那杀人贼我乞个罪名儿……若是俺软弱的男儿有些死活,索共那倚势的乔才打会官司。""若是俺到官时,和您去对情词。使不着国戚皇亲、玉叶金枝,是他龙孙帝子,打杀人要吃官司。"当她的继子将葛彪打死,必须抵命时,王婆又留下继子,让自己的亲生儿子去抵命,不能不说这样一个小人物举止所为甚是崇高,令人敬佩。

元曲家竭力塑造小人物形象,正是出于他们自身的平民情结。他们身处百姓之间,同民众同呼吸,共患难。百姓的喜怒哀乐已和他们息息相通,他们熟悉市井人物,热爱市井人物,他们一旦拿起笔来,就会自

《蝴蝶梦》图

觉不自觉描写市井间天天与他们打头碰脸的人物。这是文学创作的规律,是任何人都不能违背、不能抗拒的。

三、长天悲歌:以有用之才寓乎声歌之末

——不同处境下元曲家们各自的人生意趣

元曲家是生不逢时的一代文人。他们前后朝代的文人都能走“学而优则仕”之路,读书为官,似乎顺理成章。可是唯独元代,即使书读五车,满腹经纶,要是没有一定的社会关系举荐,也只能埋没于蒿草山林。就是靠了种种关系的机缘,能步入官场,也要在元朝所独有的“达鲁花赤”的监视下工作和生活。汉人无论为官还是为民,都有一种为“奴”的感受。事实上蒙古贵族也正是把他们自己看作是奴役天下的奴隶主。在这种情况下,元代文人对仕途还能有什么指望?大批文人在市井民间,只能将其全部才华用于元曲创作,由此产生了中国文学史上第一批钟情于大众通俗文学的元曲家。

虽然从总体上说,元曲家的处境都不如意,但是具体到每一个曲家,他们各自的情况却也并不完全相同,尤其他们各自的人生意趣有很大的差异。有的曲家来自金朝或宋朝,属于“跨朝代”的人物。这其间,有的曲家又在前朝中过进士,任过官职,或曾在朝廷为官,或就是皇族,他们对前朝的思恋之情,无论如何从心头是抹不去的。他们中有的甘

为旧朝遗民,誓不在新朝为官;有的就是在新朝为官,也极不自在。他们的曲作自然而然会有许多怀旧情结,有抹不去的凄凉和悲伤。有的曲家则是在元朝诞生的,他们希望为元朝建功立业,希望凭借自己的文才步入仕途。但是,相当多的人却找不到门路,英雄无用武之地。就是侥幸步入官场,他们看到的也是尔虞我诈,营私舞弊,贪赃枉法,或者他们自身就受到过诬陷、迫害,有过种种不幸的遭遇。他们的曲作不满当朝政治,斥责官场腐败,那种激愤之情总会给人们留下深刻的印象。有的曲家又赶上元朝混乱的末世,天灾人祸,他们不免为元朝唱起挽歌,心中别是一番凄凉的味道。当然,有的曲家也会一帆风顺,或平步青云。他们写的曲作自然会流露出得意舒畅之情,或雄心勃勃之意……元曲家们遭遇不同,心境也各自有别。

就是遭遇大体相同的元曲家,由于他们个人志趣、性格有别,他们曲作所反映出来的意趣也会有很大的差异。有的曲家性格开朗,虽然人生道路不顺,但他们能随遇而安,心境总处于平和状态。因此,他们的曲作所表现出来的就是与世无争,无怨无怒,甚至有些看破红尘的味道;有的曲家性情狂放,看不惯世道的不平,他们作曲自然就会多有激愤,或是满腹牢骚,不平之气溢于曲外;有的曲家对世间事则懒于过问,他们干脆皈依佛门,入道出家,作曲也劝人远离酒色财气,跳出三界外,不在五行中,吃斋念经,问道拜佛;有的曲家则不甘寂寞,他们要寻求刺激,及时行乐,在青楼中找知己,在市井中寻开心,今日有酒今朝醉,宁愿常醉不愿醒;有的曲家则不屑仕进,修身养性,自得其乐。当然也有的曲家奔竞于仕途,追逐名利;有的曲家则关心国家大事、关心国计民生,在他们胸中跳动着一颗火热的忧国忧民之心……

不管元曲家心志多么不同,意趣有多少差别,不得志、不得意却是元曲家共同的人生感受。因而他们借以抒发胸襟的曲作,总是一曲曲动人心弦的悲歌。

响当当一粒铜豌豆:放荡不羁的关汉卿

关汉卿是元代著名的戏曲大家,也是当今世界知名的历史文化名人。元末明初戏曲家贾仲明曾对关汉卿有很高的评价:"珠玑语唾自然流,金玉词源即便有,玲珑肺腑天生就。风月情,忒惯熟,姓名香、四大神洲。驱梨园领袖,总编修师首,捻杂剧班头。"(〔双调·凌波仙〕《吊关汉卿》)戏曲家臧晋叔编《元曲选》在序言中称:"关汉卿辈争挟长技自见,至躬践排场,面敷粉墨,以为我家生活,偶倡优而不辞。"近代国学大师王国维在其名著《宋元戏曲考》中则说关汉卿作剧"一空依傍,自铸伟词,而其言曲尽人情,字字本色,故当为元人第一"。关汉卿的剧作在当时享有极大的声誉。在元代,"汉卿"已作为戏曲界的一种荣誉被加在有成就的戏曲家头上。据钟嗣成《录鬼簿》所记,戏曲家高文秀因年轻有为,写作了不少脍炙人口的杂剧,当时被人们称为"小汉卿",而南方的戏曲家沈和以南北曲合套闻名于世,被人们誉为"蛮子汉卿"。

关汉卿,号已斋,大都人。《录鬼簿》称他曾为"太医院尹",元代历史学家熊梦祥所著《析津志》中的"名宦传"也列有关汉卿之名,传文只说他"生而倜傥,博学能文,滑稽多智,蕴藉风流,为一时之冠",但没有说明他的具体官职。有人依此以为,关汉卿为官乃在金代,入元以后未再出仕。其他元人著作如《青楼集》郝经序也说关汉卿"不屑仕进""乃嘲风弄月,留连光景"。郝经对关汉卿之所以不屑仕进解释说:"君子之于斯世也,孰不欲才加诸人,行足诸己,其肯甘于自弃乎哉! 盖时有否泰,分有穷达,故才或不羁,行或不掩焉。当其泰而达也,园林钟鼓,乐且未央,君子宜之;当其否而穷也,江湖诗酒,迷而不复,君子非获已者焉。”也就是说,关汉卿不出仕,并不是他不想,而是没有让他出仕的客观条件,此说还是比较公允的。事实是,在关汉卿生活的元代初年,科举不行,读书人历来进入仕途的通道已被废弃,汉人又被视为社会上的第三、四等人,当时的读书人必须面对现实,于是不同心态的人便采取了不同的处世态度。

粤剧《关汉卿》剧照

同样是被迫沦落社会底层,关汉卿则由于生性豪放,在市井中能很快地放下架子、放下面子,看透世事,适应环境,自得其乐。他迅速地投身于新兴的元曲,把自己的全部精力、才华都贡献给元曲事业,与曲家、演员广交朋友,切磋技艺,终于在金元之际创作出大量元曲,成为一代曲学楷模、杂剧泰斗。

关汉卿致力于元曲,关注现实人生,他对虚无缥缈的神仙世界不感兴趣,从来不写神仙道化一类剧作。同时他也不逃避现实,不写什么隐居乐道的作品。他能清醒地认识现实社会,能同社会底层的人们在情感上息息相通,所以,他的曲作、剧作皆能代表时代和民众的呼声。他的创作不仅揭示了底层人们生活的苦难,让人们认识到自己的苦难现状,同时也揭示出人们之所以处于苦难生活的原因,指明人们不应安于这种苦难,应追求更美好的生活。他的作品具有一种强大的呼唤人性自由、人格独立的魅力,他要处于社会底层的人们认识到,虽然处于底层,但不能任人欺凌、任人宰割。他呼唤政治清明的时代,呼唤廉洁的官吏,他憎恶现实社会的黑暗、残暴、污秽。他以自己的作品鼓舞失去了生存信念的人们去争取自己做人的权利,去追求自身应得到的幸福。他用自己的作品为生活在苦难中的人们树立了成功的榜样和胜利的楷模。他的《窦娥冤》写一个市井间不起眼的小人物——窦娥含冤身死,却由此而导致天地震怒,气候骤变,血飞素练,这意味着什么?这是在中国历史舞台破天荒呼喊出人的高贵和做人的尊严!在封建社会、在元代,杀死个人那真是如同捻死个蚂蚁一般。社会上权豪势要、贪官污吏为所欲为,横行霸道,灭绝人性,关汉卿的作品就是对黑暗时代的强烈抗议。

封建社会妇女所受的压迫最深重,关汉卿耳闻目睹种种现实,以他的博大胸襟和他头脑中所能有的朦胧的、平等的人权意识,为深受苦难的中国妇女发出了要有自己尊严、要有自己人身自由、要有自己人生幸福追求的呐喊。《金线池》剧中的主角杜蕊娘是一个身世悲惨的妓女,她被其“鸨母”逼迫卖身,成为一棵摇钱树。她多次欲从良,结束倚门卖笑的生涯,她的“鸨母”就是不允许。但她并不灰心丧气,在遇到新的、她认为可以托付终身的人时,再次奋起抗争。她深深痛恨娼门生活,一再诅咒道:“则俺这不义之门,那里有买卖营运?无资本,全凭着五个字

《金线池》图

迭办金银：无过是恶、劣、乖、毒、狠。”“无钱的可要亲近，则除是驴生戟角瓮生根。佛留下四百八门衣饭，俺占着七十二位凶神。……投奔我的都是那矜爷害娘、冻妻饿子、折屋卖田、提瓦罐爻槌运。那些个慈悲为本，多则是板障为门。”她要摆脱非人的生活，要和正常人一样生存，她遇到了常人难以想象的阻力和压力，但是她经过多年的抗争，越来越坚强。任何威逼利诱、阴谋诡计都不能使她动摇对自由生活的追求。不仅杜蕊娘，还有谢天香、宋引章、赵盼儿等，身处下层社会的燕燕，被人欺侮的妇女谭记儿等，都是善良的、可爱的、美丽的，希望过正常生活的女人。她们都曾为获得人身自由和幸福生活勇敢地斗争。在这些斗争的妇女形象中，《救风尘》剧中的赵盼儿无疑是关汉卿为人们树立的一个光辉灿烂的典型。赵盼儿机智勇敢，老练稳重，思虑周密，安排周详，可谓豪迈飒爽，侠义心肠。

关汉卿冲破世俗的传统观念，为社会底层的小人物大声疾呼，甚至为一般人所不齿的妓女大唱赞歌，为她们的生活遭遇鸣不平，那是因为他自身就有一颗善良的高尚之心、刚强之心。他对自身所处的社会黑暗已强烈不满。他的一首套曲〔南吕·一枝花〕《不伏老》就唱出了元代相当一批曲家傲然特立的处世哲学。其曲词道：

〔梁州〕我是个普天下郎君领袖，盖世界浪子班头。愿朱颜不改常依旧。花中消遣，酒内忘忧。分茶，攧竹；打马，藏阄。通五音六律滑熟。甚闲愁到我心头。伴的是银筝女银台前理银筝笑倚银屏，伴的是玉天仙携玉手并玉肩同登玉楼。伴的是金钗客歌金缕捧金樽满泛金瓯。你道我老也，暂休。占排场风月功名首，更玲珑又剔透。我是个锦阵花营都帅头？曾玩府游州。

…… ……

〔尾〕我是个蒸不烂、煮不熟、捶不匾、炒不爆、响当当一粒铜豌豆。恁子弟每谁教你钻入他锄不断、斫不下、解不开、顿不脱、慢腾腾千层锦套头？我玩的是梁园月，饮的是东京酒，赏的是洛阳花，攀的是章台柳。我也会围棋、会蹴鞠、会打围、会插科、会歌舞、会吹弹、会咽作、会吟诗、会双陆。你便是落了我牙、歪了我嘴、瘸了我腿、折了我手，天赐与我这几般儿歹症候。尚兀自不肯休。则除是阎王亲自唤，神鬼自来勾。三魂归地府，七魄丧冥幽。天哪，那其间才不向烟花路儿上走。

这真是一粒不同凡响的铜豌豆！关汉卿深深扎根于市井，与社会底层的民众打成一片，甚至同呼吸、共患难，他为市井民众大声疾呼，为世间百姓热情呐喊，他是民众的戏曲家，所以民众世世代代爱戴他、纪念他。

天涯羁旅孤苦行：落魄一生的马致远

马致远，号东篱，大都人。自幼受儒家思想熏陶，热心功名事业，可惜生不逢时，无路奔向仕途。他沦落市井，不得已而加入大都的民间书会——元贞书会，成为一名书会才人，致力于杂剧、散曲的创作，从而也使他成为元曲四大家之一。他所作的散曲、杂剧皆脍炙人口，流传广远，反映了那一时代读书人的真实感情、真实遭遇，曾引起其后无数读书人的共鸣。贾仲明曾说他："万花丛中马神仙，百世集中说致远，四方海内皆谈羡。战文场，曲状元，姓名香，贯满梨园。"(〔双调 · 凌波仙〕《吊马致远》)朱权则称："马东篱之词如朝阳鸣凤。其词典雅清丽，可与《灵光》《景福》(二者为《文选》中的名篇)而相颉颃，有振鬣长鸣，万马皆喑之意;又若神凤飞鸣于九霄,岂可与凡鸟共语哉!宜列群英之上。”[①]这些称誉马致远受之无愧,他的曲作成就在中国曲学史上也名列前茅,这是古今学界没有什么疑义的。然而就是这样一位元曲大家,他的人生遭遇却是十分悲凉的。马致远笃信儒家教导,孜孜不倦地追求着功名,渴望有一天能够仕途腾达。他把自己的苦追求、他的心理感受都写到了他的作品里。

他唱道,“自年幼,写诗曾献上龙楼”“叹寒儒,谩读书,读书须索题桥柱”,他希望能像汉代司马相如那样因写辞赋得到统治者的赏识。他一再写曲歌颂元代的当政者,盼望着能有奇遇。他道:“寰海清夷,扇祥风太平朝世,赞尧仁洪福天齐。乐时丰,逢岁稔,天开祥瑞,万世皇基。”“祝吾皇万万年,镇家邦万万里。八方齐贺当今帝,稳坐盘龙亢金椅。”后来他南下杭州,做了江浙行省务官,也就是省府的吏员。他的参政意识更强烈,对当政者更加歌功颂德。他唱道:“至治华夷,正堂堂大元朝世,应乾元五龙飞。万斯年,平天下,古燕雄地。日月光辉,喜氤氲一团和气。”“小国土尽来朝,大福荫护助里。贤贤文武宰尧天,喜,喜,五谷丰登,万民乐业,四方宁治。”可是在元代民族统治为既定国策的条件下,作为汉族文人的马致远,任凭他有天大的本事、非凡的才干,由于他没有统治阶层上层社会的种种关系和一定的社会背景,也就根本不可能进入上层社会的圈子里去。但是对元朝忠心耿耿、痴情不减的马致远,却仍抱有幻想。他道:“子房鞋,买臣柴,屠沽乞食为僚宰,版筑躬耕有将才,古人尚自把天时待。”他年复一年地等待着机遇,等待着奇迹,

① (明)朱权:《太和正音谱·古今群英乐府格势》,见中国戏曲研究院编《中国古典戏曲论著集成》(三),中国戏剧出版社1959年版,第16页。

他以张良、傅说、朱买臣、诸葛亮等一个个古人终有君臣遇合,来安慰自己、支撑自己,他不相信自己会永远沉郁下僚,不能实现自己的抱负。

然而马致远一等就是几十年,青春耗尽,他日夜盼望的机遇还是没有出现。这时候他才逐渐感到,他多半生的期待,不过是自己一厢情愿的梦幻。他的心头才越来越充满一种凄凉和悲哀的情感,他道:“穷,男儿未济中,风波梦,一场幻化中。”“佐国心,拏云手,命里无时莫刚求。”“题柱虽乘驷马车,乘车谁买长门赋?且看了长安回去。”经过多半生的挣扎、奋斗,到两鬓斑白之时,他终于意识到自己仕途腾达的幻梦彻底破灭了。他对元朝统治者不信任汉人的国策才算完全明白了,他对功名的追求再也不抱希望了,他以无限的哀怨诉说道:“两鬓皤,中年过,图甚区区苦张罗。人间宠辱都参破。”他在看透世事以后,就对政治、官场,再也不感兴趣。他要脱离政治,远离官场,把归隐作为自己一生的归宿。他唱道:“半世逢场作戏,险些儿误了终焉计。白发劝东篱,西村最好幽栖。老正宜,茅庐竹径,药井蔬畦,自减风云气。嚼蜡光阴无味,旁观世态,静掩柴扉。虽无诸葛卧龙冈,原有严陵钓鱼矶。成趣南园,对榻青山,绕门绿水。”“乐亦在其中矣。”

马致远大约在他50岁左右离开官场,退隐林下了。他要使自己多半生奔竞疲劳的身心彻底休息一下,他只求自己心理安宁,修身养性。他道:“林泉隐居谁到此,有客清风至。会作山中相,不管人间事。争什么半张名利纸。”马致远的一生,正可以以50岁左右为界,分为前后两个阶段。前一阶段是求仕为官阶段,后一阶段是隐居不仕阶段。但他求仕为官阶段实在是历经坎坷:他或混迹于市井书会,或奔波于羁旅,或寄人篱下,或为人驱使。他曾道“鞍马区区山路遥”,离故国“闷无聊,心内如烧”,并呼喊出那震撼人心的千古名言:“枯藤老树昏鸦,小桥流水人家,古道西风瘦马,夕阳西下,断肠人在天涯!”

天涯断肠人,就是马致远对自己多半生生活的总结。他痛定思痛,不由得无限感伤。他感叹自己空怀报国之心,却壮志难酬,他不得不用人生有命的“宿命论”来自我安慰。他唱道:“枉了闲愁,细寻思,自古名流,都曾志未酬。”“上苍不与功名侯,更强更会也为林下叟,时乖莫强求。”“穷通皆命也,得又何欢,失又何愁?”经历了天涯羁旅的孤苦,厌倦了无休止的仕途奔波,落魄无奈的马致远在其人生第二阶段就把超脱世事、不再问人间是非荣辱作为他的人生哲学。这是他“世事饱谙多,二十年漂泊生涯”的消极总结。他在名利场拼搏、奔竞了多半生,一无所成,乃至万念俱灰,肠断心冷。他要在大自然的怀抱中使自己疲惫不堪的身心得以慰藉。他唱道:“渔村偏喜多鹅鸭,柴门一任绝车马。竹引山泉,鼎试雷芽。但得孤山寻梅处,苫间草厦,有林和靖是邻家,喝口水,西湖上快活煞。”此时他反思早年追求名利之事,则深感:“当日事,到此岂堪夸。”管他什么英雄豪杰,管他什么将相勋贵,他自感已把“浮生参透”“永休开是非口”。他要做“酒中仙,尘外客,林间友”。其著名的〔双调·夜行船〕《秋思》就是他对多半生生活道路反思的总结。他说:“百岁光阴一梦蝶,重回首往事堪嗟。”所以他重新考虑生活态度是“利名竭,是非绝,红尘不向门前惹”,冷眼看世间“看密匝匝蚁排兵,乱纷纷蜂酿蜜,急攘攘蝇争血”,都不如“和露摘黄花,带霜分紫蟹,煮酒烧红叶”。因而他要超凡脱俗:“想人生有限杯,浑几个重阳节。人问我,顽童记者:便北海探吾来,道东篱醉了也。”

马致远从积极入世到逃避现实,他的人生历程清清楚楚地表明了他是一个备受压抑、可怜而又软弱的知识分子。他身处社会下层,但心比天高,他奋斗、挣扎,竭力想摆脱所处的困境。但是,他始终未遇伯乐,他的人生道路就只能是奔波再奔波,当其身心都疲惫不堪时,他不得不认命了。于是他将积存在心中的忧郁、愤慨、痛苦等情感一股脑儿发泄出来,这就使他的曲作具有一种特别激动人心的魅力,使历代与他有类似遭遇的知识分子感叹不已。圣明之时自当“野无遗贤”,而使有志之士发出“断肠人在天涯”的悲叹的时代,总不能说那是一个政治清明的时代。

知荣知辱牢缄口:乐山乐水的白朴

白朴(1226—?),原名恒,字仁甫,后名朴,字太素,号兰谷。生于开封,居于真定。他既是元代著名的曲家,又是元代著名的词人。他作有杂剧16本,其中以《梧桐雨》最为人称道。《墙头马上》也是他的名作。他的词集为《天籁集》。其友王博文序,称道其词作说:“辞语遒丽,情寄高远,音节谐和,轻重稳惬,凡当歌对酒,感事兴怀,皆自肺腑流出。”清代著名词人朱彝尊曾有跋曰:“兰谷词源出苏、辛,而绝无叫嚣之气,自是名家。”他自己也说他“作诗不及唐人,未可轻言诗。平生留意于长短句”。看来他对自己的词作颇自负。但是,他的词作终究没有超出宋人的藩篱,而奠定他在中国文学史上的创作地位的还是他的曲作。然而,他的词作是他真实情感的流露,“皆自肺腑流出”,也正是研究其人生意趣最宝贵的参考资料。

他有一首〔沁园春〕词道:“自古贤能,壮岁飞腾,老来退闲。念一身九患,天教寂寞,百年孤愤,日就衰残。麋鹿难驯,金镳纵好,志在长林丰草间。唐虞世,也曾闻巢许,遁迹箕山。越人无用殷冠,怕机事缠头不耐烦。对诗书满架,子孙可教,琴樽一室,亲旧相欢。况属清时,得延残喘,鱼鸟溪山任往还。还知否,有绝交书在,细与君看。”这首词是监察师巨源想请白朴为官时,白朴所写的辞谢词,这时白朴已届晚年。他明明白白告诉师巨源,自己的志向不在官场,而是“志在长林丰草间”“鱼鸟溪山任往还”。他向往的是自由自在、无官一身轻的山林隐居生活。白朴的这种生活态度,不是到晚年才确定的,而是在他青年时代就已明确:他决不出仕元朝。那时真定史家的史天泽早已投靠忽必烈,并成为元朝的开国元勋,他极力举荐白朴为官,白朴竟为逃避史天泽的举荐而离家浪游。他宁可羁旅漂泊,忍受与家人妻儿离别的痛苦,也不愿步入仕途,不愿周旋于元代官场。他的词作曾一再道:“三年浪走,有心遁世,无地栖身。”“老我三年江湖客,几度登临吊古。怅日暮,家山何处?”“何日团栾儿女,小窗灯火相亲?”他思念亲人,

白朴像

白朴(1226—?),原名恒,字仁甫,后名朴,字太素,号兰谷。祖籍陕州(今山西河曲)人。但是他生于开封,居住真定。其父白华在金朝官枢密院判。金亡,白朴终身不仕。诗酒遨游,以著述诗词曲剧为业。系著名的元曲四大家之一。

泪湿衣衫,但也决不回乡去应史天泽的举荐。为什么白朴对元代官场那么决绝?

这是因为白朴少年时代的心灵深处曾遭受极大的创伤。在他七八岁时,蒙古灭了金朝。白朴的父亲白华是金朝进士,官任枢密院判。蒙古兵围攻金都汴京时,白华随金帝逃亡,城破,白朴之母在兵乱中不知所往,白朴是靠白华的朋友元好问携带,才逃出汴京。这段经历在白朴幼小的心灵里留下了不可磨灭的印记。王博文说白朴:"然自幼经丧乱,仓皇失母,便有山川满目之叹。逮亡国,恒郁郁不乐,以故放浪形骸,期于适意。"实际情况还要复杂得多。白华在金亡之后,先降宋,后又降蒙古。元好问则一直拒绝为官,白朴在元好问身边长大,其父降蒙古后,他才回到父亲身边,然而白华丧失名节的行为为时人所讥嘲。国破家亡,国耻家耻,一系列的变故使白朴内心十分矛盾。他原本攻习进士学业,也想有朝一日能有所作为。他在早年也曾歌颂蒙古新政,为加入蒙古政权的朋友在新朝建立功勋大唱赞歌,他本人对新朝原本也无什么厌恶,但当现实正如李俊民《乱后寄兄》诗所写:"万井中原半犬羊,纵横大剑与长枪。昼烽夜火岂虚日,左触右蛮皆战场。"他随元好问及父亲在兵乱之际到处奔波,看到种种民不聊生的景况,再加上他想进身,因科举考试取消而不得,他的出仕之心也就逐渐冷落。幼年的遭遇和眼前所见联系在一起,使他比常人更多一些故国之思,对现实更多一些不满。他所写〔满江红〕词道:"行遍江南,算只有,青山留客。亲友间,中年哀乐,几回离别。棋罢不知人换世,兵余犹见川流血。叹昔时歌舞岳阳楼,繁华歇。"〔石州慢〕词道:"千古神州,一旦陆沉,高岸深谷。梦中鸡犬新丰,眼底姑苏麋鹿。少陵野老,杖藜潜步江头,几回饮恨吞声哭。岁暮意如何,怯秋风茅屋。"在这种情况下,任谁再举荐他出仕,他也不会答应了。

因为白朴终究出身名门世家,他的亲友故旧原多为社会上层人士,与他结交者又多在新朝为官,其中有一些还是新贵,所以白朴放浪市井,玩世不恭,又不失名士优雅的气度。在市井中,他和关汉卿的彻底沉落于民间,与民众喜怒哀乐息息相通不同;他也和孜孜不倦、一味执着追求功名而不得、满腔幽怨的马致远不同。虽然他也唱道:"徜佯,玩世何妨,更谁道,狂时不得狂。"但他自身保持着一分自许和清高。他的〔中吕·阳春曲〕《知几》组曲道:"知荣知辱牢缄口,谁是谁非暗点头。诗书丛里且淹留。闲袖手,贫煞也风流。""今朝有酒今朝醉,且尽樽前有限杯。回头沧海又尘飞,日月疾,白发故人稀。""不因酒困因诗困,常被吟魂恼醉魂。四时风月一闲身,无用人,诗酒乐天真。""张良辞汉全身计,范蠡归湖远害机,乐山乐水总相宜。君细推,今古几人知。"他没有关汉卿那么多激愤,也没有马致远那么多牢骚,他常常是悠然自得,潇洒超脱,似乎已把世事看透。他反思历史,观照现实,明哲保身,佯狂避世。他的避世却又有着传统文人墨客那般优雅。他与在市井喧嚣中自得其乐的关汉卿不是一路,与整日奔波于羁旅的马致远也不是同道。他的〔双调·沉醉东风〕《渔夫》曲道:"黄芦岸白蘋渡口,绿杨堤红蓼滩头。虽无刎颈交,却有忘机友,点秋江白鹭沙鸥。傲杀人间万户侯,不识字烟波钓叟。"这是一个不屑于与世俗为伍的世外高人。他又是一个要及时行乐、不顾世俗的狂人。他以为"盖世功名总是空""人生何苦奔竞",他要"系住天边白日,抱得山间明月,我亦遂长终"。他在〔双调·乔木查〕《对景》曲中唱道:

〔幺〕岁华如流水,消磨尽自古豪杰。盖世功名总是空,方信花开易谢,始知人生多别。忆故园,漫叹嗟,旧游池馆,翻做了狐踪兔穴。休痴休呆,蜗角蝇头,名亲共利切。富贵似花上蝶,春宵梦说。

〔尾〕少年枕上欢,杯中酒好天良夜,休辜负了锦堂风月。

总体来看,白朴的处世态度是消极的,但他的这种处世态度却是逐渐形成的。他在青少年时代也曾渴望建功立业,可是他眼见自己的文才并不被新朝所重,自视甚高的他不肯低下他那高贵的头,他怎么还能把在新朝做官当作一回事,他怎么会再接受任何人的举荐。有学者说白朴具有民族思想,不满民族歧视和民族压迫才不仕元朝。[①] 也有学者不同意这种意见,认为白朴没有对当时蒙古新政的民族歧视和民族压迫有所不满的表示,白朴之所以不出仕元朝,只是由于他沉沦市井,安于放浪,失去为官的兴趣。[②] 笔者以为在那样一个特别的时代,四等人制度会使每一个处于下等底层的人心中产生不满。有压迫就有反抗,就有斗争,不满是人之常情。白朴词曲中那些狂放也罢,清高也罢,忧思也罢,不是不满又是什么呢?只不过其不满的程度与其不满的表达方式有他自己的特点罢了。白朴的不满正是在他优哉游哉的高雅气度中表现出来的。所以,李昌集道:“白朴幼失其母,对元王朝深怀不满。故他在〔石州慢〕词中有‘幽独,疗饥赖有商芝’和‘风雨近重阳,满东篱黄菊’之句,以商山采芝、东篱赏菊之典,把自己作为一介遗民,反映了白朴心中埋藏着极为深沉的郁愤不平。”[③]马致远〔天净沙〕曲道:“断肠人在天涯”,人皆知其心中孤苦。而白朴〔天净沙〕曲道:“孤村落

① 王文才校注:《白朴戏曲集校注》,人民文学出版社 1984 年版。
② 胡世厚:《白朴论考》,中州古籍出版社 1991 年版,第 116 页。
③ 李昌集:《中国古代散曲史》,华东师范大学出版社 1991 年版,第 491 页。

日残霞,轻烟老树寒鸦,一点飞鸿影下。青山绿水,白草红叶黄花。”人皆道其潇洒自得其乐。岂不知不满到极点,恨到极限,就已说不上什么不满与恨不恨了。唯有不满之极,才会达到一种看似超脱的境界。

苍天负我我负苍天:满怀激愤的乔吉

乔吉(? —1345),是元代后期著名的曲家,被人们誉为“元曲六大家”之一。他名吉,字梦符,号笙鹤翁,别号惺惺道人。原籍山西太原,寓居杭州。他所作杂剧有十余种,以《扬州梦》和《两世姻缘》最有名。他还作有许多散曲,在当时与专作散曲的大家张可久齐名,被人们并称“乔张”。

乔吉长得仪表堂堂又博学多才,所以他自视甚高,平时以威严自饬,落落寡合,人们对他也多敬畏。他不像张可久那样能委曲伏低,和人们虚与周旋,尤其不善于结交权贵。所以,他的朋友、元曲家钟嗣成即说他“平生湖海少知音”“江湖同四十年,欲刊所作,竟无成事者”(《录鬼簿》)。他生性不肯阿谀奉承,要凭自己的真本领去建功立业,这种性格在元代那种凭借出身、社会关系才可平步青云的环境下,只能落个孤芳自赏、郁郁寡欢的结果。事实也正是这样,乔吉一生命运坎坷,几多辛酸。尽管如此,他始终不肯低下高昂的头颅,其曲作倾诉了他满腔的不平和激愤。

过去一些论曲者,涉及乔吉的评价多有偏颇。他们以为乔吉思想庸俗、意趣低下,所作多风流调笑、闲适颓放,无甚可取。这实际是对乔吉怀着满腔悲愤、饱蘸泪水所写成的曲词不甚了解。乔吉曲作中有相当数量的叹世曲,就是他对人生、对社会思考和认识的结晶,表现了他真正的人生意趣。如果人们能真正领会乔吉这些叹世曲的意蕴,就决不会再把他误会为一个只会在青楼轻薄买笑的风流浪子了。

乔吉并不是一个自甘堕落的人,他曾渴望自己能轰轰烈烈做出一番英雄事业。三国时期叱咤风云的人物鲁子敬、周公瑾是他心目中的偶像。他称他们为"千古豪杰"(〔双调·水仙子〕《梦觉》)。他同时赞颂唐代的杜牧,称"文章杜牧风流"(〔双调·折桂令〕《会州判文从周自维扬来道楚仪李氏意》),还写有杂剧《杜牧之诗酒扬州梦》。因此,有的学者就说乔吉是杜牧的模仿者,过的是杜牧一般的风流生活。其实这种见解实在是种推测之词。乔吉并没有杜牧那样的家世、遭遇,他比杜牧更加不幸,更多激愤。他以杜牧事为素材写成的杂剧《扬州梦》,并不是意在宣扬杜牧的风流韵事,而恰恰是要说明人在逆境中不能自甘沉沦。剧中张府尹所说"把一觉十年间扬州梦醒,才显得翰林院台阁文章,终不负麒麟上画名书影",以及杜牧所唱"从今后立功名写麒麟影""今日个两眼惺惺,唤的个一枕南柯梦初醒",具有明显的功名意识,劝诫人们不能沉醉于"酒病诗魔",这才是该剧的主旨。乔吉写《扬州梦》也不过是抒发他自己生不逢时、怀才不遇的感慨罢了。他憧憬着自己能像杜牧一样被人赏识,发挥自己的才干。他称颂杜牧文章风流,实际是倾心于杜牧的匡世济国之心。他没有像杜牧那样得到发挥才干的机会,所以他才一再感叹"老我江湖,少年谈笑薄幸名留""英雄事业何时办?空熬煎两鬓斑""青春空过,早两鬓秋霜渐多"。

乔吉放浪江湖实在是出于不得已,他何尝愿意眠花卧柳,他买笑青楼不过是暂时排遣心中的苦闷而已。"客怀枕畔,心事天涯,三千丈清愁鬓发,五十年春梦繁华"(〔双调·折桂令〕《客窗清明》),这才是他真

《杜牧之诗酒扬州梦》图

正的心声。他空怀雄心却报国无门,壮志难酬,使他悲叹不已。他在其曲作中曾反复宣称自己是“不应举的江湖状元”,这其中虽有自高自傲之意,但细细品味,他又该有多少隐痛啊!他看古来“俯仰乾坤,多少英雄,不到麒麟”“多少豪雄,几许消沉”,视当今“庙不灵,狐狸漾瓦!官无事,乌鼠当衙”,民众们生活是“老树支门,荒蒲绕岸,苦竹圈笆”。思古想今,乔吉认识到当官不过是“穿袖衫调傀儡”“搭套项推沉磨”“官大忧愁大”;而官场上的倾轧正如连云栈,让人总是担惊受怕。再加上那官员们又一蟹不如一蟹,乔吉为了“面皮不受时人唾”“不是我心灰意懒,怎陪伴愚眉肉眼”,所以他才不再以仕途为念。

乔吉看透了功名富贵,采取与当政者不合作的生活态度,他高唱“富贵三更枕上蝶,功名两字酒中蛇”,因而他要走向归隐山林的道路。他认为隐居就会“无荣无辱无灾祸”。但是,这是不得已而为之,不是他不肯建功立业,而是现实不给他施展才华的机会。所以,他的〔双调·殿前欢〕《里西瑛号懒云窝,自叙有作,奉和》曲唱道:

懒神仙,懒窝中打坐几多年。梦魂不到青云殿,酒兴诗颠。轻便如宰相权,冷淡如名贤传,自在如彭泽县。苍天负我,我负苍天。

“苍天负我,我负苍天”,这是多么沉痛的呼唤,这是多么激愤的呐喊,这足以说明乔吉并不是一个疏狂放浪、纵情声色之徒。他浪荡江湖、混迹青楼、寄情诗酒不过是表明他对现实不满,表现了他的骄颜傲骨。但江湖落魄的生涯,无疑给他内心带来了无限的凄楚和悲凉。他的曲作可以说是他对时代和社会的愤怒控诉。

因为贫穷落魄,没有权势和靠山,他曾受人白眼,遭人欺凌,就连他的恋人被豪恶所夺,他也无可奈何。他的〔双调·折桂令〕《上巳游嘉禾南湖,歌者为豪夺,扣舷自歌,邻舟皆笑》曲曾记其事。那被人夺去的歌者大概就是他曲中反复吟诵的李楚仪。涉及李楚仪,其曲作有〔越调·小桃红〕《楚仪来,因戏赠之》《别楚仪》,〔双调·折桂令〕《贾侯席上赠李楚仪》《会州判文从周自维扬来道楚仪李氏意》,〔双调·水仙子〕《席上赋李楚仪歌以酒送维扬贾侯》《楚仪赠香囊赋以报之》《嘲楚仪》等,皆表现了他与李楚仪不同一般的关系。夏伯和所著《青楼集》也道李楚仪为维扬名妓,工小唱,尤善慢词,“乔梦符亦赠以诗词甚富”。他对现实世界的不公极其不满,所以他一再慨叹:“黄金不富英雄汉,一片世情天地间,白,也是眼;青,也是眼”“世情别,故交绝,床头金尽谁行借? 今日又逢冬至节,酒,何处赊? 梅,何处折?”他悲叹自己的贫穷:“榆钱儿不救诗贫”“炎凉世态,万象孵游。”但是他并不因人贫而气短,世道不公使他更加傲然独立,他高唱:“翠竹斋,薜荔阶,强似五侯宅。这一条青穗绦,傲煞你黄金带!”

他对现实不抱希望,幻想着世外桃源。他曾写下20首〔中吕·满庭芳〕《渔夫词》,讴歌他心目中的理想世界。他道:“梦不到青云九重,禄不求皇阁千钟”“名休挂齿,身不属官”“五湖烟景由人占,有甚防嫌。是非海天惊地险,水云乡浪静风恬”“蓑衣是草,不换锦宫袍”“鲈鱼味长,甜似大官羊”“一竿钓钩,不挂古今愁”。看这些曲作,乔吉似乎很洒脱,很清高,很能遗世独立,心情也很平静。其实在他平静言词的背后,是他极不平静的心情。他的《渔夫词》和陶渊明所写的《桃花源记》是一样的,正是借理想中的平和、恬静与现实的污浊、争斗做鲜明的对比。而他那著名的〔正宫·绿幺遍〕《自述》所唱:“不占龙头选,不入名贤传。时时酒圣,处处诗禅! 烟霞状元,江湖醉仙,笑谈便是编修院。留连,批风抹月四十年!”正是对他一生孤傲辛酸的写照,是他满怀激愤的集中表露。

乔吉的曲作,在一定程度上代表了当时被压抑的读书人的心声,所以在当时受到不得志文人们的赞赏,也为后世许多失意文人所称道。虽然他由于贫穷,无力刊刻所作,但是,他的曲作得到人们的喜爱,在当时就被人刊选传诵。与他同时代的文学家陶宗仪,在其名著《辍耕录》卷八就记载下他"博学多能,以乐府(即元曲)称世",并且还记下了他的一段著名的作曲理论——"凤头、猪肚、豹尾"之说。明清两代,还有人刊刻了他的曲作专集。贯仲明称他所作《金钱记》《扬州梦》等"振士林"。朱权称"乔梦符之词,如神鳌鼓浪,若天吴跨神鳌,噀沫于大洋,波涛汹涌,截断众流之势"。李开先则补充说:"此特言其雄健而已,要之未尽也。以予论之,蕴藉包含、风流调笑,种种出奇,而不失之怪;多多益善,而不失之繁;句句用俗,而不失其为文。自谓可与之传神,如梦符复生,当必首肯。"乔吉一生的遭遇是不幸的,但他的曲作为他树立了一座丰碑。

无可奈何长声叹:
身为吏役的张可久

张可久(约 1270—1348 后),名久可,号小山。庆元(今浙江宁波)人。著名曲家贯云石为其散曲集《今乐府》作序,称"小山以儒家读书万卷,四十犹未遇"。实际张可久后来也未及第,他一生沉屈下僚,仕途不达,只做过掾吏、典史、幕僚一类的簿吏之职。但是,他才华出众,诗词曲无所不能、无所不精。所以达官贵人、名公文士往来江浙者,多与之相交,如翰林学士卢挚、贯云石、李溉之、刘时中、太守马昂夫、府判吴克斋、元帅梅友、名士倪瓒、张雨等。但是在相交时,其身份最多只能是一个清客之流,不能平起平坐。怀才不遇、在人矮檐下怎能不低头的痛苦与良多感慨伴随他一生。他的〔越调·寨儿令〕《舟行感兴》曲道:

愁鬓斑,怕春残,锦衣买臣何日还?好梦邯郸,别泪阳关,几度盼征鞍!为虚名消尽朱颜,掩孤篷羞见青山。矶头烟树暖,鸥外野云闲。难,能够钓鱼竿。

欲有所为而不能,想要归闲又无奈,是进亦忧,退亦忧,其内心世界的痛苦非一般人所能想象。朱权评其曲作说:"张小山之词如瑶天笙鹤,其词清且丽,华而不艳,有不吃烟火食气。真可谓不羁之材,若被太华之仙风,招蓬莱之海月,诚词林之宗匠也。"这则评语中,所谓"有不吃烟火食气",实乃饱汉不知饿汉饥之语,并不真正了解张可久。但评语中所言"词林宗匠",张可久却当之无愧。

在现存元代散曲作品的数量上,张可久位居第一。他一人所作约占现存元散曲数量的五分之一。其作品量是散曲名家,即和他齐名的乔吉的四倍,是散曲大家马致远的七倍,是关汉卿的十五倍。众多的文士名公和曲家给他的曲作以很高的评价。刘时中、贯云石、冯子振等著名曲家,都曾为他的曲集写过序。贾仲明评其曲作为"荆山玉,合浦珠,压倒群儒"。

过去有的学者以为张可久的曲作虽然数量不少,但"内容一般贫乏",缺少现实生活的反映。[1] 我以为这种说法并不正确。张可久的曲作正是通过他自己,一个元代社会下层官吏,一个不得志的读书人的眼

① 刘大杰:《中国文学发展史》,上海古籍出版社 1982 年版,第 796 页。

光,写出了当时社会普通民众对现实生活的真切感受。首先,他所写的吊古兴亡、游览情思之类的曲作,反映了当时政治的黑暗,世风日下的可悲。其〔中吕·红绣鞋〕《天台瀑布寺》曲道:“绝顶峰攒雪剑,悬崖水挂冰帘,倚树哀猿弄云尖。血华啼杜宇,阴洞吼飞帘。比人心山未险!”此曲妙就妙在通篇写景,而结尾句猛地将那自然之险与社会现实人生相结合、相比较,以形象有力的笔法写出了世风日下、人心险恶、仕途多艰。他的〔正宫·醉太平〕《无题》曲道:“人皆嫌命窘,谁不见钱亲。水晶环入面糊盆,才沾粘便滚。文章糊了盛钱囤,门庭改做迷魂阵,清廉贬入睡馄饨。胡芦提倒稳。”更进一步写出了当时社会的一片混乱。他不仅写自己的遭遇和对个人命运的感慨,对于国家民族的兴亡、人民大众的生活状况还十分关切。其〔中吕·卖花声〕《怀古》即唱道:“美人自刎乌江岸,战火曾烧赤壁山,将军空老玉门关。伤心秦汉,生民涂炭,读书人一声长叹。”怀古即是伤今,其一声长叹,寓意深远,则有千言万语尽在不言中。这里有报国无门的感伤,对民众苦难的同情,对统治者暴行的愤慨,对故国的怀念,对英雄的凭吊……怀有类似复杂情感的曲作有很多,如〔中吕·普天乐〕《道情》道:“北邙烟,西州泪,先朝故家,破冢残碑。樽前有限杯,门外无常鬼。未冷鸳帏合欢被,画楼前玉碎花飞,悔之晚矣……”〔双调·湘妃怨〕《次韵金陵怀古》唱道:“朝朝琼树后庭花,步步金莲潘丽华,龙蟠虎踞山如画。伤心诗句多,危城落日寒鸦。凤不至空台上,燕飞来百姓家。恨满天涯。”可以说,张可久的曲作是和时代的脉搏息息相通的。

其次,张可久就是抒发他个人壮志难酬的种种慨叹,也是当时社会处于民族压迫最底层的南人知识分子的共同感慨。他代表了广大南人对民族压迫、血腥统治的强烈抗议。其〔中吕·卖花声〕《客况》曲道:

“十年落魄江滨客，几度雷轰荐福碑。男儿未遇暗伤怀”“天南地北，尘衣风帽，漫无成数年驰骤”。其〔双调·折桂令〕《读史有感》又道：“剑空弹月下高歌，说到知音，自古无多。白发萧疏，青灯寂寞，老子婆娑。故纸上前贤坎坷，醉乡中壮士磨跎。富贵由他，谩想廉颇，谁效常何？”落魄江湖，怀才不遇，飘零南北，一无所成，这绝不是张可久一人的遭遇。因此，张可久这些曲作有典型意义和代表意义。生活是残酷的，命运是无情的，因而像张可久这样的元曲家只能采取消极对抗的生活态度，他们以淡泊名利、谈禅说道、隐居避世，以与统治者不合作来标榜自己的孤高自傲、遗世独立。

张可久的曲作大多是对这种悲剧人生的感叹和哀歌。其曲作道：“笑富贵飞蚁，名利争蜗”“信虚名得来无用”（〔双调·落梅风〕《叹世和刘时中》），因而“功名不挂口”“白眼傲君王”，直到“两鬓秋霜染”还警诫自己“老来莫起功名念”（〔正宫·塞鸿秋〕《道情》）。他认为“饮一杯金谷酒，分七碗玉川茶，不强如坐三日官衙”（〔越调·寨儿令〕）。他歌咏隐居生活道：“丹翁投老得长生，白鹤依人认小名，青山换主随他姓，叹乾坤一草亭。半年不出岩扃，写十卷《续仙传》，和一篇《陋室铭》，补注《茶经》。”（〔双调·湘妃怨〕《中隐居》）“脚到处青山绿水，兴来时白酒黄鸡。远是非，绝名利，腹便便午窗酣睡。鹦鹉杯中昼日迟，倒强似麒麟画里。”（〔双调·沉醉东风〕《幽居》）他高歌隐居：“紫绶金章闹呵呵，不如我芳草坡钓鱼蓑。”尽管任他再清高，再夸张隐居的美好，可他毕竟不能在幻想的意境中生活。现实境况是他必须养家糊口，要为生存而奔波，直到70多岁时还要隐瞒岁数，去当幕僚。他在〔越调·天净沙〕《晚步》一曲曾给自己画了一幅肖像：“吟诗人老天涯，闭门春在谁家。破帽深衣瘦马，晚来堪画，小桥风雪梅花。”读此曲自然会使人联想到马致远那“断肠人在天涯”的名句。张可久之曲不仅是给他自己画像，也是给元代所有落魄的读书人画像——困顿、颠沛、流落天涯、孤苦无依，这就是元代一般儒生的表象；伤感、自怜、无奈，这就是元代读书人共同的精神面貌。

过去文学史一般对张可久的曲作评价不高，多认为他纵情诗酒、放浪山水，曲作格调消沉、对现实淡漠，创作题材狭窄等，其实这对张可久是不公正的。可以说元散曲家所写的内容题材，张可久无一没有写到。至于风格不同、感情有别，那又自当别论。张可久不仅元代散曲创作数量最多，而且其作品反映当时社会生活的领域也最宽阔。他的曲作既有对社会黑暗和官场险恶、世风人情的揭露讽刺，又有对民众苦难生活遭遇的同情和不平；既有对阶级压迫和民族压迫的控诉，也有对大自然壮美的讴歌；既有感慨兴亡吊古伤今，又有对男女恋情游子思妇的真实写照……张可久的曲作可以说是元代社会生活的全景画卷，是元代一般散曲作家的创作成就不可比拟的。张可久曲作情调多有淡淡的哀愁，缺乏某些曲家说笑怒骂、风火泼辣、一无所忌、汪洋恣肆的豪放。相比之下，张可久在元曲家中属于温柔敦厚，作曲多含蓄蕴藉者流，这是由他的身份地位、文学素养所决定的，是他的独特风格。论者不当以此来对其所作加以贬低。

张可久身为吏役，钟情于散曲事业，流连于诗词，他以不朽的作品为自己争得了中国文学史上一席应得的地位。

忧时忧民编曲唱:以曲为疏的刘时中

刘时中(1280—约1347),名致,号浦斋。石州宁乡(今山西中阳)人。由名儒姚燧荐入官场,历任宪府吏、省府掾、翰林待制兼太常博士,出为江浙行省都事。后辞官浪游,晚年在贫病交加中死去,无以为葬,由道士王眉叟代为料理后事。其生前曾为一代名士,去世时境况甚为悲惨凄凉,当时即引起不少人感慨议论。刘时中的一生可以以他50岁前后为界分为两个时期:前一时期是他由地方到中央,在官场周旋,仕途基本顺利的阶段;后一时期是他离开中央,脱离官场,生活日益困窘的阶段。

刘时中能诗善文,有诗集《时中集》,《元史》中还录有他任太常博士时所写的文章。他和当时名公文士有着广泛的交往。人们对他的才气多有称赞。人称"元诗四大家"之一的杨载是刘时中的好友,多次写诗称赞刘时中:"先生意气非常流,有如雕鹗厉九秋。读书不肯守章句,经济可许斯人俦。"(《送时中兄入京》)"骚雅谁能继,居然属大才。锐思罗宇宙,逸兴走风雷。处胜轻流俗,名高震外台。"(《赠刘时中》)后来刘时中离开官场处于逆境时,杨载还写诗安慰道:"泥涂霄汉固难谋,亦有元龙百尺楼。籍籍图书聊自适,茫茫江海与谁游。但闻燕市能求马,肯向秦川辄贩牛。富贵不才名尽灭,未应摧阻恨淹留。"(《次韵刘时中见寄》)刘时中晚年因贫困曾想再度入仕,求助于旧僚著名诗人马祖常。马祖常《赠刘时中》诗道:"江海归来气尚豪,立谈便合拥旌旄。青衿令子箕裘美,白发贤妻井臼劳。才大岂能期世用,数奇还不救名高。公卿知己吹嘘易,笑我官曹似马曹。"当时刘时中与袁桷、虞集、马祖常曾被人称为四贤。

刘时中在元曲家中是一位出入过官场,见过大世面,有过大起大落经历的人。他虽然对官场有所不满,曲作中也偶见牢骚,但最终他还是要效忠元朝的。他的作品大多带有一种仕宦气,写的是他为官交游与应酬的生活。如〔双调·水仙操〕《为平章南谷公寿福楼赋》道:"楼名寿福压钱塘,中有高居异姓王。朝朝北阙频瞻望,启丹诚一瓣香。对西山遥祝吾皇:愿基业隆三代,更烟尘净四方。寿福无疆。"借为人祝贺楼居也要表现出他对皇帝的一片忠心。但为官也不见得时时事事如意,因此他有一些曲作尽含无奈和放任自流之意。〔南吕·四块玉〕曲道:"今日吴,明朝楚,吴楚交争儿荣枯。试将历代从头数:忠孝臣,贤明主,泉下土。"他又道,"佐国心,拏云手,命里无时莫强求","利尽收,名先有,得好休时便好休"。他甚至也看到官场倾轧,警醒自己:"官况甜,公途险,虎豹重关整威严。仇多恩少皆堪叹:业贯盈,横祸满,无处闪。"而他的遭遇也果然不出他所料,在统治者内部钩心斗角的激烈权势之争中,他被排挤出朝。其〔中吕·山坡羊〕《燕城述怀》道:"云山有意,轩裳无计,被西风吹断功名泪。去来兮,便休提,青山尽解招人醉。得失到头皆物理:得,他命里;失,咱命里。"在地方上为官更是要受长官意志的支配。他曾经沧海难为水,经历过"远随豹尾瞻朱辇,日近龙颜赐玉卮",他不能忍受地方官喝来挥去。摆在他面前的路,也只有被迫辞官了。

辞官后的刘时中没有了生活来源,随着对困苦生活的感受与体验,他内心世界的不平也与日俱增,所以就有了其著名的〔双调·新水令〕《代马诉冤》套曲。这首套曲和姚守中的《牛诉冤》、曾瑞的《羊诉冤》皆是一类性质的寓言曲。他们分别借马、牛、羊之口诉说了人间的不平。

马、牛、羊一般的读书人,他们各有所长,曾各有业绩,可是现实社会中,他们非但得不到赏识,而且还受到迫害,最终被杀。这其中刘时中所作情感最为激烈。他道,“谁知我汗血功,谁想我垂缰义,谁怜我千里才,谁识我千钧力”“把我埋没在蓬蒿,失陷污泥”。王季思等所编《元散曲选注》对这首曲的解释是很准确的:“句句是代马诉冤,其实句句是诉说有本事的人的不平遭遇。好马无人赏识,不能驰骋千里,只好挽盐车或伏枥而死,这不像英俊沉沦下僚,抑郁以终吗?好马为人服役,立下汗血功劳,到头来被人忘却;而那些不中用的驴子,反而得到重用;这不像功臣被废置,小人居高位吗?好马为‘乍富儿曹,无知小辈’所欺,最后还被屠户所宰;这不像正直有才之士为小人所欺,最后被人陷害而死吗?马死了不要紧,只怕需要用它时就要后悔了。”[①]刘时中代马诉冤就是在为他自己的遭遇而大声疾呼。

代表刘时中最高创作成就和奠定他在中国文学史上地位的作品,是他辞官后漫游到江西,遇到旱灾,见到廉访使高纳麟开仓赈灾,写曲歌颂;又耳闻目睹钞法败坏,基层官吏贪污腐败,予以揭发,并借以自荐的两套〔正宫·端正好〕曲。这两首套曲是元散曲中规模最庞大、只曲最多的套曲,也是涉及社会现实最直接、提出问题最尖锐的套曲。本来对于这一类社会政治和国计民生的问题,应当用很庄重严肃的文体,类似奏章疏议论说等进行申诉,但是刘时中已脱离官场,他不可能再把自己的建言递达执政。也就是说,他虽然人已脱离官场,可他的心仍系国事。他和那些一心归隐的曲家思想感情有很大的差异,他是被迫辞官,心中时时想有朝一日还能回朝为官。不能以严肃的文本上奏,那就以

① 王季思等编:《元散曲选注》,北京出版社 1981 年版,第 180 页。

时代流行的散曲来表达自己的认识和心意。把政事编作曲儿唱,就有了刘时中的两套曲作。

他的两套曲,其一是对廉访使赈灾义举进行歌颂,代南昌父老感激高纳麟的恩德。其曲所以名“上高监司”,是因为高纳麟“监临焚钞”之事。《元史》卷九三《食货志·钞法》曰:“元钞历年有昏烂者,需以新钞倒换……皆以廉访司官监临。”刘时中两套曲皆涉及钞法,所以才以上高监司为题。虽然其曲本意是歌颂为官者的德政,含有希望得到廉访赏识之意,但其曲也反映了刘时中忧国忧民之心。曲中他饱含深情,描写了民众在灾荒年景下的种种悲惨的生活景象:“一个个黄如经纸,一个个瘦似豺狼,填街卧巷”,“嫡亲儿共女,等闲参与商。痛分离是何情况!乳哺儿没人要撇入长江。哪里取厨中剩饭杯中酒,看了些河里孩儿岸上娘,不由我不哽咽悲伤”。刘时中更愤怒地指出这不仅是天灾,更有人祸,一些丧尽天良的官吏和富户“趁火打劫”,他们狼狈为奸,趁救灾而中饱私囊,大发不义之财。曲中写那时的情况道:“有钱的贩米谷置田庄添生放,无钱的少过活分骨肉无承望。有钱的纳宠妾买人口偏兴旺,无钱的受饥馁填沟壑遭灾障。小民好苦也么哥,小民好苦也么哥,便秋收鬻妻卖子家私丧。”没有对民众困苦生活的了解和同情,是难以写出这样的曲词来的。

他的后一曲,直写元代钞法的种种弊端,其所写库藏积弊、库吏使奸,胥役与大小商贩勾结,以及开库兑钱、解押昏钞、焚烧昏钞等制度上的种种漏洞,不了解情况的人是写不出来的。长篇大套一分说,表现出作者理财理政的才干。但刘时中还嫌一套曲子难以细说,希望监司能对他的倾诉感兴趣,“若不怕伤时务,他日陈言终细数。”言外之意是希望监司能够青眼相顾,其为官为宦之心始终不减。他虽然一心想为官,但他对贪官污吏却深恶痛绝。他想为官不过是为了实现他的政治抱负,为了实现他的人生价值。

最后顺便说的是,元代有两个叫刘时中的曲家:一个载名于《录鬼簿》,即本文所述及者,另一个载名于《录鬼簿续编》。不少论及刘时中生平的著作都说其曾任永新州判,这是一种混淆。刘时中其人仕履比较清楚,从未任永新州判之职,任永新州判者当是《录鬼簿续编》所载之刘时中,详见拙作《元曲家刘时中待制及其作品考》《刘时中待制与刘时中州判考》。[①]

濯足长思万里流:
勤政爱民的张养浩

张养浩(1270—1329),字希孟,号云庄。济南人。曾官参议、监察御史、礼部尚书行台中宰等职。为人正直坦荡,为官清康刚正。在元代散曲家中,他的作品存留数量又次于张可久和乔吉,位居第三。有《云庄体居自适小乐府》散曲集存世。此外,他还擅长诗文。他的作品是他一生坎坷遭遇和斗争生活的记录,是他对人生社会思考认识的结晶,是他痛苦、愤怒、忧虑等复杂情感的真实表露。他的〔中吕·山坡羊〕《潼关怀古》是一首流传广泛的杰作。其曲词道:

峰峦如聚,波涛如怒。山河表里潼关路。望西都,意踌蹰。伤心秦汉经行处,宫阙万间都做了土。兴,百姓苦!亡,百姓苦!

① 门岿:《元曲管窥》,天津人民出版社1993年版,第213—238页。

此曲唱出了广大民众的心声,一语道出了封建社会的本质。不管封建社会怎样改朝换代,一个又一个朝代是兴还是亡,百姓总是处于受苦的地位。所以,这首曲作一直流传至今,得到很高的评价。据《元史·张养浩传》记载,张养浩为官清廉刚正,他初任堂邑县尹时,即对民众苦难深表同情,曾道:"良民,饥寒所迫,不得已而为盗耳。"元仁宗时,他官居监察御史时上万言书,为民请命,指责时政有十大弊端,结果差点遭到迫害。是他听到风声后,改名换姓、乔装打扮才逃离了朝廷,幸免灾祸。之后换了新皇帝,元英宗时他才恢复名姓,又被起用为参议。而他却本性难移,依然斗胆直谏,又把新皇上惹恼,差点被笞杖流放。他只得辞官回乡。这次他下定决心再不为官。所以,以后朝廷六次征召,一次比一次给的官大,他都坚决拒绝了。他从切身经历认识到政治黑暗、官场腐败。他的诗歌、散曲对官场种种丑态和险恶都做了相当深刻的揭露;他一再歌颂自己的归隐生活,认为只有脱离官场,他的生活才能获得平静和安乐。

他唱道:"在官时只说闲,得闲也又思官,直到教人做样看。从前的试观,那一个不遇灾难!"(〔双调·沽美酒兼太平令〕)此曲既是他对历代为官者命运的总括,又是他对现今为官者的当头棒喝。他在〔双调·沉醉东风〕曲中更进一步指出:"班定远飘零玉关,楚灵均憔悴江干,李斯有黄犬悲,陆机有华亭叹,张柬之老来遭难,把个苏子瞻长流了四五番。"他感叹这些历史上的将相功勋、风流名士"用了无穷的气力,使了无穷的见识,费了无限的心机,几个得全身"?所以他道:"都不如醉了还重醉!"他道:"翻腾祸患千钟禄,搬载忧愁四马车,浮名浮利待何如?枉乾受苦。"(〔中吕·喜春来〕)依自己的切身体验,尖锐地指出:"黄金带缠着忧患,紫罗襕裹着祸端,怎如俺藜杖藤冠。"(〔双调·水仙子〕）在隐居生活中他反思往事，一一对比道："往常时为功名惹是非，如今对山水忘名利……往常时俯仰承权贵，如今逍遥谒故知；往常时狂痴，险犯着笞杖徒流罪，如今便宜，课会风花雪月题。"（〔双调·雁儿落兼得胜令〕）他庆幸自己："海来阔风波内，山般高尘土中，整做了三个十年梦。被黄花数丛，白云几峰，惊觉周公梦。辞却凤凰池，跳出醯鸡瓮。"（〔双调·庆东原〕）他欢呼自己终可以"乞得自由身，且作太平民"。

张养浩从宦海风波跳脱出来，他只有庆幸而没有失落感。所以，他归隐并不狂放颓唐，也没有失魂落魄之感。他的归隐是对当时政治腐败的一种抗议形式。所以，他虽身居乡野，心中却仍然关心世事。尤其对百姓的痛苦，他时刻挂在心头。他在所作〔中吕·山坡羊〕曲中，曾反复告诫自己并劝慰他人说："人生行世，休行非义"，"本分世间为第一"，"所行所作依仁义"，"与人方便，救人危患。休趋富汉欺穷汉"，"金银盈溢于身无益，争如长把人周济"。从这些曲作可以看出，张养浩确是心怀慈悲，以仁义为本。他在日常生活中，即以周济他人、救人危难为己任。在他年近花甲之时，即天历二年（1329），他听说关中大旱、饥民相食的情况，恰巧朝廷第七次征他为官，出任陕西行台中丞，负责赈灾，他一听任命，就立刻答应了。

张养浩好像看到了陕西灾民的痛苦，看到了那里官员的腐败，他恨不能一下子飞到那里，为民众解除危难。他把家里的资财分给了穷困的乡里以后，就急速坐车西行，史载他"既闻命，即散其家资所有与乡里贫乏者，登车就道，遇饥者则赈之，死者则葬之"。一路上他心急如焚，看到东来逃难的灾民后，他心中极为不平。他在〔中吕·喜春来〕曲中写道："路逢饿殍须亲问，道遇流民必细询。"对于他遇到的饥民，他尽其所能给予救济。他一生最后为官的四个月，所作所为及其所作诗词曲文,表现了他思想和行为最明亮的光辉。

一路风霜,他到达陕西后,不顾休息,立革吏弊,马上投入了赈灾工作。他是带着家眷赴任的,可是他把家眷草草安顿之后,再也没有回过家,只是日夜在官衙忙碌。他勤政爱民,白天四出赈济灾民,晚上则祷告上天,祈求上天可怜、同情救济百姓。他在祷告时写有一篇《哀流民操》诗歌:

哀哉流民!为鬼非鬼,为人非人!
哀哉流民!男子无缊袍,妇女无完裙。
哀哉流民!剥树食其皮,掘草食其根。
哀哉流民!昼行绝烟火,夜宿依星辰。
哀哉流民!父不子厥子,子不亲厥亲。
哀哉流民!言辞不忍听,号哭不忍闻。
哀哉流民!朝不敢保夕,暮不敢保晨。
哀哉流民!死者已满路,生者与鬼邻。
哀哉流民!一女易汁粟,一儿钱数文。
哀哉流民!甚至不得将,割爱委路尘。
哀哉流民!何时天雨粟,使汝俱生存。
哀哉流民!

此诗歌既真实地记录了灾民的苦难生活,又饱含作者对灾民的满腔同情。也许真是他的慈善心肠感动了上天,老天爷终于呼风布云,天降大雨了,这使多日求雨已十分憔悴的张养浩高兴万分。他又写曲又写诗,抒发他的兴奋之情。他的〔双调·得胜令〕《四月一日喜雨》写道:"万象欲焦枯,一雨足沾濡。天地回生意,风云起壮图。农夫,舞破蓑衣绿，和余，欢喜的无是处。”他的名作〔南吕·一枝花〕《咏喜雨》更鲜明地表现了他的喜悦和他的慈悲心怀，其词道：

用尽我为民为国心，祈下些值玉值金雨。数年空盼望，一旦遂沾濡，唤省焦枯。喜万象春如故，恨流民尚在途。留不住都弃业抛家，当不的也离乡背土。

〔梁州〕恨不的把野草翻腾做菽粟，澄河沙都变化做金珠。直使千门万户家豪富，我也不枉了受天禄，眼觑着灾伤教我没是处，只落的雪满头颅。

〔尾声〕青天多谢相扶助，赤子从今罢叹吁。只愿的三日霖霪不停住，便下当街上似五湖，都淹了九衢，犹自洗不尽从前受过的苦。

大雨下透了，旱情解除了，而流民还没有回来，作者为他们流离失所、离乡背井的生活担忧。同时，面对旱灾之年民众的困苦生活如何改善，作者几乎绞尽了脑汁。他甚至幻想河沙都变作金珠，野草都变成粮食，让人们尽快富足。这是一颗多么慈善的心啊，是一种多么博大的胸襟啊！可是救灾工作还没有结束，连续四个月的劳累却使张养浩一病不起。这位心怀慈悲、感天动地的清官就死在赈灾任上。他死后，人民“哀之如失父母”。

张养浩作为文学家与元明善、曹元用齐名，时人号为“三俊”（《元史》卷一九二《曹元用传》）。但他感天动地的慈悲心怀与勤政爱民的行动，更为历代所称道。明代人曾在他的墓旁题词赞他为“名留天地，齐鲁一人”。至今，其家乡济南张公坟庄的人们，还津津乐道他勤政爱民的事迹。为人民做过好事的清廉官吏，人们永远不会忘记他们。

向往山林乐逍遥：厌恶官场的贯云石

贯云石(1286－1324),维吾尔族人。本名小云石海涯,其父名贯只哥,遂以“贯”为姓,名云石,因接受汉文化,又字浮岑,号酸斋,别号成斋、疏仙、石屏、芦花道人等。在元曲家中,他是一个出身显贵的少数民族作家,又是少数民族作家中用汉文创作诗、词、曲成就杰出的代表人物之一。陈垣《元西域人华化考》之《西域之中国曲家》一章中,称贯云石为曲“不独在西域人中有声,即在汉人中亦可称绝唱也”。他的祖父阿里海涯为元朝开国元勋之一,在灭宋朝、取湖广之地的战斗中立有大功,官至湖广行省左丞相。其父贯只哥也历官行省平章政事等要职。贯云石则以荫任职宣武将军、两淮万户府达鲁花赤,出镇湖广永州之地。也许是受汉文化影响至深的缘故,他对武事不感兴趣,竟将官职让给了其弟忽都海涯,他却拜在当时文坛大家姚燧门下学习文学。当时身为太子的爱育黎拔力八达,深深赞许贯云石的让官行为,认为他是将相门中的贤才。而从不轻易称许人的姚燧则十分欣赏贯云石的文思,赞誉他为文峭厉有法,词曲慷慨激烈、情感充沛。经姚燧推荐,贯云石遂为爱育黎拔力八达之子硕德八剌,即后来做皇帝被称为元英宗的“潜邸说书秀才”。当爱育黎拔力八达即位,即元仁宗第二年,就任贯云石为翰林侍读学士、知制诰、同修国史之职。他虽然在翰林圈里最年轻,又是维吾尔族,但他深厚的汉文化功底以及他的文采却使那些文坛宿儒都很佩服。

按说贯云石不喜武职,皇帝和群臣都欣赏他的文才,他又做到能接近皇帝的翰林之类的文官,可谓仕途风顺,这在一般人求之不得,他也曾经以为自己得到皇帝的宠爱,可以大展宏图了。所以,在元仁宗登基的第一个元旦,他高高兴兴地写下了一首〔双调·新水令〕《皇都元日》曲,热烈咏歌:“军尽欢娱,民亦安居,军民都托赖着我天子福,同乐蓬壶。”“众臣等蒙恩露。拜舞嵩呼,万万岁当今圣明主。”然而,他却在一年后辞职,再也不对官场生活有丝毫兴趣,过上了萍踪浪迹的生活。这是为什么呢?

他的一些曲作明明白白告诉世人,他对官场险恶十分厌倦,对山林生活热切向往。其〔双调·清江引〕曲唱道:

竞功名有如车下坡,惊险谁参破?昨日玉堂臣,今日遭惨祸。争如我避风波走在安乐窝!

避风波走入安乐窝,就里乾坤大。醒了醉还醒,卧了还重卧,似这般得清闲的谁似我?

贯云石正在官运亨通之时,却急流勇退,此曲分明给了一个答案。原来正由于他官在中央,了解统治阶层内部矛盾,对官场上的争权夺利、尔虞我诈一系列令人惊心动魄的明争暗斗知道得越来越多,他才越来越感到自己为官实际上处于一种极不安定的政治旋涡中。他眼看权臣、右丞相铁木迭儿“桀黠奸贪,阴贼险狠;蒙上罔下,蠹政害民;布置爪牙,威慑朝野:凡可以诬陷善人、要功利己者,靡所不至”[①],再联想到他的祖父不明不白“自杀”[②],他自觉身处官场实在是不寒而栗。杨镰曾道:“从贯云石懂事起,阿里海涯的死因就被官方和家族共同蒙上了厚

① (明)宋濂等撰:《元史》卷二百五,中华书局1976年版,第4579页。
② 屠寄撰:《蒙兀儿史记》卷九二《阿里海涯传》,北京市中国书店1984年版,第601页。

重的幕布。在朝廷一次次追封、表彰中,贯云石突然发现:原来祖父作为一次政治斗争的牺牲品,死得很不光彩。这样,他很自然地对仕途产生了恶感与厌倦情绪。因此,我们认为,'昨日玉堂臣,今日遭残祸'绝非泛泛之言。"[①]又由于他本来对元仁宗抱有极大的希望,以为元仁宗对他重用信任,他满腔热情地向元仁宗提出自己对时政的认识和建议,真心辅助元仁宗治理天下。但万万没想到,元仁宗只是把他当一个闲官对待,对他的建言只是一笑置之。贯云石不由得大失所望。诸般客观原因,再加上贯云石本来对仕途就不太热衷,所以他才很快地、坚决地离开了官场。其《知足》曲道:"烧香扫地门半掩,几册闲书卷。识破幻泡身,绝却功名念,高竿上再不看人弄险。"离开官场后他才感到身心自由,精神畅快,他高歌道:"弃微名去来心快哉!一笑白云外。知音三五人,痛饮何妨碍?醉袍袖舞嫌天地窄。"(〔双调·清江引〕)

无官一身轻的贯云石,过着浪漫的云游生活,留下了不少歌颂田园山林和大自然美好风光的诗词歌曲。相传他在梁山泊遇到一渔翁,爱渔翁之芦花被,渔翁令其赋诗换取。贯云石即吟道:"采得芦花不涴尘,翠蓑聊复藉为茵。西风刮梦秋无际,夜月生香雪满身。毛骨已随天地老,声名不让古今贫。青绫莫为鸳鸯妒,欸乃声中别有春。"极写其心胸高洁,一时该诗广为流传。贯云石遂以"芦花道人"为号。其〔正宫·小梁州〕《冬》曲道:"彤云密布锁高峰,凛冽寒风。银河片片洒长空,梅梢冻,雪压路难通。〔幺〕六桥顷刻如银洞,粉妆成九里寒松。酒满斟,笙歌送,玉船银棹,人在水晶宫。"写他冬游西湖,大雪纷纷扬扬,寒风阵阵劲吹,然而他却笙歌悠扬,游兴正酣。他正是要在大自然的怀抱中,

---

① 杨镰:《贯云石评传》,新疆人民出版社 1983 年版,第 79 页。

在无是无非的田家生活中来抖落他官场生活中的郁闷,来求得他精神上从未感受过的欢悦。其〔双调·水仙子〕《田家》曲又道:

绿阴茅屋两三间,院后溪流门外山,山桃野杏开无限。怕春光虚过眼,得浮生半日清闲。邀邻翁为伴,使家僮过盏,直吃的老瓦盆干。

布袍草履耐风寒,茅舍疏斋三两间,荣华富贵皆虚幻。觑功名如等闲,任逍遥绿水青山。寻几个知心伴,酿村醪饮数碗,直吃的老瓦盆干。

他看破功名利禄,一切皆不过是虚幻。所以,他要及时行乐,陶醉于大自然的美好境界之中。今天看来,贯云石之行或许有些荒谬,有些消极,但在当时他以一个功勋子弟放弃权贵,以一个富贵公子而浪迹山野,却是惊人之举,是不同流俗之行,恰恰说明他对统治阶层的黑暗,对官场的腐朽,有更清醒的认识。他不能改变当时的官场,又不能同流合污,也就只能洁身自好,他的确是一个"浊世佳公子"。

贯云石晚年隐居钱塘,卖药街上,有传说他曾卖"人间第一快活丸"。有人来买,他则摊开双手,哈哈大笑。于是买者也领会其意,大笑而去。实际上他是将一无所有、一无所求作为人间最大的快乐。关于贯云石的类似玩世狂放之举和种种有趣的传说在杭州一带有许多。当时他的朋友即曾描绘过他的形象。张可久〔南吕·骂玉郎过感皇恩采茶歌〕《为酸斋解嘲》曲道:"君王曾赐琼林宴,三斗始朝天。文章懒入编修院。红锦笺,白苎篇,黄柑传。学会神仙,参透诗禅。厌尘嚣,绝名利,近林泉。天台洞口,地肺山前,学炼丹。同货墨,共谈玄。兴飘然,酒家眠。洞花溪鸟结姻缘。被我瞒他四十年,海天秋月一般圆。"钱惟善吊挽贯云石则道:"身骑赤虬揽江海,手携锦囊拾兰荪。月明采石怀李白,日落长沙吊屈原。万里壮游遗剑履,十年高卧老乾坤。萋萋芳草汉阳路，王孙不归遥断魂。”贯云石狂放不与流俗，其所作也不守斤尺，常出人意表，因而人称其曲“清新俊逸”，朱权则直评为“贯酸斋之词如天马脱羁”。

指斥权奸胆气豪：书揭五门的曹明善

曹明善(1300？—1360?)，名德，衢州(今属浙江)人。他是元代后期著名的散曲家。《录鬼簿》称：“明善，衢州路吏。甘于自适。今在都下。有乐府(即散曲)，华丽自然，不在小山之下。即赋《长门柳》二词者。”贾仲明吊挽他道：“公曹路吏任衢州，夺立文章第一筹。神京独赋《长门柳》，士林中逞俊流，万人内占了鳌头。风连月，花伴酒，肥马轻裘。”《长门柳》是曹明善轰动一时的名作。元末明初不少典籍，如《辍耕录》《尧山堂外纪》等都记载了他的这两首曲作。这两首曲作曲名为〔双调·清江引〕(俗称之为《长门柳》)，曲词并不长：

长门柳丝千万结，风起花如雪。离别复离别，攀折更攀折，苦无多旧时枝叶也。

长门柳丝千万缕，总是伤心树。行人折嫩条，燕子衔轻絮，都不由凤城春做主。

这两首曲何以有名？乍看起来不过是普通的咏柳之词。其实，这两首曲作有着极复杂的背景。陶宗仪所著《辍耕录》卷八《岷江录》条介绍道：“太师伯颜擅权之日，剡王彻彻都、高昌王帖木儿不花，皆以无罪杀。山东宪使曹明善，时在都下，作〔岷江录〕二曲以讽之。大书揭于五门之上。伯颜怒,令左右暗察得实,肖形捕之。明善出游吴中一僧舍。居数年。伯颜事败,方再入京。其曲曰……此曲又名〔清江引〕,俗曰〔江儿水〕。"由此可知,曹明善作曲之意明确,就是要揭露和讥讽权贵伯颜。曲中所言"攀折更攀折,苦无多旧时枝叶也",就是指伯颜擅杀皇族王爷之事。"折嫩条""衔轻絮",是指伯颜滥杀无辜。"不由凤城春做主"就是说伯颜权倾朝野,连皇帝也奈何他不得。曲虽是隐喻,明眼人一看即知曲中所讽系指何事。而曹明善也由此几乎罹祸被捕。这就说明曹明善写曲不是为了消遣娱乐,而是把作曲当成了战斗,把散曲作为宣传工具和斗争武器,他达到了自己的目的。权奸伯颜震惊了,惧怕了,他要人画出曹明善的肖像,命人去追捕。这也说明曹明善的散曲在当时起了一定的战斗作用,有鲜明的社会意义。

《辍耕录》所记高昌王帖木儿不花被杀事却不对。元人以帖木儿不花为名者甚多。高昌王在《元史》卷一二有传,帖木儿补化即帖木儿不花。《蒙兀儿史记》卷三六其传记其死于元天历二年(1329)。那时伯颜还未专权,此高昌王不是被伯颜所杀。从《元史》所记伯颜专权事,可知被伯颜迫害的是宣让王帖木儿不花,但未被害死。身在江南的陶宗仪听人传说帖木儿不花(高昌王)死,伯颜又危害帖木儿不花(宣让王),就把两个帖木儿不花混为一人了。

今人王文才著《元曲纪事》曹德条有按语道:"曹德以词讽伯颜,因祸出都,据帖木儿不花卒年考之,当在元至元二十八年后。其在吴中,尝从马九皋游,有《小梁州·侍马昂夫相公游柯山》一首,时马为衢州总管。伯颜卒于大德四年,德乃自吴返京,任昱曾赋《清江引·曹明善北回》一曲送行。又陆厚《幼壮俚语》中有《泰定丙寅正月谷日云间钱存耕、吴门李士廉、松江曹明善泛舟西湖》诗,则明善晚岁复返江南故土。"

元代同姓名现象十分普遍，尤其蒙古人名伯颜、帖木儿不花者甚多。王文才在按语中显然把曹明善曲中的伯颜和帖木儿不花都当成了元代初年人，所以，他的按语与事实就有很大的出入。笔者曾就王先生之按语写有《试论曹德和他的〈长门柳〉——兼谈〈元曲纪事〉中有关按语的失误》一文，载于《中国文学研究》1988 年第 4 期。

其实，《元史》卷一七《帖木儿不花传》明明白白写道："顺帝至元五年(1339)，伯颜擅权，矫制贬帖木儿不花及威顺王宽彻普化。"《元史》卷一三八《伯颜传》言："至元五年(1339)十月诏(伯颜)为大丞相。""伯颜自领诸卫精兵，以燕者不花为屏蔽，导从之盛，填街溢衢。而帝侧仪卫反落落如晨星，势焰熏灼，天下之人唯知有伯颜而已。"同年，伯颜"益逞凶虐，构陷剡王彻彻笃，奏赐死。帝未允，辄传旨行刑。复奏贬宣让王帖木儿不花、威顺王宽彻普化，辞色愤厉，不待旨而行。帝益愤之。伯颜且日益立威，锻炼诸狱，延及无辜"。及伯颜事败(元至元六年，1340年)诏徙南恩州阳春县安置，病死于龙兴路驿舍。《元史》此两处所说伯颜即元代后期专权之奸佞。《元曲纪事》说他元大德四年(1300)死，是把他与元代前期之名臣，也是蒙古族中难得的政治家和诗人(也善曲，有散曲传世)的另一个伯颜混淆了。伯颜专横跋扈，连他的亲属，如其弟马札儿台、其侄脱脱等，都深以为忧。《元史》卷一三八《脱脱传》即记伯颜为右丞相，杀同僚唐其势后，肆无忌惮，"擅爵人，赦死罪，任邪佞，杀无辜，诸卫精兵收为己用，府库钱帛听其出纳。"脱脱即对其父马札儿台说："伯父骄纵已甚，万一天子震怒，则吾族赤矣。"他又请教其师吴直方，乃大义灭亲……从史书所载可知，伯颜专横跋扈，妄杀无辜，已众叛亲离。曹明善写《长门柳》对伯颜进行讥讽，确是大得人心之举。其曲虽用象征、暗示、隐喻的手法写成，但当时人们都深知其意，所以才大为轰动。因伯颜追捕曹明善,曹明善不得不避祸,从京师逃到吴中。直到伯颜死去,他才复出,由名士、曲家、衢州总管马昂夫先聘为幕僚,而后又至京师。

当奸臣伯颜气焰嚣张之时,曹明善就敢于公然讥讽其专横跋扈,敢于将其所作张贴于五门之上,声讨伯颜的罪行,这的确是要有相当的勇气和胆量的。要知道伯颜专权,恣意杀罚,而曹明善不过是一个处于社会第四等级的南人。曹明善出于义愤,不顾个人安危,所以他的行动才令人钦佩。虽然他被追捕,被迫弃官逃亡,但他对自己的行为并不后悔。其〔双调·沉醉东风〕《隐居》曲道:“鸱夷革屈沉了伍胥,江鱼腹葬送了三闾。数间谏时,独醒处,岂是遭诛被放招伏。一舸秋风去五湖,也博个名传万古。”该曲以古代贤士为榜样,激励自己,虽然丢官,但义传千秋,名扬万古,气势甚为豪迈。他的《村居》曲言:“茅舍宽如钓舟,老夫闲似沙鸥。”则道出他胸怀坦荡、心态坦然。但是,想起往事有时也不免心怀激愤:“枫林晚家家步锦,菊篱秋处处分金。羞将宝剑看,醉把瑶琴枕,没三杯著甚消任。若论到机深祸亦深,却不是翻明好饮。”而〔双调·折桂令〕《自述》就更多一些怨愤:“淡生涯却不多争,卖药修琴,负笈担簦。雪岭樵柯,烟村牧笛,月渡渔罾。究生死干忙煞老僧,学飞升空老了先生,我腹膨脝,我貌狰狞,我发鬅鬙,除了衔杯,百拙无能。”但总的来说,他还是能够看透世事,心境平和,不以功名得失放在心上。其《登灵鹫山》曲抒怀道:“便休提钟鼎山林,遮莫荣枯,总是消沉。落落魄魄,酒逢知己,琴遇知音。时俯仰人间古今,且消磨闲处光阴,无事当心。今日从容,此地登临。”朝中既然是奸佞当道,那官做与不做都不要紧,倒是无官身无牵挂,落个自由自在闲适身。因此,他反而醉情于山水林泉,有诗便写,高唱山声野调,时时曲换新声,留下了不少优秀曲作。

当伯颜身败离朝,曹明善北回时,好友曲家任则明有〔双调·清江引〕《曹明善北回》曲为之送行。曲道:“文章故人天上来,相见同倾盖。两京花柳情,八景烟云态,偏宜品题七步才”,极赞曹明善才思敏捷。曹明善曾有〔双调·折桂令〕《江头即事》曲:“问城南春事何如?细草如烟,小雨如酥……”任则明则有《和江头友人韵》曲道:“想城南景物宜看,雪后园林,江上云山。步步帏屏,家家酒债,处处诗坛。任浊富一时眩眼,且清狂每日开颜。何必愁烦,画虎无成,倦鸟知还。”曾给曹明善以极大的安慰。正因为曹明善身在逆境之时,有马昂夫、任则明、钟嗣成等曲家好友理解他、支持他、关怀他、安慰他、帮助他,才使他能安然渡过难关,并使他在中国散曲史上芳名永存。

半生未得文章力:为元曲家立传的钟嗣成

钟嗣成(约1280—约1350),字继先,号丑斋。以古汴(开封)人而寓居杭州。曾官路吏,但极不得志。他的父亲就是一个仕途失意的读书人,与曲家宫天挺为莫逆之交。其父亲希望他能成就功名事业,让他先后拜当时的名儒邓文原、曹鉴、刘濩为师学习儒业。可是他屡试不中,遂对举业不感兴趣。他对时代和社会、世事有比较清楚的认识。其〔双调·凌波仙〕曲道:“灯前抚剑听鸡声,月下吹箫引凤鸣。功名两字原无命,学神仙又不成。叹吴侬何处归耕?日月闲中过,风波梦里惊。造物无情。”他又有〔南吕·一枝花〕《自序丑斋》套曲,写其心怀道:“生居天地间,禀受阴阳气,既为男子身,须入世俗机。”可是“为评跋上惹是非”,为“外貌儿不中抬举”,因此“半生未得文章力。空白胸藏锦绣,口唾珠玑”。他不由得“枕上寻思,心头怒起:空长三十岁,暗想九千回……”其中的〔哭皇天〕曲写时事更是一针见血:

饶你有拿雾艺冲天计,诛龙局段打凤机。近来论世态,世态有高低。有钱的高贵,无钱的低微。那里问风流子弟?折末颜如灌口,貌赛神仙,洞宾出世,宋玉重生,设答了镘的,梦撒了寮丁,他采你也不见得。枉自论黄数黑,谈说是非。

就是说,不管你有什么本事,不管你有什么才艺,也不管你相貌是丑是俊,只要你没钱,你就被人瞧不起。既然世态如此,他也就不再应试。在市井间,他广泛结交和他一样有才学却不得志者,尤其是那些把满腹文才都用于新兴元曲的文人。通过与杭州一带 40 多位曲家的交往,他更深知那些沉沦市井的曲家虽然“门第卑微,职位不振”,但他们个个都是“高才博识”。然而,他似乎发觉到一种奇怪的现象,即从古代到唐宋以来的演员们的名字,常常被人们记录在各种典籍,甚至记录在正史上,而那些为各种剧作创作剧本或写剧词的作家们的名字却很少见到有关记载。就是当代那些名闻遐迩的剧作家如关汉卿、白朴、马致远、王实甫等,也没有什么文献记载他们的剧作。面对这种现实,他心中更加愤愤不平。他以为那些市井间的曲家与著录在青史方册上的圣贤、明君、良臣、孝子一样,其事皆可以传远,其人于千百代之后一样要名姓不朽。可是正统的文士,笃于孔孟性理之学的大儒,对于市井间的曲家是不屑一顾的。因此,钟嗣成就慨然担当起为元曲家立传,使元曲家姓名百世流芳的重任。他希望他的劳作能使一代元曲被后人了解,元曲家所开创的事业能后继有人,并且能“使冰寒于水,青胜于蓝”。于是,他聆听前辈曲家如郑光祖、金仁杰、施惠、鲍天佑、曾瑞的言谈,与同辈曲家赵良弼、陈无妄、廖毅、周文质、朱凯、乔吉、王晔等相互切磋,又从陆仲良、吴克斋那里获取了一批前辈曲家的宝贵资料,他几乎用了20年的时间,经过数次修改,终于给后人留下了一部在中国戏曲史上占有非常重要地位的《录鬼簿》。正是因为有了这样一部著作,人们才得以知道元曲有着怎样光辉灿烂的成就。

《录鬼簿》

《录鬼簿》,元代戏曲家钟嗣成的代表作。初稿成于至顺元年(1330),以后十五年间经过数次修改,因此流传有数种版本,不同版本各有其价值所在。此书是今人研究元代戏曲史最宝贵的第一手资料。

在那个时代,钟嗣成的所作所为是要有极大的勇气、卓越的胆识和十分坚定的信念的。他在记录元曲家的生平事迹时,笔下充满了浓厚的深情。对于元曲家多方面的才干,他给予了高度赞扬;对于元曲家的怀才不遇,他表示了极大的愤慨;对于元曲家的创作成就,他给予了充分肯定。其〔双调·凌波仙〕《吊宫大用》曲道:“豁然胸次扫尘埃,久矣声名播省台。先生志在乾坤外,敢嫌天地窄,辞章压倒元白。凭心地,据手策,是无比英才。”可是这位才华横溢的宫天挺仅供职“钓台书院山长”,而且他还被权贵中伤,后来“事获辨明,亦不见用”,竟客死常州。钟嗣成对宫天挺的不幸表示同情而又愤慨不已。他又叙沈拱之

“天资颖悟,文质彬彬然”,但不能随人俯仰,后病无所归,全赖友人照料,并为其料理了后事。钟嗣成《吊沈拱之》曲道:“掀髯得句细推敲,举笔为文善解嘲。天生才艺藏怀抱,叹玉石相混淆。更多逢世事硗磝。蜂为市,燕有巢,吊夕阳几度荒郊。”还有吊念其他曲家的曲词,如吊鲍天佑、黄天泽、睢景臣等,皆表达了钟嗣成对那些曲家的敬意。他甚至为曲家吴本世“以贫病不得志而卒”,直呼“呜呼惜哉”! 其吊曲直道:“想天公忒世情,使英雄遗恨难平。”钟嗣成吊念那些才高而志不获骋的曲家,实际也是对他自己壮志难酬的倾诉。其友人朱凯为《录鬼簿》作后序,已明确指出钟嗣成所作:“文以纪传,曲以吊古,使往者复生,来者力学,《鬼簿》之作,非无用之事也。”钟嗣成“累试于有司,命不克遇,从吏则有司不能辟,亦不屑就,故其胸中耿耿者,借此而发也”。由于钟嗣成要为后人留下元曲家的可靠资料,因此他对《录鬼簿》的写作态度十分严谨,一一注明所使用的材料来源。有一是一,有二是二,不详就是不详。尤其对于前辈杂剧作家的材料不是第一手资料,他如实交代说:“右前辈编撰传奇名公,仅止于此,才难之云,不其然乎? 余僻处一隅,闻见浅陋,散在天下,何地无才,盖闻则必达,见则必知,姑叙其姓名于右,其所编撰余友陆君仲良,得之于克斋先生吴公,然亦未尽其详。余生也晚,不得预几席之末,不知出处,故不敢作传以吊云。”而对于一些作家的姓氏、字号、籍贯、官职、才干、创作、交游、性格、时人的评价等问题,他都尽其所知一一列出。如有异说自己不能断定,也都一一注明。如介绍:“孙仲章,大都人。或云李仲章。”“岳伯川,济南人。或云镇江人。”更为可贵的是,钟嗣成不是杂乱无章地把他搜集来的资料随意展现,而是把那些宝贵的资料经过一番精心梳理,认真编排,使其所著自然具有一种“史”的性质。因而有的学者认为,《录鬼簿》实际是中国戏曲史的开山之作[①]。还有的学者认为,它是一部元代戏曲史专著[②]。

钟嗣成是中国历史上第一个给戏曲和戏曲家以高度评价的人。是他第一个提出戏曲是千古不朽的事业,戏曲家可以与圣君贤臣一样名垂青史。他的《录鬼簿》就是一部中国古代戏曲界的“史记”。他对于每一个戏曲家的评价不仅有个人的见解,而且还特别注意当时社会和民众对戏曲家创作的反映。其意正是要说明正统文人、传统学界或许一时还没认识到戏曲的宝贵价值,但民众却早已将戏曲视为他们最欢迎的客观事物。对于“元曲四大家”和剧作备受民众喜爱的作家,钟嗣成皆记录了民众对他们的评价。关汉卿是元曲家的领袖人物,钟嗣成则记录了时人把卓有成就的曲家高文秀称作“小汉卿”,把沈和称作“蛮子关汉卿”的事;对于郑德辉,则记录说:“公之所作,不待备述,名香天下,声振闺阁,伶伦辈称‘郑老先生’,皆知其为德辉也。”又如他评曹明善曲作说:“有乐府,华丽自然,不在小山之下。”反映了张小山(可久)的曲作风格已被时人所公认。钟嗣成有一段说明文字道:“以上有闻者止如此。盖有一乡之士,一国之士,天下之士,名誉昭然者,自乡及国,可及天下矣,故无闻者不及录。”就是说他所录之曲家是经过自然淘汰,为相当多的民众所认可的作家。而他以自己独特的才学德识,在中国学界最先接受了民众的认可,并把民众的认识加以分析、整理、总结,将元曲的新成就公之于众。

后人能得以知晓元曲总貌,在很大程度上有赖于钟嗣成的《录鬼

① 李春祥:《钟嗣成〈录鬼簿〉对戏曲史的贡献》,载张月中主编《元曲通融》,山西古籍出版社 1999 年版,第 1140 页。

② 浦汉明:《千秋史笔曲家知己——略论钟嗣成在〈录鬼簿〉中的吊词》,载张月中主编《元曲通融》,山西古籍出版社 1999 年版,第 1142 页。

簿》。因此，有的学者说："他为中国戏曲在传统文学领域里争得一席之地，也使一代曲家跨进文学大雅之堂，千秋史笔，功不可没。"①

① 浦汉明：《千秋史笔曲家知己——略论钟嗣成在〈录鬼簿〉中的吊词》，载张月中主编《元曲通融》，山西古籍出版社 1999 年版，第 1143 页。

四、蛤蜊风味:别与知味者道

——在文坛独树一帜的元曲家们的文化精神

元曲家在生活并不顺心的条件下,把创作元曲当成了他们的事业,把元曲当成了他们的心曲,抒发了他们多种多样的情怀。元曲在中国文坛史上,以其独特的情调、独特的视角、独特的内容、独特的格律而独树一帜,表现了元曲家们独特的文化精神。

第一,由于元曲家深感民族压迫的沉重,因而在他们的曲作中往往自觉不自觉地流露出鲜明的民族自爱和民族自豪感的情绪。尤其汉族曲家写出了更多有意借古讽今的曲作。他们讴歌悠久的历史和文化,怀念历史英雄人物,歌唱先哲和英雄故事,颂扬先辈在各个时期打江山、建国家、守国土、抗击种种外来侵略等各种英勇斗争的事迹,谴责那些在强敌面前卖国求荣、贪图富贵的汉奸以及民族败类。在这种歌唱中,可以使人们意会到曲家浓重的民族情绪和对现实的不满情感。

第二,由于元曲家中很多人遇到了没有科举的时期,"读书无用"论曾在元代弥漫一时,社会上把读书人看得很低,把他们和娼妓、乞丐视为一类。越是在这种情况下,元曲家越为读书人鸣不平,越要读书人不能自轻自贱。他们在曲作中极力讴歌读书的重要,对读书人成就大业的事迹一一加以歌颂。

第三,由于元曲家目睹了现实社会种种不平,甚至他们自己也曾亲身经历过各种压迫,受到过各种不公平的待遇,因此,呼唤正义、反抗压迫,谴责贪官污吏,歌颂和怀念历史上的清官廉吏,就成为元曲家们创作中经常写到的又一内容。他们巧妙地借用古今对比的手法,用大段唱曲塑造和表现了历史上那些著名的清官形象;又用插科打诨的形式,在滑稽玩笑中,通过一些小丑式的人物形象,使人们意识到当时的黑暗腐朽。

第四,元曲家在现实社会中到处碰壁,报国无门,他们之中的许多人心灰意冷,再没有功名之想,因而,他们或混迹市井,或隐居山野。他们或讴歌自然,造化神伟,万物灵秀;或抒发豪放情怀,不受凡俗拘牵;或孤芳自赏,自命清高,自夸为江湖状元、山中宰相。他们鲜明地表达了不与当政合作的生活意向,表达了对"世外桃源"的热烈追求。

第五,由于元曲家看够了现实生活中的卑鄙龌龊,受够了挟制窝囊之气,因而他们格外向往自由,尽自己全部才情高唱精神自由、生活自由。他们唱出"有情人要成眷属",要爱情自由;唱出"醉袍袖舞嫌天地窄",要最大的人生自由。讴歌理想、驰骋想象,无论是积极的还是消极的浪漫精神,在元曲家那里都得到了尽量地发挥。

一句话,元曲家的文化精神是与其前后时代的文人们迥然不同的。他们既继承了传统精神,又对传统精神有了很大的突破,在某些方面可以说是反叛了传统精神。所以,元人钟嗣成说元曲家及其创作别具一种独特的"蛤蜊风味",这是很有见地的一种比喻。

创建功业歌颂英雄:流不尽的英雄血

学术界有一种观点,以为元曲家生活在当时社会的底层,郁郁不得志,因而他们的精神状态大都消极悲观,不是避世隐居,就是玩世不恭,好像他们除去饮酒、狎妓,就是发牢骚,好像他们心中就没有一腔热血似的。其实这是一种误解。元曲家大都是热血男儿,他们都曾有远大理想、宏伟志愿。身处等级统治的现实社会,他们比历代文人的思想有更多矛盾、更多斗争。无论是他们仕于元,还是他们不屑于出仕,在他们的作品中都流露出一种明显的民族情绪,体现着一种不屈的民族精神。

元曲家们对历代英雄事迹的缅怀和歌颂,就是对传统的民族反抗、民族斗争精神的讴歌;就是要力图唤起现实人们的民族意识和他们的反抗精神。这集中体现在元曲家们所创作的历史英雄剧作和绿林英雄剧作以及他们的怀古曲作。元曲家的旗手和代表关汉卿就曾尽情讴歌了历史英雄人物——关羽。他的《单刀会》杂剧竭力表现了关羽的神威,调动剧中所有人物,运用一切手段,集中为塑造关羽的英雄形象服务。此时小说《三国演义》还没有诞生,塑造关羽单刀赴会的英雄形象,对关汉卿来说,实在是一种创举。杂剧《单刀会》并不是严格意义上的历史剧,剧中所述赴会之事也多有"捏合"想象。作者原本也不在于再现历史人物关羽,关汉卿不过是借关羽的躯壳表现一种时代的英雄精神、民族的不屈精神。有学者推测说该剧写于元伐宋时期。剧中鲁肃设计,明是邀请关羽赴会,实是欲加害关羽,强索荆州。面对强敌,明知对方不怀好意,关羽却将生死置之度外,单刀赴会,这就凸现出关羽的大智大勇。尤其关羽赴会途中在大江之上、所唱的两首曲词,更令人心潮澎湃。其曲道:

〔双调·新水令〕大江东去浪千叠,引着这数十人驾着这小舟一叶。又不比九重龙凤阙,可正是千丈虎狼穴。大丈夫心烈,我觑这单刀会似赛村社。

〔驻马听〕水涌山叠,年少周郎何处也?不觉的灰飞烟灭,可怜黄盖转伤嗟。破曹的樯橹一时绝,鏖兵的江水犹然热,好教我情惨切!二十年流不尽的英雄血!

两曲皆格调苍凉,慷慨悲壮。关羽是明知前路多危险,却为了国家,凛然无惧。他不屈不挠同强敌周旋,最后凭借他的机智勇敢,胜利返程。他意味深长地告诫鲁肃道:"说与你两件事,先生记着:百忙里趁不了老兄心,急切里倒不了俺汉家节。"此语实际是语带双关,明里是剧中关羽警告鲁肃,暗里是隐指时事:那就是汉族文化,

《单刀会》演出图

《单刀会》是关汉卿的代表作之一,该戏塑造了一个悲壮的三国英雄——关羽的生动形象。该戏的场次设置和高潮的安排都极富匠心。尤其第三、四折曲词意境优美,所以几百年来一直受到人们喜爱,被许多剧种改编传唱。

其精神永不可灭！这种强烈的民族精神、民族意识,是历史人物关羽所不具有的,它恰恰是元曲家关汉卿思想精神的反照。剧中的人物关羽,在一定程度上已成为表达作者特定思想和情感的化身。关羽已不再单纯是三国时代的人物,在他身上更重要的是体现了作者所要表达的时代文化精神。除《单刀会》外,关汉卿所作的《双赴梦》《哭存孝》《单鞭夺槊》,还分别描写了张飞、李存孝、尉迟恭等英雄形象。各剧皆寄托了作者某种情感:歌颂英雄创建功业,赞美英雄勇敢无畏,为英雄惨遭不测而悲哀,为英雄含冤被害而不平……英雄血泪长流,精神万古长存。惺惺相惜,歌颂英雄是元曲家作品中一个十分重要的主题。纪君祥、高文秀、康进之、武汉臣等都有歌颂英雄业绩的剧作。

纪君祥是大都人,与李寿卿、郑廷玉生活在同一时期。其代表作《赵氏孤儿》"即列之于世界大悲剧中亦无愧色也"[①]。在该剧中,纪君祥成功地塑造了忠臣义士程婴、韩厥、公孙杵臼的英雄形象。纪君祥创作该剧的背景是赵宋王朝刚刚灭亡,人们对南宋幼主的不幸遭遇记忆犹新,而杨琏真珈发掘宋陵的惊人之举发生不久,江南宋朝赵氏家族又被强迫北迁大都。因此,《赵氏孤儿》一剧所咏唱的"赵家枝叶千年永"和关汉卿《单刀会》所唱"急切里倒不了俺汉家节"应是出于同一机杼。剧中韩厥自杀,程婴献出了自己孩儿的性命,公孙杵臼在严刑拷打下撞阶而死。英雄的鲜血流淌,但他们是为正义而斗争、而献身,他们的精神永远令人钦佩。

高文秀是东平府学生员,在元杂剧作家中剧作数量仅次于关汉卿,是个多产剧作家。今知其剧目有 32 种之多,如果不是早卒,他的剧作

① 王国维:《王国维戏曲论文集》,中国戏剧出版社 1957 年版,第 106 页。

数量还会更多。因他年辈比关汉卿晚,时人呼他为“小汉卿”。关汉卿是一代戏曲大师,高文秀能被时人称为“小汉卿”,足见其剧作成就之可观。高文秀是一个擅长写作英雄颂歌的杂剧家,由其剧目可知其剧作大部分是讴歌历史英雄或草莽英雄的。他所写的历史英雄人物有项羽、伍子胥、范雎、蔺相如、班超、周瑜、刘备等。他所写的草莽英雄主要是水浒英雄,特别是对李逵情有独钟,有8个剧本内容皆是歌颂这一草莽人物的。此时,小说《水浒传》还未诞生,高文秀即凭借他对民间传说的搜集和整理,创作出一个个杰出的、栩栩如生的农民英雄形象。还有一点必须说及的,就是高文秀所作并不是对民间传说的直录,而是在每一剧作中都深深融合了他个人对时代和社会现状的认识,体现着一定的时代文化精神。

比如高文秀的代表作《双献功》,所写虽为宋代事,但剧中所展现出来的社会现象,分明就是元代社会最普遍的事情——衙内横行,夺人之妻,无法无天;他们仗恃特权,打死人不偿命——这在元杂剧中也是一个广泛反映的内容。与其他剧作不同的是,高文秀塑造了李逵这个正义在胸、天不怕地不怕的绿林好汉的英雄形象。李逵容不得衙内肆意横行,他看到那个白衙内夺人妻,却还要加害于人时,不由得义愤填膺,亲手将那白衙内杀死。剧中强烈的抗暴意识、惩恶意识、复仇意识,都反映了那一时代的民族精神,对当时和后世民众有极大的鼓舞作用。

当时人们正期待多出现一些像李逵这样的英雄,好惩治那些为非作歹的恶势力,所以,元杂剧中水浒英雄剧,在小说《水浒传》出现之前,才能形成一个系列。其他清官戏、复仇剧系列的出现,也都是与元代社会贪官污吏比比皆是、恶霸劣绅充斥城乡分不开的。官吏们无心正法,百姓们有口难言。元曲家同样呼吸着恶浊的空气,他们以其敏感的嗅觉、所拥有的才华,用曲、剧的形式为百姓们鸣不平。对于草莽英雄、绿林好汉、农民起义的领袖人物,因为这些人能伸张正义、惩治腐败丑恶、杀富济贫,所以元曲家们也热情讴歌。这后一种文学现象是历史上从来没有过的,这是元曲家们所独有的文化精神。正是在元曲家这种精神的鼓舞、熏陶下,小说家施耐庵、罗贯中等才在元代末年,从民间书会、从元曲作家中脱颖而出,创作出中国文学史上不朽的小说杰作——《水浒传》和《三国演义》。顺便说及罗贯中,他也是一位有名的元曲家。《录鬼簿·续编》载他为太原人,号湖海散人。与人寡合,但作曲极为清新。他所作杂剧有《风云会》《连环谏》《蜚虎子》等,皆是歌颂英雄义士之作。由于他长期活动在民间书会之中,受元曲家歌唱英雄剧作,尤其是有关"三国"英雄杂剧和"说三分"平话影响,作长篇小说《三国演义》就是顺理成章的事了。

儒者为尊读书为业:
男儿需读五车书

在中国古代所有的封建王朝中,读书人,也就是儒生,社会地位普遍而持久低下的朝代,就要数元代了。从先秦时百家争鸣始,士,也就是读书人,就已成为中国古代社会一个特殊的阶层。这一阶层不是官、不是农、不是商,他们"肩不能担担,手不能提篮",甚至无缚鸡之力,唯一的特长就是识文断字,因而他们唯一的社会职能就是充作管理社会官员的后备军。这一阶层的人,向来就是"学而优则仕"。历来这一阶层的人和政治、官场、统治者有千丝万缕的联系。"修身齐家治国平天下",千百年来,这似乎已成为天经地义的事。所以,读书人常是"达则兼济天下,穷则独善其身”。无论是“达”还是“穷”,又常进亦忧,退亦忧,“忠君报国”乃是士子的最高理想。

然而到了元代,偏偏历史给中原的士子开了一个极大的玩笑。最高统治者们是来自大漠的射雕英雄,他们从马上得天下,他们根本就不懂什么汉学儒学,他们之中的一些既得利益者也根本不想懂儒家那一套烦琐的治国大道理。这其间虽然有一些汉儒参加到蒙古统治阶层的行列,甚至进入了决策层,但是他们不能从根本上改变一个历来以骑射游牧为生的民族的思想习惯。所以,整个元代对于读书人的态度都没有达到其前后朝代的认识高度。其中最明显的变化就是元朝终止科举将近一个世纪,恢复考试以后也是时断时续,而且也不公平。就是考中入选,可以步入官场,汉人、南人也不能任中央和地方首要官职。民族歧视政策贯穿于元代始终。

元代曲家在这种社会条件下,表现出一种顽强的毫不妥协、毫不退让的精神。你在现实中越不重视科举读书,我就偏要在剧作中讴歌儒者为尊,高唱男儿需读五车书,以读书为业。他们为的是要把中原的文化传承下去,华夏的文明不能丧失,使读书的种子广为撒播。所有的元曲家几乎都为这一神圣使命做出了自己的努力。关汉卿是一个不屑仕进的曲家,但是他在其剧作《陈母教子》中所宣扬的恰恰是“学而第一须当记,养子休教不看书”的思想。因为实行科举与否,在当时与读书人的命运息息相关。争取恢复科举考试,是读书人争取自身利益和生存权利的现实问题。忽必烈时期,耶律楚材曾争取到一次科举考试,而后王鹗、许衡多次计议再行科举,终因蒙古贵族中一些人强烈反对,不得实行。科举不得实行,但儒生们为宣扬孔孟之道,却尽力刊刻儒家经典。姚燧《中书左丞姚文献公神道碑》曾记:“(姚枢)自版小学书,《语孟或问》《家礼》,俾杨中书版《四书》,田和卿版《尚书声》《诗折衷》《易》程传、《书》蔡传、《春秋》胡传,皆脱于燕。又以小学书流布未广,教弟子杨古为沈氏恬版与《近思录》、东莱《经史说》诸书散之四方。"(《元文类》卷六十)青年时代的关汉卿耳闻目睹这些事实,但他不可能与那些朝中名士相串联,只能把自己的认识写到剧作中,借剧中人的言行表达其愿望。《陈母教子》对科举的肯定,对儒道的颂扬,其本质在于宣扬中原先进文化,表达了他对元朝统治者排斥中原文化、作践广大儒生、废除科举的不满。在当时,关汉卿塑造出一个谆谆教子笃于应考,并且一定要考中状元,那样一位"不合时宜"的妇女形象,无疑会产生深广的影响。读书人中有多少像剧中人物陈良佐兄弟一样,日夜渴望借科考改变自己的人生命运。舞台上越是演陈母如何教育儿子读孔孟之书,越演陈氏兄弟经过寒窗苦读,得意于功名富贵,台下观众对照现实,越会对野蛮统治强烈不满。再则陈母教子为官要清正廉明,不许贪财,她要求儿子们依照孔孟之道——仁义礼智、恭俭温良等准则去做人,这与现实社会到处是贪污鲸吞,到处是烧杀抢掠,又是多么鲜明的对比!关汉卿就是要说明一个中原的老妇人也知书达理,中原文化博大精深,它永远值得人们歌颂和赞叹。

歌颂儒学,追求功名,元曲家们一而再、再而三地诉说,并揭露当时世俗浅薄、世态炎凉以及金钱至上。在现实中不能实现的愿望,在杂剧中元曲家给人们展现了一个又一个美好的梦境。这些剧作给人以慰藉,熨帖着人们受伤的心灵。这是元曲家们在自觉地传承着中国古老的文明,自觉地弘扬中华民族的优良传统和文化精神。多少元曲家异口同声,在他们不同的剧作中都共同高唱着:"龙楼凤阁九重城,新筑沙堤宰相行。我贵我荣君莫羡,十年前是一书生。"《玉镜台》《荐福碑》《王粲登楼》《范张鸡黍》《小尉迟》《冻苏秦》等写不同朝代、不同时期人物事件的剧本,关汉卿、白朴、马致远、郑光祖、宫天挺等不同地域、不同时期的曲家,都在咏歌“读书做官”“学而优则仕”,正反映元曲家们一种共同的文化精神——决不丢弃书生的读书传统,即在任何情况下也决不能忘记民族文化传统。元曲家写这些是鼓舞民众,也是鼓舞他们自己。这其中代表作家是郑光祖。

郑光祖(1255? —1324?),字德辉。平阳襄陵(今属山西)人。为时人认定的“元曲四大家”之一。《录鬼簿》记他“以儒补杭州路吏。为人方直,不妄与人……公之所作,不待备述,名香天下,声振闺阁,伶伦辈称‘郑老先生’,皆知其为德辉也”。钟嗣成的悼词则称他:“乾坤膏馥润肌肤,锦绣文章满肺腑。笔端写出惊人句,翻腾今共古。占词场,老将伏输。”其剧作在当时享有盛名。尽管他满腹经纶,有惊人才华,却也仕途不达。由北而南,奔波半生,才以其儒学之长博得个路府的书吏之职。不过他是在人手下,听人指挥,俯仰随人,因此他心中的牢骚可以想象。应该说他与马致远的遭遇极其类似,但由于个性的差异,在表现自己的心境和抒发自己情感的方式上两人却有所不同。马致远在功名成空后,似乎顿悟,从而寻求精神解脱——入道求仙和辞官隐居,消极避世。而郑光祖却执着追求,坚信儒学儒道,越是在现实中不能实现自己的功名理想,越是要用历代儒家终于成就功业的事迹来鼓舞他人、勉励自己。所以,他的剧作中有许多剧中人都尊儒业,高唱男儿立世必须读书。他竭尽全力地宣扬只有读书,人生才会有出路。

郑光祖的代表作《倩女离魂》剧中,男主角王文举出场即道:“黄卷青灯一腐儒,三槐九棘位中居。世人只说文章贵,何事男儿不读书?”其名剧《㑇梅香》中,男主人公一出场即吟咏道:“黄卷青灯一腐儒,九经三史腹中居。试看金榜标名姓,养子如何不读书?”就连剧中(第二折)的丫鬟也道:“大丈夫生于天地之间,当以功名为念,进取为心,立身扬名,以显父母。”《王粲登楼》(第一折)曹子建出场则吟道:“满腹文章七步才,绮罗衫袖拂香埃。今生坐享来生福,都是诗书换得来。”又道:“学成文武艺,货与帝王家,又道是十年窗下无人问,一举成名天下知。”王粲则道:“男儿自有冲天志,不信书生一世贫。”过去人们的议论往往对士子否定功名的行为加以肯定,以为只有不应试、不做官者才有进步意义。其实,这应当具体情况具体分析。元代歌颂读书、应举、力争为官,实际是对蒙古贵族废除科举、轻蔑儒生的一种反抗,是维护中原先进文化的一种勇敢的斗争行为,在当时是有进步意义的。郑光祖在他的剧作中反复吟诵男儿需读书,要立志于功名。一方面是他在现实中对功名的追求失败,所以要在他的剧作中寄托理想,释放精神包袱,抒发壮志豪情;另一方面他在剧中那样写,也是时代使然。凡不肯向命运低头,不甘心落魄一生,不相信祖宗留下的遗产、精神、信仰、文化会完全丧失者,都会讴歌自己的传统和文化。所以,白朴名作《墙头马上》,裴行俭一上场即道:“满腹诗书七步才,绮罗衫袖拂尘埃。今生坐享荣华福,不是读书那里来?”第四折裴少俊道:“亲捧丹书下九重,路人争识五花骢。想来全是文章力,未必家门积善功。”杨显之名作《潇湘雨》第一折崔通上场即道:“黄卷青灯一腐儒,九经三史腹中居。他年金榜题名后,方信男儿要读书。”乔吉名作《扬州梦》中,张纺一上场道:“昔年白屋一寒儒,今日黄堂驷马车,富贵必从勤苦得,男儿须读五车书。”这么多元曲家异口同声尊儒敬儒,以历代人物种种故事反复强调,男儿千万不可抛弃读书的传统,不可忘却圣贤的教诲,这不能不说元曲家们时刻都在运用他们所能运用的手段和方式在宣扬中华民族的文化。元代统治者可以取消科举,可以蔑视儒生,但是落后的文化永远不可能战胜先进的文化,他们永远征服不了中原民族的心,遏止不了中原文化的精神传承。以后儒家文化又遭受到许多次的封杀,但是儒家的文化精神已经融入中华民族的血液,任谁也难以将其打倒。儒家精神从先秦确立,历经千百年,虽有为封建统治者所用的内容,但它博大精深,又远远超出封建社会统治者那点可怜的利用。它是千百年中华民族智慧的结晶,有许多内容都是封建统治阶级思想规范所不能包容的。它的许多思想反映了全人类共同的思想追求。儒家要求人们读书,更是颠扑不破的真理。

爱好自然追求自由:
醉袍袖舞嫌天地窄

元曲家大多数人的生活充满了愁怨和痛苦,许多人对现实社会都有一定的厌恶情绪,他们向往自由,渴望平等,在他们的苦闷达到一定程度时,往往就要寻求精神解脱,远离现实社会,到大自然的怀抱中去陶冶性情,寻找慰藉。因此,爱好自然、歌颂自然风光,依山水林泉而居,对风云雨雪而歌,在天地日月间而舞,伴树木花草而饮,就成为元曲家所描绘的一幅幅清丽淡雅的时代画卷,体现了元曲家有别于历代书生文士所不同的精神面貌。乔吉〔南吕·玉交枝〕《闲适二曲》可谓有相当的代表性。其一道:"山间林下,有草舍蓬窗幽雅。苍松翠竹堪图画,近烟村三四家。飘飘好梦随落花,纷纷世味如嚼蜡。一任他苍头皓发,莫徒劳心猿意马。自种瓜,自采茶,炉内炼丹砂。看一卷道德经,讲一会渔樵话。闭上槿树篱,醉卧在葫芦架。尽清闲自在煞。"其二道:"无灾无难,受用会桑榆日晚。英雄事业何时办,空熬煎两鬓斑。陈抟睡足西华山,文王不到磻溪岸。不是我心灰意懒,怎陪伴愚眉肉眼。雪满山,水绕滩,静爱野鸥闲。使见识偃月堂,受惊怕连云栈。想起来满面看,通身汗。惨煞人也蜀道难。”前一曲抒发其闲淡情怀,优哉闲哉;后一曲道明其不是不关心世事,实在是出于无奈。既然当朝不用儒士,读书人也就只能一声长叹,到大自然中去和清风明月为伴。对于闲散不仕的讴歌,历朝历代以元曲为最。

元曲家用他们的曲作为自己构筑了一座座世外桃源,他们想象着自己在那里过着远离尘世喧躁、不闻人世名利征战、自由自在的安乐闲适生活。他们疲倦的灵魂似乎在那里得到了休息,他们受伤的心灵好似在那里得到了安抚。他们笔下一切都显得那么宁静、那么质朴、那么逍遥。听,马致远道:“绿水边,青山侧,二顷良田一区宅。闲身跳出红尘外,紫蟹肥,黄菊开,归去来。”(〔南吕·四块玉〕《恬退》)“菊花开,正归来。伴虎溪僧、鹤林友、龙山客,似杜工部、陶渊明、李太白,有洞庭柑、东阳酒、西湖蟹。哎,楚三间休怪。”(〔双调·拨不断〕)他从闹嚷嚷的现实社会、明争暗斗的官场,回归到山林之间,是那么高兴。从来没有过的闲散更使他情不自禁地高歌:“西村日长人事少,一个新蝉噪。恰待葵花开,又早蜂儿闹,高枕上梦随蝶去了。”(〔双调·清江引〕《野兴》)他有名的〔双调·夜行船〕《秋思》套曲中有一些曲作更表明他对乡居生活的陶醉,他所写的美好的生活画面、豪放自得的情感,令人向往。其曲道:

〔拨不断〕名利竭,是非绝。红尘不向门前惹,绿树偏宜屋角遮,青山正补墙头缺;更那堪竹篱茅舍。

〔离亭宴煞〕蛩吟罢一觉才宁贴,鸡鸣时万事无休歇。何年是彻?

看密匝匝蚁排兵,乱纷纷蜂酿蜜,急攘攘蝇争血。裴公绿野堂,陶令白莲社,爱秋来时那些:和露摘黄花,带霜分紫蟹,煮酒烧红叶。想人生有限杯,浑几个重阳节?人问我顽童记者:便北海探吾来,道东篱醉了也。

曲中的马致远把自己的村居生活写得那么幽静,那么惬意,那么潇洒,那么自得其乐,以至于沉醉其中、满足其中,无论什么人来都不愿见了。

如果说马致远对闲居环境还是写意式的大笔勾勒,不过是借景抒情而已,那么曾瑞的〔般涉调·哨遍〕《村居》则对其构筑的"安乐窝"做了工笔式的描写。他说他量力而为,盖数间茅屋,有书房、药室、茶亭,整整齐齐;鱼池里养着鱼,种了菱角和芡实;还养有鸡、鹅、蚕;缫车的嗡嗡声和树上的蝉鸣互相回应。家人"陇头残月荷锄歌,牛背夕阳短笛横"。他听着农家野调山声,对自己的村居生活怡然自得,并从中领略到某些生活和处世的哲理。他唱道:

〔耍孩儿〕虽然蔬圃衡畦径,搀造化夺时发生。也和治世一般平,桔槔便当权衡,堤防着雨涝开沟洫,准备着天晴浍水坑。栽排定,生涯要久远,养子望聪明。

〔幺〕把闲花野草都锄净,尚又怕稊稗交生。桑榆高接暮云平,笋黄菜绿瓜青。葫芦花发香风细,杨柳阴浓暑气清。开心镜,静观消长,闲考亏盈。

〔五煞〕菜老便枯,菜嫩便荣,荣枯消长教人为证。菜因浇灌多荣旺,人为功名苦战争。徒然竞,百年身世,数度阴晴。

〔四〕兴来画片山,闲来看卷经,推敲访友针诗病。消磨世态杯中酒,聚散人情水上萍。心方定,但缘有酒,与世忘形。

〔三〕无愁心自安,高眠梦不惊,不乏衣食为侥幸。身闲才见公途险,累少方知担子轻。成家庆,硕童前引,稚子随行。

此曲真像一幅世外桃源的画卷。曲家自由自在,悠然自得,似乎已跳出红尘,无忧无虑,其乐融融。

白朴〔双调·得胜乐〕歌咏春夏秋冬四季景,歌唱春天则“丽日迟,和风习,共王孙公子游戏。醉酒淹衫袖湿,簪花压帽檐低”;夏天则“酷暑天,葵榴发,喷鼻香十里荷花。兰舟斜缆垂杨下,只宜铺枕簟、向凉亭披襟散发”;秋天则“玉露冷,蛩吟砌,听落叶西风渭水。寒雁儿长空嘹唳,陶元亮醉在东篱”;冬天则“密布云,初交腊,偏宜去扫雪烹茶。羊羔酒添价,胆瓶内温水浸梅花”。写其度日极闲适自在,心情极其平静闲散,无欲无求,甚为超脱。之所以如此,他的〔双调·乔木查〕《对景》曲感叹道:“岁华如流水,消磨尽自古豪杰。盖世功名总是空,方信花开易谢,始知人生多别。忆故园,漫叹嗟:旧游池馆,翻做了狐踪兔穴。休痴休呆,蜗角蝇头,名亲共利切,富贵似花上蝶。春宵梦说。”正因为他看透人世沧桑,看破人间功名利禄,所以他才不做无谓的追求,他才能充分领略大自然的美景,才能安闲度日。

贯云石是富贵场上过来之人,他辞官归隐,纯是为了摆脱官场的束缚,远离官场的争斗。由于他不是那种追求官宦功名富贵不可得从而失意落魄之人,他对大自然的向往和追求比本来就在乡野或市井的曲家更加强烈。一旦他回归自然,就比一般曲家感受更多,行为更加狂放,情感更加激烈。他高唱道:“我向这水边林下,盖一座竹篙茅舍:闲时节观山玩水,阿来和渔樵闲话。我将这绿柳栽,黄菊种,山林如画……”(〔仙吕·村里迓鼓〕《隐逸》)他写自己的生活是:“东村醉西村依旧,今日醒来日扶头,直吃得海枯石烂恁时休。将屠龙剑、钩鳌钩,遇知音都去做酒。”（〔中吕·红绣鞋〕）“避风波走入安乐窝。就里乾坤大，醒了醉还醒，卧了重还卧。似这般得清闲的谁似我？”（〔双调·清江引〕）是的，能够摆脱官场的管制，能够甩掉名缰利锁的牵制，能够自由自在、随心所欲地生活，这的确是很难得的。他庆幸道：“烧香扫地门半掩，几册闲书卷。识破幻泡身，绝却功名念。高竿上再不看人弄险。”他真情地讴歌自己的闲散生活：“绿阴茅屋两三间，院后溪流门外山。山桃野杏开无限，怕春光虚过眼。得浮生半日清闲，邀邻翁为伴，使家僮过盏，直吃的老瓦盆干。”（〔双调·水仙子〕）他甚至高呼：“弃微名去来心快哉，一笑白云外。知音三五人，痛饮何妨碍。醉袍袖舞嫌天地窄！”（〔双调·清江引〕）

元曲家陶醉在大自然的美景之中，身心舒畅，精神愉快。他们尽情地游山玩水，似乎忘却世间一切俗务、一切烦恼。元曲家对大自然美景的讴歌，对祖国壮丽山河的赞颂，反映了他们对生活的无限热爱，表达了他们对国家和民众的无限眷恋之情。元曲家不是不食人间烟火的寡情薄义之徒，不是生性冷酷之人，他们对自然美景的欣赏和歌咏正是他们渴望美好生活，希望人间太平，人人都过上幸福生活的一种表现。请听乔吉〔双调·沉醉东风〕《泛湖写景》：“干办出苍松翠竹，界画成宝殿珠楼。明玉船，描金柳，碧玲珑凤凰山后：一片晴云雪色秋，白罗衬丹青扇头。”面对美好的湖光山色，曲家几乎忘乎所以，忍不住连声赞叹大自然的造化秀美神奇。其〔双调·水仙子〕《重观瀑布》道：“天机织罢月梭闲，石壁高垂雪练寒。冰丝带雨悬霄汉，几千年晒未干。露华凉人怯衣单。似白虹饮涧，玉龙下山，晴雪飞滩。”更惊诧自然美景的壮观，使曲家不得不极尽想象，以为那原本不是人间景色，疑是天上仙境移来人间。此时此刻，曲家早把尘世荣辱、名利杂念抛到九霄云外去了。他的

〔双调·殿前欢〕《登江山第一楼》曲道:“拍阑下,雾花吹鬓海风寒,浩歌惊得浮云散,细数青山,指蓬莱一望间。纱巾岸,鹤背骑来惯。举头长啸,直上天坛。”其气势非凡,说其“如神鳌鼓浪”也不为过。历代文人都不乏写景之作,留下不少脍炙人口的名篇佳作。但是,像元曲家那样一代文学创作群体都陶醉在自然怀抱,表现出一代文人的一种特殊的文化精神、一种特别的文化风貌,却是独一无二的。

憎恨丑恶匡扶正义:
天地也只合把清浊分辨

憎恨丑恶、匡扶正义乃是元曲家所表现出来的又一时代精神、文化风貌。

关汉卿的代表剧作《窦娥冤》,描写的是当时社会混乱,官场一片黑暗,社会上光天化日之下流氓胡作非为,官府审案根本不问是非曲直。窦娥明明含冤负屈,可是却挨千般拷打、万种凌逼。窦娥被打得肉横飞、血淋漓,满腹冤枉无处申诉,她只感到“覆盆不照太阳辉”。她上天无路,入地无门,所以临刑发出三桩无头誓愿:一是血上丈二白练;二是暑天六月飞雪埋尸;三是叫楚州大旱三年。官吏们无心正法,她只有仰仗神灵主持正义,为自己申冤昭雪。但是,她的内心却无限痛楚,无限悲伤。她满怀悲愤,不由得指天骂地,血泪控诉社会的不公:

〔滚绣球〕有日月朝暮悬,有鬼神掌着生死权。天地也只合把清浊分辨,可怎生糊突了盗跖、颜渊。为善的受贫穷更命短,造恶的享富贵又寿延。天地也做得个怕硬欺软,却元来也这般顺水推船。地也,你不分好歹何为地?天也,你错勘贤愚枉做天!哎,只落得两泪涟涟。

《窦娥冤》图

〔一煞〕你道是天公不可期,人心不可怜,不知皇天也肯从人愿。做什么三年不见甘霖降?也只为东海曾经孝妇冤,如今轮到你山阳县。这都是官吏每无心正法,使百姓有口难言。

关汉卿把窦娥作为那一时代受压迫、受迫害、受冤屈的民众代表,通过剧情指出当时的高利贷制度、童养媳制度、官吏制度以及社会风气的败坏,使千千万万个窦娥蒙冤受屈,社会的丑恶使得人们不由得不对它厌恶,官场的腐败使人们对它的合理存在产生怀疑。元曲家及其剧作敢于否定现实批判现实,矛头直指最高权威——天地君臣,以及对其整个统治秩序的合理性都加以否定,这种离经叛道的文化精神是以前时代的文人所不曾有过的,也是其作品所不曾表现和阐发的。因为在现实社会中,元曲家看到民众尽是受苦受难,官员敢为民众做主的实在太少了,所以他们往往把为民众伸张正义寄托在鬼神身上,于是就有了一些鬼神戏。人们在现实中不能得到的,就寄托于鬼神来帮助自己实现那美好的愿望。但是,神鬼毕竟在现实社会是不存在的,靠神鬼来伸张正义,惩治丑恶不过是人们的一种美好幻想。于是元曲家又把目光转向绿林豪杰、草莽英雄。对于杀富济贫的英雄豪杰,特别是农民起义的英雄人物——封建社会的叛逆者加以肯定、歌颂,这又是以前的文人和他们的作品所未曾有过的事。这无异于号召人们在忍无可忍时,只能铤而走险,在血与火中为自己杀出一条生路。元曲家们创作出的一批绿林英雄剧中,宋江、李逵、燕青等都是专门打抱不平、为民除害"替天行道"的英雄好汉,这些剧作共同给民众指出了一条"官逼民反"的出路。元曲家所宣扬的这种复仇精神、反抗精神、斗争精神,对当时和后来民众起了极大的鼓舞作用。

绿林英雄,尤其是梁山好汉的故事,宋元时本来就在民间广泛流传。元曲家将其入剧,其意旨就在于表明如果官场不公,官员不可相信,自会有民间法庭追究审问,自会有侠义英雄出来除暴安良。贪官恶霸决不能永远横行,正义总要得到伸张。这当中,元曲家所塑造的李逵的形象最为突出鲜明。写李逵的剧作有康进之的《李逵负荆》、高文秀的《双献功》和李致远的《还牢末》、佚名的《黄花峪》等。李逵是权贵恶霸、贪官污吏的死对头,是社会正义力量的化身。《双献功》剧中,当李逵了解白衙内的恶行后,即愤然道:"我去呵,也不用一条枪,也不用三尺铁,则俺这壮士怒目前见血。东岳庙磕塔的相逢无话说,把那厮滴溜溜扑马上活挟。他若是与时节,万事无些;不与呵,山儿(李逵自称)待放会劣撇。恼起我这草坡前倒拖牛的性格,强逞我这些敌官军勇烈,我把那厮脊梁骨,各支支生扶做两三截。"他是那么说,也是那么做的。元曲家塑造的李逵,一身正气,眼里揉不得沙子。《李逵负荆》剧写他听人说梁山领袖人物竟也做下强抢民女之事时,他不由得义愤填膺,不顾什么结义兄弟、情同手足,上得山就要砍去"替天行道"的大旗,并以自己头颅立下令状,要拉宋江、鲁智深下山对质。他道:"哪怕你指天画地能瞒鬼,步线行针待哄谁?又不是不精细,又不是不伶俐。下山寨,到那里,李山儿共质对;认的真,觑的实,割你头,塞你嘴。非铁牛(李逵小名),敢无礼,既赌赛,怎翻悔。莫说这三十六英雄一个个都是弟兄辈,便跳出你那七代先灵也将我来劝不得。"李逵疾恶如仇,捍卫正义,几百年来令人闻之起敬。

绿林英雄豪杰不过是人们心目中的救星,人们对他们的期待和对清官的期待是一样的。但是,元曲家还告诫人们:要想争得自己的生存天地和自身利益,须得自己先坚强不屈,有坚韧的斗争意志。元曲家已深深认识到,为人首要的是自己不能向命运低头,不能向恶势力屈服。

他们把自己对生活的认识写进剧作警醒世人。关汉卿的《蝴蝶梦》,写了皇亲国戚葛彪无端打死平民百姓王老汉,王老汉的儿子则不管葛彪身份多么高贵,揪住葛彪给了他应有的惩罚。王婆婆则道:“若是俺到官时,和您去对情词,使不着国戚皇亲,玉叶金枝。便是他龙孙帝子,打杀人要吃官司。”当她知道儿子把葛彪打死后,她指着葛彪的尸体说:

想当时,你可也不三思?似这般逞凶撒泼干行止,无过恃着你有权势、有金资。则道是长街上妆好汉,谁想你血泊内也停尸!正是“将军着痛箭,还似射人时”。

这无疑是对民众反抗精神的赞歌。要知道元代律条规定,蒙古人殴打汉人,汉人不许还手。《蝴蝶梦》剧中葛彪所说的“我是个权豪势要之家,打死人不偿命”并不是虚诳之语。元代那些衙内就是凭借他们的特权,胡作非为。关汉卿却不管什么律章条令,他要他剧作中的人自己去维护自己的人权。王子犯法也应当与民同罪,“便是龙孙帝子,打杀人要吃官司。”不仅是关汉卿如此,《陈州粜米》的作者笔下的饥民张𢡟古,也是一个不服权豪势要特权、敢于反抗、敢于斗争并誓死不屈的人。刘小衙内和他的妹夫杨金吾到陈州放赈,却趁机从中进行克扣。张𢡟古指责他们的劣行,反被他们用敕赐紫金锤殴打。张𢡟古和他们理论,他们却自称是清官,受到在朝文武的称赞。张𢡟古忍无可忍道:

〔胜葫芦〕都只待遥指空中雁做羹,那个肯为朝廷。有一日受法餐刀正典刑,恁时节,钱财使罄,人亡家破,方悔道不廉能。

〔后庭花〕你道穷民是眼内疔,佳人是颏下瘿。便容你酒肉摊场吃,谁许你金银上秤秤?儿也你快去告,不须惊。只指着紫金锤专为照证。投词院直至省,将冤屈叫几声,诉出咱这实情,怕没有公与卿,必然的要准行。任从他贼丑生,百般家着智能。遍衙门告不成。也还要上登闻将怨鼓鸣。

〔青哥儿〕虽然是输赢输赢无定,也须知报应报应分明。难道紫金锤就好活打杀人性命?我便死在幽冥,决不忘情,待告神灵,拿到阶庭,取下招承,偿俺残生,苦恨才平。若不沙则我这双儿鹘鸰也似眼中睛,应不瞑。

张懒古至死还嘱咐他儿子,一定要替陈州百姓除去祸害。剧本所要告诫人们的,就是一定要敢于反抗、敢于斗争。虽然会因反抗斗争付出代价,但只有斗争才有可能铲除邪恶、伸张正义,人们才能获得应有的生存权益。

鼓吹斗争、歌颂反抗、匡扶正义,要打造出一个民众自己满意的新天地,元曲家这种新颖的文化精神是非常可贵的,也是极其鼓舞人心的。所以,元曲尤其是元杂剧能广泛流传全国,其精神一直为后代所称颂。

歌颂清廉鞭挞贪赃:
一心儿敢与民做主

元代政治黑暗,官贪吏暴,冤狱丛生,元曲家就自觉地承担起为民众鸣不平、申诉冤屈的"重任"。当然,说元曲家为民众鸣冤申屈,并不是说元曲家能超越政治,会使神弄鬼,直接审理一桩桩冤案,而是指元曲家用他们的如椽之笔,用他们动人心弦的作品,去揭露时代的魑魅魍魉,鼓舞人们去为争取自己的生存权利和生活权力而斗争。他们歌颂清廉,鞭挞贪赃,痛斥贪官污吏,指出贪赃枉法者绝不会有好下场;又讴歌古今办案的清官廉吏,称他们一心儿敢与民做主,为当政者树立起学习的榜样。元曲家这种民主精神和他们的叛逆精神是相表里的。

面对现实贪暴横行,想民众所想的元曲家自然要替百姓呼唤能秉公办事的清官。清官不是元曲家的杜撰,从司马迁作《史记》就辟有"循吏列传",以后历代正史都专门记载清官的事迹。但是,元代对清官的呼唤和歌颂却又有不同寻常的意义。一是元代法治混乱,甚至无法可依,只照旧例断案。因无法,官吏们就无所惧怕,就可以浑水摸鱼。二是蒙古贵族享有种种特权,权豪势要可以无法无天,一般官吏也就上行下效。营私舞弊是平常行事,刑讯逼供、屈打成招则屡见不鲜。在遍地冤狱、民众苦不堪言的情况下,元曲家力赞清官,实际是代民众呼喊"青天大老爷"救他们于水火之中。希望能有"王法"公平立世,改变混乱的现实;希望有清官能认真执法,还百姓一个公道。于是,众多的元曲家把目光集中到离他们时代不远的宋代著名清官包拯身上,关汉卿的《鲁斋郎》、李行道的《灰阑记》、武汉臣的《生金阁》、佚名的《陈州粜米》等十几种剧都歌咏了清官包拯。他们各自展现自己的文采,竞相复造了一个又一个,远比《宋史》所记那个实际的包拯要更加光耀多彩的形象。他们从各个方面表现包拯无私无畏,专与贪赃枉法之徒作对,一心敢与平民百姓做主。元曲家笔下的包拯,已成为一个文学艺术的"典型"人物,在他身上寄托了更多的民众理想成分。

《灰阑记》中的包拯道:"为老夫立心清正,持操坚刚,每皇皇于国家,耻营营于财利,唯与忠孝之人交接,不共谗佞之士往还,谢圣恩可怜,官拜龙图待制天章阁学士,正授南衙开封府府尹之职。敕赐势剑金牌,体察滥官污吏,与百姓申冤理枉,容老夫先斩后奏。以此,权豪势要之家,闻老夫之名,尽皆敛手;凶暴奸邪之辈,见老夫之影,无不寒心。"

《陈州粜米》剧中包拯的随从张千道:“我跟着这包待制大人……你不知这位大人清廉正直,不爱民财。虽然钱物不要,你可吃些东西也好。他但是到的府州县道,下马升厅,那官人里老安排的东西,他看也不看。”包拯则道:“我偏和那有势力的官人每卯酉。”“如今那普天下人尽言:道一个包拯图暗暗的私行,唬得些官吏每兢兢打战。”《鲁斋郎》中的包拯道:“则为鲁斋郎苦害生民,夺妻女不顾人伦。被老夫设智斩首,方表得王法无亲。”民众则歌唱道:“今日个天理竟如何,黎庶尽讴歌。再不言宋天子英明甚,只说他包龙图智慧多。”这些剧作共同塑造包拯廉明、廉洁、多智、多能,尤其突出了他的不畏强暴、不畏权势。一个个横行街里的衙内,一个个贪得无厌的官吏,一个个凶狠残暴的恶霸,被他杀的杀,罢的罢,给民众解了气,泄了恨。在元曲家笔下,包拯更能日断阳,夜断阴,无论什么无头大案、疑案、难案,在包拯那里都能审个水落石出。包拯是元曲家精心塑造的一个清官形象,也是中国文学史上一个典型的清官形象。在包拯身上体现了元曲家一心敢与民做主的爱民精神。

“官”和“吏”既是一体,又有区别。一般说“吏”是“官”的从属,听命于官员的差遣和命令。但是“吏”有它自己独特的职权范围,虽然可以是官员的“高参”,但遇到懦弱、糊涂、粗疏的官员,“吏”往往又越职行事,形成“以吏压官”的局面。元代官贪吏也贪,元曲家在鞭挞贪官之时,同时对种种污吏的恶行也进行了谴责。《鲁斋郎》剧中,吏员张圭自己就说,他们为吏的“无良善”,都有害人心,不肯与人行方便。“冒支国俸,滥取人钱”,损公肥私,夺人家产宅院,无恶不作……“官人清如水,外郎白如面;水面打一和,糊涂成一片。”这是元曲家对元代官吏狼狈为奸、坑害百姓的形象写照。正如官员有贪官也有清官一样,吏员也有贪、廉之分。元曲家对良吏则加以歌颂。孟汉卿的《魔合罗》与孙仲章的《勘头巾》就塑造了一个良吏张鼎的形象。当为官者糊涂、贪赃枉法时,人们则盼望能有良吏出头,纠正官员之偏。张鼎之所以受到当时人们的喜爱,正如《魔合罗》剧中张鼎所言:“我想这为吏的,扭曲作直,舞文弄法,只这一管笔上,送了多少人也呵!”与一般只知收人钱财、糊弄公事的吏员相比,张鼎能把糊涂官员的判案推翻,重新审理,以其机智、明察,为人申冤,这确实是一个令人可敬、值得称颂的公吏。尤其可贵的是,张鼎的原型就是元代人,人们对其人其事更加熟悉,更为亲切。《元史·世祖本纪》就记有张鼎在中统十四五年间为官之事。因张鼎在当时声名很大,所以李致远剧《还牢末》虽写宋代事,唱词中也出现:“令史呵,赛张鼎千般智量。”邓学可散曲〔正宫·端正好〕《乐道》也曾述及“为吏道的张平叔(张鼎,字平叔)”,对张鼎大加称赞。

元曲家塑造的清官形象除了包拯外,还有王脩然、窦天章、钱可、李圭等。王脩然原型则是金朝官员,《金史》卷一〇五有传。刘祁《归潜志》卷八和元好问《中州集》卷八皆记其事。王仲文杂剧《救孝子》等演其事。关汉卿的代表剧作《窦娥冤》,在揭露贪官丑恶的同时,塑造了一个廉洁奉公的官员窦天章的形象。窦天章在不了解女儿窦娥冤屈的情况时,他道:“我今日官居台省,职掌刑名,来此两淮审囚刷卷,体察滥官污吏。你是我亲生之女,老夫将你治不的,怎治他人?”当他知道女儿的冤屈后,遂重新审理。窦娥鬼魂所唱:“从今后把金牌势剑从头摆,将贪官污吏都杀坏,与天子分忧,万民除害。”正表现出广大民众对清官的渴望。

元曲家们创作出一批清官戏,就是要给人们以鼓舞,要人们在艰难困苦的情况下一定要活下去。元曲家要让人们明白为恶者总有恶贯满盈之时,恶行总会遭到恶报。虽然从消极方面说,这样一来有麻痹人民

《魔合罗》图

斗志之嫌,有美化统治者统治之意,但是,元曲家为民众而歌,想民众所想的这种积极的文化精神,其进步意义却也不可抹杀。一批清官良吏形象,就是专给受委屈的民众申冤雪恨的人物,是给当时官场树立的风范和榜样。对清正廉明官吏的歌颂也就是对贪官污吏的谴责,两者所要达到的目的是一致的,那就是要为官做吏者,不要只想发财升官、盘剥百姓,而应当想想身为百姓"父母官",如何一心与民做主,给民众兴利除弊。

讽刺陋习教化人伦:
人伴贤良智转高

元代统治者来自蒙古大草原,他们以武力驰骋天下,对于孔孟之道可以说一窍不通。他们当政,要治理中原,不得不行汉法。但是,那汉法也是只管得汉人,蒙古族人是不受什么汉法约束的。因而,在当时社会不仅官贪吏暴,官场一片黑暗,社会风气也极其败坏,人伦道德全都不讲。金钱与权势相勾结,贪欲和罪恶便到处滋生,必然又导致人性的扭曲。元曲家秉承中原千年文化的熏陶,他们不忍心看人心不古,道德沦丧,斯文扫地,就创作出一批讴歌传统文化礼教的曲作。过去有人说这是元曲中的糟粕,那实在是把问题看得太简单了。首先应当承认,12、13 世纪时的华夏文化,是世界上最先进的文化之一。中原的文明礼教和道德礼仪是社会文化进步的一大标志。元曲家当时对传统礼仪和人伦道德的歌颂乃是促进落后地区、落后民族向先进转化的举措,是有利于中华民族大融合的积极行动。其次应当懂得元曲家的良苦用心,他们是在积极寻求救世劝俗的良方,尽自己最大的努力来改变乱世没落的颓风。不用回避,不需强辩,元曲家所宣扬的仍然是封建社会传统的伦理道德。别忘记元曲家本来就是封建社会的人,他们不可能超越历史。

针对世代对金钱的崇拜,元曲家不约而同地创作了一些讽刺看钱奴的曲作,塑造了吝啬鬼的生动形象。这方面的代表曲家是郑廷玉。郑廷玉是彰德(今河南安阳)人,与关汉卿、白朴等曲家生活在同一时期。他的《看钱奴》《冤家债主》《忍字记》等剧,分别塑造了贾仁、乞僧、刘君佐等几个吝啬鬼的形象。其中《看钱奴》剧中贾仁的人品极差:“这人没钱时无些话,才的有便说夸。打扮似大户豪家,耸起肩胛,迸定鼻凹,没牛点和气谦洽。每日在长街市上把青骢跨,只待要弄柳拈花。马儿上扭捏着身子儿诈,做出那般般样势,种种村沙。”人称他:“穷儿乍富,瞒心昧己,欺天诳地,只要损别人安自己。”他自己也道:“我平昔间一文也不使,半文也不用。我可不知怎生来这么悭吝苦克。若有人问我要一贯钞呵,哎呀,就如挑我一条筋相似。如今又有一等人叫我做‘悭贾儿’。”他为富不仁:“别人家便当的一周年下架容赎解,他巴到那五个月还钱本利该,纳了利从头儿再取索,还了钱文书上厮混赖。”贾仁的吝啬突出表现在其临死时的情状。他想吃烧鸭舍不得钱买,在人家卖烧鸭店摆着烧好的鸭子身上五个手指使劲挝了一把,回到家咂一个手指就一碗饭,吃了四碗饭,瞌睡上来,睡着了。不觉被狗舔了剩下的一个手指,因此气急而病。临死吩咐他儿子不可买棺材,只用喂马的马槽装他的尸体就行。他儿子说他身长装不下,他竟说可以把他身体剁作两段,并嘱咐不许用自家的斧子,以免斧子卷了刃。郑廷玉就这样一笔一笔细致入微地刻画出一个吝啬鬼的可怜、可悲、可憎的面貌。“别人的东西恨不得劈手夺来,自己东西舍不得与人,若与人呵就心痛煞了”,像贾仁这样的吝啬鬼至今也没有绝迹。

郑廷玉《冤家债主》剧虽然明显带有因果报应、宣扬轮回的迷信色彩,但其本意仍是教化人伦,讽刺世风日下。“免的钱亲人不亲”乃是该剧的立意所在。偷盗者必然受到惩处,赖人钱财者终不得好报,欠人的债终须偿还,不是不报,时候未到,就是该剧所要讲明的事理。剧中张善友所唱“常言道莫瞒天地莫瞒人,莫作瞒心与祸邻”乃是千古名言至理。为了警醒世人,剧中还塑造了两个不顾礼义廉耻,无德无才,专门骗吃骗喝,拉人下水的无赖形象——柳隆卿和胡子转。他们两人自称:“不养蚕来不种田,全凭说谎度流年。”由于这种骗子无赖在当时相当多,所以不同的元曲家在不同的剧作中都塑选有这样的人物,而且有的姓名也都叫柳隆卿、胡子转,一出场两人就形影不离。他们的口头禅也大同小异。比如在萧德祥的《杀狗劝夫》剧中,两人则自称:“不做营生则调嘴,拐骗东西若流水。”秦简夫的《东堂老》剧中两人则道:“不养桑蚕不种田,全凭马扁度流年。”总之,这种人就是凭说谎骗人过活,他们纯粹是社会的寄生虫。这种流氓无赖就是社会风气不正的产物。近墨则黑,谁要和这种流氓无赖接近,就很难步入正道。

世风日下的表现是多方面的。除了只敬钱财不敬人,连带形成虚伪浮夸,人间已无真诚可言。“大纲来都是哄”,瞒骗偷盗遍布全国,人们没有了生活的安全感。所以,元曲家对那些不道德的行为一一给以针砭、讥讽。佚名作者〔商调·梧叶儿〕《嘲谎人》曲讥讽人说谎漫无边际道:“东村里鸡生凤,南庄上马变牛,六月里裹皮裘。瓦垄上宜栽树,阳沟里好驾舟。瓮来大馒头,俺家的茄子大如斗。”明明是不可能的事,在撒谎者那里却信口开河,这或许还是自吹自擂,听者信与不信,一笑置之不理也可。然而有些人不讲信义撒谎骗人,就很令人生厌了。高安道〔般涉调·哨遍〕《皮匠说谎》就讲述了一个皮匠接活,完工期一拖再拖,最终也没给人把活做完的事。曲中道一个书生听人说南街上的"小王皮"做皮靴"快做能裁,着脚中穿,在城第一",于是他就找那个"小王皮"去定做皮靴。小王皮态度蛮好,细听书生的做靴要求,一一答应,说好三天交活。书生付了钱,叮嘱皮匠说:"您休说谎,俺不催逼。"谁知道事情发展出人意料。曲道:"人言他有信行,谁知道不老实。许多时划地无消息。最底样九遍家掀皮尺,寻裁刀数遭家取磨石,做尽荒獐势。走的筋舒力尽,瞧的眼晕头低。"到期小王皮交不了活不说,他根本是又无工具又无料,更无技术,一切都是瞎编胡吹,骗人钱财。可是书生每次拿活时,小王皮却都信誓旦旦,曲道他"计数儿算有三千个誓""迷奚着谎眼先陪笑",让人"哭不得笑不得"。全曲〔尾〕道:"初言定正月终,调发到十月一。新靴子投至能够完备,旧兀刺先磨了半截底。"元代社会不讲信义道德之事由此可见一斑。所以曲家吴弘道(仁卿)在他的〔中吕·醉高歌〕《叹世》曲中叹道:"风尘天外飞沙,日月窗间过马。风俗扫地伤王化,谁正人伦大雅?"

正是为了教化人伦,一些曲家在批判、讥讽社会不正之风的同时,也从正面讴歌人生应具备的良好道德。呼唤传统美德乃是元曲家最基本的文化精神。虽然某些曲家仍然语带讥讽,但其本意还是要力倡传统美德。如张鸣善〔中吕·普天乐〕《嘲西席》曲道:"讲诗书,习功课;爷娘行孝顺,兄弟行谦和;为臣要尽忠,与朋友休言过。养性终朝端然坐,免教人笑俺风魔。先生道:'学生琢磨。'学生道:'先生絮聒。'馆东道:'不识字由他。'"而张养浩则心平气和劝诫世人说:"人生于世休行非义,谩过人也谩不过天公意。便攒些东西,得些衣食,他时终作儿孙累。本分为世间为第一。休使见识,干图甚的。"(〔中吕·山坡羊〕)他从人生各个方面劝人“所行所做依仁义”:一是“无官何患,无钱何惮,休教无德人轻慢”;二是“于人诚信,于官清正,居于乡里宜和顺。莫亏心,莫贪名”;三是“休学谄佞,休学奔竞,休学说谎言无信。貌相迎,不实诚,纵然富贵皆侥幸”;四是“与人方便,救人危患,休趋富汉欺穷汉”;五是“真实常在;虚脾终败,过河休把桥梁坏”;六是“金银盈溢,于身无益,争如长把人周济”。更为可贵的是,他不仅这么劝人,自己也是这么做的。他是元代有名的清官,为赈灾而死在任所,这在前面已有介绍。

元曲家所作的杂剧也曾塑造了一些正面形象。郑廷玉《金凤钗》一剧的主人公赵鹗乃是一介书生,他在极其困难的处境下,见人有危难,就毫无难色地把卖诗所得的二百钱资助于人。而那受助脱离危难之人,又言而有信,令人送赵鹗 10 支金钗以谢。全剧一方面揭露当时社会混乱,恶人无赖可以公然抢掠,当政权豪可以草菅人命;另一方面则歌颂就是在这种情况下仍然有人坚守信义、德操,为人们树立了典范。萧德祥《杀狗劝夫》剧则叙述了孙荣、孙华是亲兄弟,但遇坏人挑唆使兄弟不睦,幸有孙荣妻杨氏女知礼仪,设计劝夫,使孙荣认识了市井无赖的丑恶面目,与弟孙华和好如初。该剧一方面歌颂杨氏识大体,孙华重兄弟情谊,树立了贤嫂贤弟的典型;另一方面则讽刺了无赖破坏别人家庭和睦的阴险可恶,以及交友须识人的道理。剧末众人唱:“着他背狗皮号令在长街市,也等那一辈儿狗党狐朋做样子。”实际说明了该剧要宣扬的伦理意义。秦简夫是一个写作家庭伦理剧的高手。他的《赵礼让肥》直叙兄弟亲情,在死亡面前不是争相自避,而是争相抢死,把生的希望留给对方。其事虽取材《后汉书·赵孝传》。《元史》之孝友传所记郭道卿兄弟事,当是该剧剧情所本。他的《剪发待宾》讲的是为人需讲求信义。他的《东堂老》剧则写忠于友情、不负友托,歌颂李实想方设法教育友人之子扬州奴，终于使得浪子回头。该剧提出了一个如何交友、如何处世的严肃课题。其他剧作如刘唐卿的《降桑椹》、佚名的《小张屠》等则是写儿子孝顺母亲之事。尽管这些剧作多多少少都有一些封建说教，有些陈腐味道，但在讽刺陋习，教化人伦方面还是有积极意义的。

情爱高贵粪土功名：愿有情人终成眷属

情爱是人生到一定阶段必然要产生的一种情感。男大当婚，女大当嫁，也是人生一种必然的经历。但是在不同社会的不同时期，不同的人们对情爱的认识、处理、态度又会有极大的分歧。因为人是社会中的人，人的情感除了其自然的人性因素外，还有社会因素存在，也就是通常所说的人有人的理性。不同时期不同地位的人，其理念会有很大的差异，对待情爱的行事方式也会各不相同。元代大多数曲家，社会地位低下，门第卑微，上天无门，安身立命找不到去处。正如曲家余朗在其《青阳集·贡泰父文集序》所言："小夫贱隶，亦以儒为贱而嗤诋。""穷"字和文人结下不解之缘。什么"穷酸""穷弟子""穷丑"，种种带有羞辱性、侮辱性、谩骂性的词语在元代文人中不绝于耳。"儒者颠倒不如人"，已成为士子普遍的哀叹。唐代以来，士子中进士跨马游街、曲江会饮的高傲与荣耀已一去不复返。在元代特殊的社会环境下，同处于社会底层，被侮辱、被损害的士子和妓女，相互在感情上得到了沟通、理解和体谅。于是元曲家超乎前代文人，在他们所作的讴歌男女婚恋情爱的杂剧中就体现出一种新的文化精神：反对窒息人性的封建礼教，高歌有情人终成眷属。

在封建时代,男婚女嫁讲究的是门当户对,父母之命,媒妁之言。儿女之间如有私情就属非礼行为,被人视作行为不端。婚姻本来应是男女双方个人之间情感投合的自然结合,却被封建社会变成男女双方家庭利益重新配置的筹码,成为双方家长操作、主宰,互相讨价还价,进行某种交易的牺牲品。元曲家被赶到社会下层,他们才发现历来被封建社会及其家长制玩弄于股掌之上的男女婚姻大事,原来还有那么多不平。特别是历来屈从于男人的女人,她们原来受到那么多极不公平的待遇。元曲家自认是不幸的,生不逢时,怀才不遇,可是,当他们把目光移向妇女时,却发现那些人比自己更不幸。"同是天涯沦落人",元曲家把笔触指向社会底层的妇女,写出了她们悲剧的命运。元曲家是为中国妇女命运不公发出不平呼喊的人,是把妇女与男子平等相待的人,是表达男女恋爱要自由、婚姻要自由的人。在元曲家笔下妇女才第一次发出自己的呼声,妇女才成为主动要求自己婚姻幸福的人。女人再不是男人的玩物,女人的尊严和人生的权利才被提到世人面前。

杂剧创作"夺魁天下"的《西厢记》,固然描写了男主人公张生的多情和他的志诚,但女主人公莺莺也相应表现出情感的热烈和主动。他们的相亲相爱是互动的,彼此心灵深处是互相沟通的。他们纯粹是一见钟情,互相爱慕,其间不掺杂任何家庭利益和其他因素。由于他们未经媒妁撮合,未经家长应允,自己就先决定了彼此的终身,而后他们为保护自己的爱情而争取婚姻合法权利所进行的斗争又是极其艰难曲折的。但是,不管历尽多少艰难险阻,他们胜利了,一对有情人终成眷属。这无疑告诉世人:男女婚姻幸福是等不来的,也从来不会有什么人肯施舍;一切全要靠彼此对情爱保持坚贞,靠双方共同努力、共同斗争去争

《西厢记》图

取。这个故事里的女主人公莺莺，如果稍微妥协一点、软弱一点，那么最后结局就只能是悲剧而不是喜剧了。更为可贵的是，张生和莺莺都能把爱情置于功名之上，把爱情视为人生第一重要大事。张生本是去赶考，但在途中偶然遇到莺莺，因而将全部情感都寄予情爱，把“云路鹏程”都抛置脑后，爱情从而成为张生人生的第一大事。他为得到爱而癫狂，为失去爱而颓丧，为争取爱的合法化费尽心机、竭尽全力，他对爱情忠贞不渝。莺莺被爱情熬煎的痛苦比张生更甚，她本来已被许配给门当户对的郑恒，但那不过是其家庭的意志，她对郑恒毫无感情可言，自她遇到张生后，不由得就“口儿里作念心儿里印”，再也不能忘怀。她冲破重重障碍，和张生自由结合，被人发现后无悔无怨，并坚决维护自己的爱情。对于功名富贵她不看重,她看重的是两人生死不渝的真情。她道:“但得一个并头莲,强似状元及第。”全剧曲曲折折,最终要表达的主旨就是“永老无别离,万古常完聚。愿普天下有情的都成了眷属”。类似的立意,在不同曲家的不同剧作中都曾有所表述:关汉卿《拜月亭》剧曾道“愿普天下心厮爱的夫妇永无分离”,白朴《墙头马上》剧曾道“愿普天下姻眷皆完聚”,都表达了元曲家对合理婚姻家庭生活的向往和追求。这是元曲家落到民众队伍中,对民众,特别是对市民阶层的生活有了相当了解以后,对市民文化精神的反映。这表达了当时民众的意愿——元剧中所颂扬的爱情婚姻是与封建礼教观念绝不相同的。同时,元代的爱情剧也是元曲家对自我价值的肯定,是对传统文人精神的颂扬。《西厢记》中贵公子郑恒与张生争夺莺莺,骂张生“穷酸恶醋”“白衣饿夫穷士”,自称是“身里出身的根脚”“祖代是相国之门”,而剧中却借红娘之口评判道:郑恒值一分,张生则值百十分,“萤火焉能比月轮。”她批驳郑恒道:“这厮乔议论,有向顺。你道是官人则合做官人,信口喷,不本分;你道穷民到老是穷民,却不道将相出寒门!”表达了曲家对文士的充分肯定和高度赞扬。而一些出身名门的贵族小姐,宁可冲破重重阻隔也要嫁给穷书生,也正是从另一方面对文人精神加以褒扬。元曲家所写的爱情剧从实质而言,一是曲家借剧中所虚构的文人腾达与贵族小姐完婚,表达他们想象中的“金榜题名时,洞房花烛夜”的得意和欢快;二是曲家借写文人和妓女的相爱以及妓女反抗鸨母、拒绝商贾、属意文士,表达他们渴望理解、寻求温暖、希望能不被人歧视,在社会上能有自己一席之地。

元曲家大都和青楼妓女保持着相当的联系或亲密的关系,夏伯和《青楼集》有较多的记述。正因为曲家对妓女的生活十分熟悉,所以剧作写妓女与士人相爱的内容有相当大的数量。也正因为曲家被逼到社会底层,他们体验到人格被侮辱的痛苦,才给予妓女极大的同情和关爱。在他们笔下,妓女第一次有了自己的尊严,元曲家是妓女史上第一批对妓女正眼相看、平等相待的人。过去虽然也有人同情妓女,写过为妓女遭遇鸣不平的文字,但绝大部分人和文字都是站在高处和对面的冷眼观察,他们绝少在妓女所生活的环境中长久地生活过,更不用说和妓女真心结交,成为妓女的知心人了。所以,他们所写总和妓女真实的生活和情感相隔一层或数层。只有元曲家才能够把妓女的真实生活和她们的真实情感生动地描绘出来。

要过正常人的生活,深切地痛恨与诅咒妓女的卖笑生涯,这是许多剧本共同表现的内容。妓女的诅咒来自于她们的被逼迫,来自她们的不自由,来自她们的被侮辱。而这恰恰与曲家的无奈、无助相一致。曲家写妓女的怨愤、愁苦、怒骂,实际就是曲家自己内心情感的发泄。关汉卿所作《谢天香》剧中的谢天香,对于自己的命运不能自己把握充满了哀怨;《金线池》剧中的杜蕊娘则愤怒诅咒其生活是全凭着“恶、劣、乖、毒、狠”;《青衫泪》中的裴兴奴憧憬着平常人家妇女的生活;《两世姻缘》中的韩玉箫感叹身在娼门“只落得人轻贱”。她们无不希望跳出苦海,渴望像良家妇女一样有自己的家庭,有自己的幸福。

于是,落魄书生就成为妓女所寻求的知音。妓女不以金钱财势取人,而看重人品文采,寻的是终生依靠,她们自然就排除了满身铜臭,只认钱财不认人,有钱就玩弄女性的商贾。对于官员的权势威风,她们平常就已领略够了,和权贵们相处有的只是害怕,令人胆战心惊,从良嫁人岂能跑出狼窝再入虎口。只有书生文人,他们虽然一时落魄,但他们有文采,不会久居人下,重要的是他们温文尔雅,善解人意,懂得怜香惜玉,能够和妓女感情交流,相处融洽。他们地位一致,感情一致,因而也就能够产生真爱真情。为了这种情爱他们彼此都可以为对方做出一切牺牲。书生可以粪土功名,妓女自愿抛弃富裕的生活,两者打破传统,不讲门第,不论钱财,共同追求平等相待的自由真情,两者真心相爱着,就是元曲家所呼唤的、过去所不曾有过的一种崭新的文化精神。

滑稽玩世放浪形骸:
莺花寨中逞风流

元曲家由于仕途不达,大多身处逆境对未来却又看不到希望和光明,因而,有一些人思想消沉,行为放浪,他们不再受传统礼仪的约束,不再考虑什么传统的道德说教。他们经受着精神痛苦的熬煎,却以文人从来没有过的狂放,滑稽玩世,放荡市井,酒和妓女就成为他们生活和创作的重要内容。酒和妓女可以使他们的神经暂时得到麻痹和安慰,同时也可以使他们的神经突起兴奋并受到猛烈的刺激,还可以使他们的郁闷、痛苦得到一时的宣泄。所以,当仕途失意时,历来不少文人都与酒和妓女结下不解之缘。陶渊明、李白和酒的密切关系,杜牧、柳永和妓女的密切关系是人们都很熟悉的。元曲家自然不例外。如果说这种现象在前代还是发生在个别文人身上,那么在元代,这种现象已成为时代和社会的普遍现象,而且成为一种新的文化景观。因为元代流落市井的文人不是一般文人,他们是一代新兴文学的创造者;元代的妓女也不单纯是倚门卖笑操皮肉生涯者,她们中相当一些人是和文人一起开创一代文学新局面的同路人。他们都是值得人们敬重的人。

元曲家放浪形骸,人世间的功名利禄、得失荣辱,全都被元曲家抛到九霄云外,元曲家所要的就是痛快、开心、自由。因此,可以说元曲家无所为,也可以说元曲家无所不为,也可以说元曲家是为所欲为。他们不受任何限制,不受任何拘牵。在市井间他们自由游荡,闯进以前文人不敢涉足的许多禁区。由此而来,他们的反传统给文学带进一股从来没有的清新——市井间的世俗文化精神。以前柳永虽然给文学也注入过一剂清凉,不过究竟是他一个人,那力量实在是太单薄了,改变不了文学总的格局。可是元曲家是一代又一代人,传承着世俗的文化精神,而且首先在市井民众间得到了回应,得到了认可,得到了欢迎。这就使一代文学的面貌最终要发生根本的改变,而且使得中国古典文学从此改变了航向——由雅向俗迅速地转化,雅文学一统天下的局面就是由元曲家彻底改变的。

元曲家改变传统文学精神,可以说就是从莺花斋里迈出了第一步。因为,元曲家那些反传统的曲作,一开始也只是莺花斋里的妓女才是知音,妓女同情落魄书生,欣赏书生的才华,将书生的曲作当作最美好的作品,她们互相传唱各自相识的曲家的作品,就使曲家感到一种极大的精神上的满足,同时也使曲家互相竞胜,越要写出更出色的作品。莺花寨中逞风流,正是要在市井大舞台竭尽全力展现曲家的才华和创作力。元曲家就把他们满腔的不合时宜和一肚子牢骚也尽情发泄出去,从而得到一种精神快感。曲家白贲〔正官·鹦鹉曲〕是当时流传很广的一首名作:

侬家鹦鹉洲边住,是个不识字渔父。浪花中一叶扁舟,睡煞江南烟雨。

〔幺〕觉来时满眼青山,抖擞绿蓑归去。算从前错怨天公,甚也有安排我处。

这里的渔父形象可以追溯到先秦,屈原的《渔父》即道:“沧浪之水清兮,可以濯我缨;沧浪之水浊兮,可以濯我足。”渔父,就是那种高于世俗、不问世事、自有一套处世哲学的世外高人或林下隐士。元曲家心目中的渔父有传统的影像成分,但这是一个在世事激荡的大潮中漂泊不定的人,是一个不问世事的人,是一个看透世事归去的人,是一个在心头有许多话要讲又不想讲的人,又是一个随遇而安的人。这种复杂性格的组合正是元曲家混迹市井精神状态的真实写照,难怪这只曲子一出,立即得到众多曲家的唱和。

元曲家在莺花寨中逞风流,玩世不恭,滑稽恣肆,表现多种多样。一是尽力醉倒,不愿清醒。贯云石〔正宫·小梁州〕曲道:“朱颜绿鬓少年郎,都变做白发苍苍。尽教他花柳自芬芳,无心赏,不趁莺燕忙。〔幺〕东家醉了东家唱,西家再醉何妨。醉的强,醒的强,百年浑是醉,三万六千场。”他们白天醉,夜晚醉,天天醉,年年醉,独自醉,朋友相会更要醉。盍西村〔双调·快活年〕曲唱道:“闲来乘兴访渔樵,寻林泉故交,开怀畅饮两三瓢。只愿身安乐,笑了重还笑,沉醉倒。”关汉卿〔南吕·四块玉〕《闲适》曲道:“旧酒投,新醅发,老瓦盆边笑呵呵。共山僧野叟闲吟和,他出一对鸡,我出一个鹅,闲快活。”他们在醉酒中放下了士子的架子、面子,一任自己逍遥自在,超脱世外。甚至连在官场还算得意的曲家卢挚也有〔双调·沉醉东风〕《闲民》曲道:“共几个田舍翁,说几句庄稼话。瓦盆边浊酒生涯,醉里乾坤大,任他高柳清风睡煞。”

二是游戏人生,搂香抱玉,在温柔乡中度春秋。他们写自己的艳遇,杜善夫〔双调·雁儿落过得胜令〕曲道:“他生得柳似眉,莲似腮,樱桃口芙蓉额。不将朱粉施,自有天然态。半折慢弓鞋,一搦俏形骸。粉腕黄金钏,乌云白玉钗。欢谐,笑解香罗带;疑猜,莫不是阳台梦里来。”

白朴〔中吕・阳春曲〕《题情》道："笑将红袖遮银烛，不放才郎夜看书。相偎相抱取欢娱，不过迭应举，及第待何如?"莺花寨尽是风流快活地，又何必为求功名富贵耗费心血和生命？这在理学家听来简直是放荡至极。可是还有更叫理学家暴跳如雷的曲作。关汉卿〔南吕・一枝花〕《不服老》曲道："攀出墙朵朵花，折临路枝枝柳。花攀红蕊嫩，柳折翠条柔。浪子风流。凭着我折柳攀花手，直煞得花残柳败休。半生来折柳攀花，一世里眠花卧柳。〔梁州〕我是个普天下郎君领袖，盖世界浪子班头。愿朱颜不改常依旧，花中消遣，酒内忘忧……你道我老也，暂休，占排场风月功名首，更玲珑又剔透。我是个锦阵花营都帅头，曾玩府游州。"曲家公然标榜自己是"郎君领袖""浪子班头"，向传统文人的传统处世哲学发出了大胆的挑战：他们要冲出罗网追求自我的舒放"适意"，如果在莺花寨能得到快活，那么为了追求这种快活人生，就可以至死无悔。这种极端的玩世不恭，正是对现实最强烈的反叛。元曲家的这种文化精神是以前的文人所不曾有的，也是以前朝代所不曾形成过创造过的，因为这种文化精神不是个别文人所有，而是整整一代文人，是一代元曲家所共有的精神和面貌。

三是放情山水，在大自然中寻求解脱。他们自封"江湖状元""山中宰相"，陶醉在锦绣河山的美景之中，忘却世间一切烦恼忧愁。卢挚〔双调・沉醉东风〕《秋景》道："挂绝壁枯松倒倚，落残霞孤鹜齐飞。四周不尽山，一望无穷水。散西风满天秋意，夜静云帆月影低，载我在潇湘画里。"人在画中游，人为画中人，人和山水自然之美融为一体，人也就到了忘我的境地。徐再思〔中吕・朝天子〕《常山江行》道："远山，近山，一片青无间。逆流溯上乱石滩，险似连云栈。落日昏鸦，西风归雁，叹崎岖路途艰。得闲，且闲，何处无鱼羹饭。"王德信（即王实甫）〔商调・集贤宾〕《退隐》套曲中的〔后庭花〕曲道:“住一间蔽风霜茅草丘,穿一领卧苔莎粗布裘。捏几首写怀抱歪诗句,吃几杯放心胸村醪酒,这潇洒傲王侯。且喜的身登中寿,有微资堪赡赒,有亭园堪纵游。保天和自养修,放形骸任自由。把尘缘一笔勾,再休题名利友。”人生退一步海阔天空,只要身心自由,精神自由,潇洒走一回,就并不比王侯将相过的日子差。乔吉〔双调·折桂令〕《自述》曲道:“华阳巾鹤氅蹁跹,铁笛吹云,竹杖撑天。伴柳怪花妖、麟祥凤瑞、酒圣诗禅。不应举江湖状元,不思凡风月神仙。断简残编,翰墨云烟,香满山川。”这种“不应举”“不思凡”的消闲玩世,乃是元曲家一种独立于世的文化精神。

四是滑稽调笑,苦中作乐,一反常趣,“以丑为美”。元曲家以滑稽闻名于世者大有人在,如杜善夫、杨果、关汉卿、王和卿等皆负滑稽盛名。其中王和卿尤为突出。王和卿与关汉卿为友,他的〔仙吕·醉中天〕《咏大蝴蝶》曲一出,遂使他名噪一时。其曲道:“挣破庄周梦,两翅驾东风,三百座名园,一采一个空。难道风流种,唬杀寻芳的蜜蜂。轻轻的飞动,把卖花人扇过桥东。”这样的大蝴蝶不存在,但曲中所表现出来的一种狂放不羁、玩世不恭的精神却存在于许多元曲家的骨子里。所以此曲一出,王和卿之名大振。有人从庸俗社会学的角度来强解此曲,说它是讽刺当时横行街市的衙内。事实上王和卿不过是滑稽调笑,借写曲抒发他在社会底层的苦闷而已。他所写〔双调·拨不断〕《王大姐浴房内吃打》《胖夫妻》《胖妓》《绿毛龟》,〔越调·小桃红〕《胖妓》等曲作,正代表元曲家的“粗俗”与“恶趣”一流,他们以丑为美,与传统文学风格壁垒分明。但这种“恶作剧”式的曲作,却正好反映了元曲家玩世精神的又一个方面。

五是歌舞人生自写性灵,在时调小曲和市井杂剧中驰骋才华,以弦管粉墨为功名，风流狂放，自得其乐。钟嗣成最了解自己同时代的曲家，他在《录鬼簿》中著录元曲家的姓名和作品后，写道："右所录，若以读书万卷，作三场文，占夺巍科，首登甲第者，世不乏人。其或甘心岩壑，乐道守志者，亦多有之。但于学问之余，事务之暇，心机灵变世法通疏，移宫换羽，搜奇索怪，而以文章为戏玩者，诚绝无而仅有者也。"正是这些"以文章为戏玩者"将其满腹才华，一肚子学问，不去应助官场、政事，却把全部精神都用在小曲、杂剧上，在莺花寨中和歌儿舞女、烟花娼妓相厮混。可是也正因为如此，中国文学史才发生了一次大转折，才诞生了光彩夺目的元曲——散曲和杂剧，才为中国戏曲史揭开了新的篇章。元曲家深深为自己的创造而自豪。周德清说："乐府之盛、之备、之难，莫如今时……后学莫及！"罗宗信说："世之共称唐诗、宋词、大元乐府，诚哉！……必若通儒俊才，乃能造其妙也。"①

元曲家的玩世精神是他们对当时社会不满、失望的一种发泄，他们以歌当哭，尽管表面上他们似乎很旷达，自寻快乐，实际他们是最苦恼的一代人。只有当人们对现实不抱任何期望时，他们才会逢场作戏、玩世不恭。"弦管粉墨是功名"，元代曲家由此创造了一代文学和戏曲艺术的辉煌，这是用他们人生一个又一个悲剧和无穷的辛酸换来的。关汉卿曾有〔双调·乔牌儿〕套曲道："世情推物理，人生贵适意。想人间造物搬兴废，吉藏凶，凶暗吉。""富贵哪能长富贵，日盈昃月满亏蚀。地下东南，天高西北，天地尚无完体。""算到天明走到黑，赤紧的是衣食。凫短鹤长不能齐，且休题，谁是非。""到头这一身，难逃那一日。受用了

① 《中原音韵序》，载中国戏曲研究院编《中国古典戏曲论著集成》(一)，中国戏剧出版社1959年版，第175页、第177页。

一朝,一朝便宜。百岁光阴,七十者稀。急急流年,滔滔逝水。”他认为世事难料,人生无定,但最终无论谁都难免一死。所以,人活着就要活一天乐一天,但求适意快乐,不要被名缰利锁所拘牵,自寻祸机。他劝人及早醒悟,高唱:“落花满院春又归,晚景成何济。车尘马足中,蚁穴蜂衙内,寻取个稳便处闲坐地。”“乌兔相催,日月走东西。人生别离,白发故人稀。不停闲岁月疾,光阴似驹过隙。君莫痴,休争名利。幸有几杯,且不如花前醉。”

元曲家玩世的悲愁、辛酸,令人不免为他们一掬同情之泪;元曲家玩世的自适、旷达,令人不能不叹服他们的坚强不屈;元曲家们在“玩”中有意无意创造出来的杰出成就和辉煌功业,令人又为他们感到庆幸和欣慰。

元曲家的文化精神永远是中华民族文化精神中的幽香,这种独特的芳香将会传至千秋万代,被一代又一代人所欣赏。

结　语

元朝以保护蒙古贵族特殊权益为其统治的根本目的，所以，这个王朝就制定了民族等级统治的一些政治制度和维护民族特权的法律条款。在这个以蒙古人作为国家第一等人的朝代，处于社会第三四等人的汉族，对这个新王朝天然就存有一种逆反心理。尤其是在金朝、宋朝出生的汉族文人们，对元朝更心存戒心。他们身经离乱沧桑，其中很多人从内心深处即不愿服务于元朝，他们宁可在市井过流浪生活在田园过清贫生活，也不愿在新朝为官。所以朱经在《青楼集·序》即道："我皇元初并海宇，而金之遗民，若杜散人、白兰谷、关已斋辈，皆不屑仕进。乃嘲风弄月，流连光景。庸俗易之，用世者嗤之，三君之心，固难识也。"这其中有一批人在市井乡野接触了民间新兴的时曲，倾心于民间新兴的流行歌曲，由开始的模仿到自己创作，技艺逐渐成熟，就出现了元代第一批曲家，出现了元代文人创作的散曲、杂剧和戏文(南戏)。也就是说，元曲的繁盛是和时代环境密不可分的。对此，明人王世贞在其所著《艺苑卮言》曾剖析说：

曲者，词之变。自金、元入主中国，所用胡乐，嘈杂凄紧，缓急之间，词不能按，乃更为新声以媚之。而诸如贯酸斋、马东篱、王实甫、关汉卿、张可久、乔梦符、郑德辉、宫大用、白仁甫辈,咸富有才情,兼善音律,以故遂擅一代之长。所谓宋词元曲,殆不虚也。

元曲家创造了一代文学和戏曲艺术的辉煌,同时也创造了一种有别于历代文人的文化精神。这种精神最鲜明的特色就在于它的苦涩与放浪,在于它用于变革、追求自由,不屈不挠。元朝以法律条文的形式明确规定,汉人不得为中央和地方政府中的首要官员,在各级政府部门中,皆要由蒙古人担任的“达鲁花赤”为首要官,以监督其他民族人员所担任的各种官职。汉人虽有才学,不能任要职,还要受人监督,其心情怎能畅快?流行歌曲自然就成为他们抒发自己郁郁情怀的工具,借其调,歌自己的词,大量文人的散曲就这样创造出来,流行起来。而杂剧原本在民间只是搬演简单的生活趣事,以娱神娱人,这时也被文人拿过来,表演他们创作的故事,而一个又一个故事无不寄托了元曲家自己的情思,无非是借他人之酒杯浇自家胸中之块垒。所以,明人胡侍在其所作《真珠船》卷四《元曲》道:

元曲如《中原音韵》《阳春白雪》《太平乐府》《天机余锦》等集,《范张鸡黍》《王粲登楼》《三气张飞》《赵礼让肥》《单刀会》《敬德不伏老》《苏子瞻贬黄州》等传奇,率音调悠圆,气魄宏壮,后虽有作,鲜之与京矣。盖当时台省元臣,郡邑正官,及雄要之职,尽其国人为之;中州人每每沉抑下僚,志不获展。如关汉卿入太医院尹,马致远江浙行省务官,宫大用钓台山长,郑德辉杭州路吏,张小山首领官,其他屈在簿书,老于布素者,尚多有之。于是以其有用之才,而一寓之乎声歌之末,以舒其怫郁感慨之怀,所谓不得其平而鸣焉者也。

此说的确道出了元曲家的苦衷。故而于若瀛《阳春奏·序》发挥说，元人之所以作曲作剧，“要而言之，实所以宣其牢骚不平之气也者。彼腥膻当国，凡秉枢要，悉任丑虏。而中原怀才抱艺之夫，仅仅辱在僚左，此其所以慷慨悲歌，于仙吕诸宫、南吕诸调，悉诣其至极也。”于若瀛显然带有另种民族偏见的情绪，所说有些大汉族主义的味道。但是，汉人文士在元代心情不快，在各方面都受到一定程度的压制，也确是事实。因而，元曲家当时的心态是极不平衡的。别说他们不想出仕，就是他们想出仕，也仕途无门。苦闷伴随着一代又一代元曲家，他们或不甘心落魄苦苦挣扎，或放纵自流无心世事，或青楼买笑求一时狂欢，或遁入空门六欲俱毁，或借酒浇愁愁更愁. 或抚古伤今长夜难眠，或长歌当哭狂放无羁。他们本当积极入世，然而出世、避世、玩世却成为他们精神的主流；他们本当欢呼一代新朝开天辟地，然而诅咒、嘲弄、批判、指责却成为时代的强音。虽然元曲家们各自的人生意趣不尽相同，元曲家们的风韵神采各自有别，他们的心态和精神却大体一致：那就是不得志，那就是常郁郁寡欢。也正是现实世界苦不堪言，使得元曲家把他们全部的才华都付诸元曲的创作之中，这才使中国文坛刮起俗文学创作的强劲之风，才使元代成为中国古典文学发展的转折点，才使中国文学继唐诗、宋词之后，掀起元曲高峰。对此，元曲家们是有深刻认识的。罗宗信《中原音韵·序》即指出了当时人们已将元散曲（大元乐府）和唐诗、宋词相“共称”。钟嗣成作《录鬼簿》的动因更是深感当时曲家虽都“高才博识，俱有可录”，然而他们却又多“门第卑微、职位不振”，正统文人皆不明其价值所在，他怕岁月悠久，元曲家们的业绩湮没无闻，所以他奋力著作，给元曲家们“树碑立传”。

数百年过去了，历史已证明元曲家为中国文学发展书写了光辉的一章。元曲的杰出成就已得到世人的公认，并已成为世界文化宝库中一份厚重的文化遗产。当前,元曲家及其所作的元曲仍然被人们经常提起,被当今的人们喜爱。有关部门还不断举行有关元曲家诞生或逝世若干周年的纪念活动。关汉卿还被列为世界文化名人,被世界各国人民共同纪念。元曲中不少优秀作品早已被翻译成英、法、德、日、俄等文本。许多国家的大学和研究机构开始研究元曲。每当举办元曲作家、作品的研讨会时,人们总会发现研讨会上有日本、韩国、马来西亚、美国、英国、俄罗斯、法国等国家的代表。他们带来关于元曲的论文,抢着在大会发言,和中国学者进行交流。元曲学,实际已成为一门世界性的学科。至于根据元曲改编的各种文艺作品,中外已难以计数。元曲对后世中国和世界的文学、戏曲以及其他艺术的影响是极其深远的。

元曲是元曲家在那样一个特殊的时代里创作出来的文化奇观,是他们“被逼迫”深入民间,和当时广大民间艺人一道创造出来的一种新兴艺术、新式文学。元曲家们的创造从根本上说,也是适应当时社会民众的精神需求,才产生出来的。如果没有民众的支撑,任何文学和艺术都不会有长久的生命力。这里探讨元曲家的文化精神和人生意趣,正是为发展当今的文化。应当记取元曲家是在民间文化中汲取了宝贵的营养,才抓住了中国文学的变革契机,从而有了自己不朽的创造。民众有无限的创造力,民间有取之不尽的文学和艺术矿藏,当今的文学家和艺术家,正应当发扬元曲家深入民间认真学习的精神,创作出无愧于新时代的文学与艺术新品。

我们时代的文学和艺术应当是崭新的,但是一切崭新的文学和艺术也必定是在旧有的文学和艺术基础上的继续与发展。历史是不可能被割断的。也正因为如此,我们才要去研究历史,研究过去的文学、艺术。只有对过去心中有数,才能对未来满怀信心。

元曲家是一代不屈服于各种压力的创造者，他们的创造精神、革新精神、奋斗精神、乐观精神，永远值得后来的人们学习与借鉴！

附　录

元曲家大事年表

年代	事件
金大定二年(1162)	蒙古铁木真生。
金明昌元年(1190)	著名诗人、曲家元好问生。著名政治家、诗人耶律楚材生。
金承安二年(1197)	曲家杨果生。
金泰和元年(1201)	著名诗人、曲家杜善夫约生于此年。
金泰和二年(1202)	著名政治家、名将、曲家史天泽生。
金泰和六年(1206)	铁木真被蒙古各部举为大汗,即成吉思汗。即位于斡难河源。史称元太祖。蒙古帝国建立。
金大安元年(1209)	蒙古据西夏之河西地,围其国都。西夏请和。名臣曲家商挺生。名儒、诗人许衡生。
金大安三年(1211)	蒙古攻打金朝,以后与金连年征战。
金贞祐四年(1216)	政治家、诗人、曲家刘秉忠生。

续表

年代	事件
金兴定三年(1219)	蒙古攻打西域,以后接连五年远征至高加索山。在西征中成吉思汗召见全真教首领丘处机。旋命丘统领道教事。
金正大三年(1226)	著名曲家白朴生。史天泽屯兵真定、严实屯兵东平。著名曲家关汉卿约生于此年前后。
金正大四年(1227)	西夏国亡。成吉思汗卒。丘处机卒。诗人、曲家王恽、胡祗遹生。蒙古由拖雷监国。
金正大六年(1229)	窝阔台为蒙古大汗,史称元太宗。蒙古继续伐金。
金天兴二年(1233)	金帝哀宗逃奔。南京守将投降。元好问上书耶律楚材请求爱护金朝人才,携白朴流寓山东。诗人、曲家侯正卿生。
金天兴三年(1234)	金哀宗自缢。金朝灭亡。
南宋端平三年(1236)	蒙古攻宋。元好问、白朴往真定依史天泽。白朴与曲家侯正卿、李文蔚遂为少年好友。史天泽款待流落名士,杨果、白华(白朴父)、李冶、王鹗等人皆聚于真定。
南宋嘉熙元年(1237)	蒙古初试儒生,行第一次科考。以后近 80 年未再举行科考。蒙古政治家、名相、曲家伯颜生。
南宋嘉熙二年(1238)	蒙古于燕京建立书院。名将、曲家张弘范生。名儒、文学家、曲家姚燧生。
南宋淳祐元年(1241)	窝阔台卒。乃马真后称制。蒙古置行省于燕京。
南宋淳祐二年(1242)	著名文学家、曲家卢挚约生于此年。
南宋淳祐三年(1243)	严实之子严仲济继其父志,在东平建立府学。元好问、杜善夫、徐琰、阎复等聚会东平。
南宋淳祐四年(1244)	耶律楚材卒。

续表

年代	事件
南宋淳祐五年(1245)	曲家胡正臣约生于此年。
南宋淳祐六年(1246)	蒙古贵由为大汗。史称元定宗。书画家、曲家鲜于枢生。
南宋淳祐七年(1247)	张德辉向忽必烈举荐元好问、白华、李冶等。曲家郝天挺生。
南宋淳祐八年(1248)	贵由汗卒。海迷失后称制。
南宋淳祐九年(1249)	名儒、诗人、曲家刘因生。
南宋淳祐十年(1250)	著名曲家马致远约生于此年。
南宋淳祐十一年(1251)	蒙哥为蒙古大汗,史称元宪宗。忽必烈总漠南事,注意搜罗汉地人才。
南宋宝祐元年(1253)	蒙古旭烈兀西征。忽必烈攻云南入大理。
南宋宝祐二年(1254)	蒙古与宋交战于四川。著名书画家、文学家、曲家赵孟頫生。
南宋宝祐三年(1255)	名臣、曲家不忽木生。
南宋宝祐四年(1256)	忽必烈命刘秉忠筑城开平,建上都。曲家杨梓生。
南宋宝祐五年(1257)	元好问卒。曲家冯子振生。
南宋开庆元年(1259)	蒙哥卒于合州战事。宋贾似道请划江为界议和。
蒙古中统元年(1260)	忽必烈于开平为大汗,即元世祖。建元中统。定内外官制。立十路宣抚司。行中统钞。以八思巴为国师,统领释教。阿里不哥于和林称大汗。忽必烈与阿里不哥开始争战。曲家王和卿因咏“大蝴蝶”曲名噪一时。曲家孔学诗、蒲道源生。
蒙古中统二年(1261)	忽必烈击败阿里不哥。设翰林国史院。设诸路提举学校官员。关汉卿、白朴、杜善夫等不屑仕进,混迹市井,创作杂剧、散曲。

续表

年代	事件
蒙古中统三年(1262)	蒙古立十路宣慰司,定中外官俸。
蒙古中统四年(1263)	蒙古立枢密院。改开平为上都。
蒙古至元元年(1264)	立诸路行中书省。改元至元。废诸将世镇制。
蒙古至元二年(1265)	蒙古定各路以蒙古人任达鲁花赤,汉人任总管之制。
蒙古至元四年(1267)	刘秉忠开始修扩中都城。西域人札马鲁丁上万年历,颁行之。
蒙古至元六年(1269)	刘秉忠、许衡等制定朝仪。颁布八思巴所创造之蒙古新文字。著名画家、曲家黄公望生。杨果卒。
蒙古至元七年(1270)	蒙宋交战,宋边危急,贾似道隐瞒军情。著名曲家、名臣张养浩生。名道士、诗人、曲家张雨生。
元至元八年(1271)	蒙古国政国号“大元”。分兵攻宋。曲家曹鉴生。名诗人杨载生。
至元九年(1272)	改中都为大都。名诗人范椁生。名诗人、曲家虞集、萨都剌生。
至元十一年(1274)	伯颜为帅攻宋势如破竹。刘秉忠卒。名诗人揭傒斯生。诗人、曲家李泂生。
至元十二年(1275)	伯颜帅师攻南宋都城临安。史天泽卒。曲家曹元用生。
至元十三年(1276)	元兵破临安,俘获宋帝、后妃。陆秀夫、文天祥继续抗元,另立小皇帝。
至元十四年(1277)	著名曲家周德清生。理学家黄溍生。
至元十五年(1278)	张弘范为帅攻厓山。文天祥被俘。

续表

年代	事件
至元十六年(1279)	陆秀夫负宋帝投海。宋亡。卢挚巡访江东,与南游白朴会于九江,后又会于金陵。关汉卿、马致远等一批曲家南下扬州、金陵、杭州。元杂剧创作中心由大都开始南移杭州。名曲家钟嗣成约生于此年。
至元十七年(1280)	颁布郭守敬所制定的"授时历"。颁布钞法于江南,废除宋钱币。杜善夫、张弘范卒。著名曲家张可久、乔吉生,刘时中约生于此年。
至元十九年(1282)	文天祥就义。
至元二十三年(1286)	严禁汉人持铁尺、铁杖,藏兵刃。程文海奉命下江南网罗人才。赵孟頫等 20 人应召北上。著名曲家贯云石生。
至元二十四年(1287)	白朴《天籁集》成。王博文为之作序。名诗人王冕、张翥、许有壬、李齐贤生。
至元二十五年(1288)	商挺、赵孟頫、张九思、燕公楠、王磐、阎复、王构、徐世隆、王恽、胡祗遹、张之翰、王博文、夹谷之奇等 28 人在京唱和咏诗,成《雪堂雅集》。姚燧为之序。
至元二十六年(1289)	禁止江南民携带弓矢,犯者藉以为兵。白朴游扬州,与王恽、胡祗遹相逢叙情。曲家赵雍生。
至元二十七年(1290)	严禁汉人畋猎。画家柯九思生。
至元二十八年(1291)	颁布《至元新格》。
至元二十九年(1292)	攻爪哇。杨梓参与其事。
至元三十年(1293)	刘因、严仲济卒。
至元三十一年(1294)	忽必烈卒。铁穆耳继位,即元成宗。
元贞元年(1295)	伯颜、胡祗遹卒。马致远与李时中、花李郎、红字李二在"元贞书会"合撰杂剧《黄粱梦》。
元贞二年(1296)	诗人、曲家杨维桢生。

续表

年代	事件
大德二年(1298)	赵孟頫、鲜于枢、萨都剌、周密、燕公楠、郭天锡、邓文原、高克恭等常聚于鲜于枢处品画赏字吟诗。赵孟頫《松雪斋集》成，戴表元为之作序。
大德三年(1299)	大都名演员张怡云居所为文士聚会之处。曲家商政叔、卢挚、赵孟頫、姚燧及名士高克恭、程文海等先后至此。
大德四年(1300)	曲家夏伯和生。不忽木卒。
大德五年(1301)	名画家、曲家倪瓒生。徐琰卒。
大德六年(1302)	曲家白无咎《鹦鹉曲》成，名闻遐迩。众曲家竞相唱和。鲜于枢、张九思卒。
大德七年(1303)	《大元一统志》成。诸道官抚使共劾罢赃官 18473 人，平冤狱 5171 件。曲家睢景臣名作《高祖还乡》成。名演员珠帘秀居江南，曲家冯子振、卢挚与其交好，赞其技艺；此前名曲家关汉卿、胡祗遹亦曾与之交往。诗人、曲家梁寅生。名臣、诗人、曲家余阙生。
大德八年(1304)	廉野云在大都所建万柳堂为文士聚会之所。赵孟頫、卢挚、贯云石、姚燧等常聚于此处。元好问所作《骤雨打新荷》曲在曲家聚会时受到激赏。杭州西湖为文人游乐聚会场所，咏西湖为不衰之题。关汉卿、马致远、刘时中、张可久等都有咏作，分别在西湖饮宴聚会。此年曾有黄溍、赵孟頫等 44 人相聚之盛会。
大德十年(1306)	曲家王晔生。
大德十一年(1307)	元成宗卒。海山继位，即元武宗。
至大元年(1308)	刘时中与赵孟頫相会。郝天挺与郭天锡相交。
至大三年(1310)	柯久思与赵雍相交。高克恭、戴表元卒。诗人顾瑛、宋濂、乃贤生。曲家汪元亨、高明约生于此年。

续表

年代	事件
至大四年(1311)	元武宗卒,爱育黎拔力八达继位,即元仁宗。文学家、政治家刘基生。
皇庆二年(1313)	诏行科举。杨朝英编第一部散曲总集《阳春白雪》成,贯云石为之作序。程文海为贯云石《酸斋诗文》作跋。赵孟頫、张养浩、贯云石、程文海、元明善、李孟、察罕等为李仲章送行,分别赋《桃花岩》诗。
延祐二年(1315)	初行科举。蒙古人、色目人为右榜;汉人为左榜。会试取士,元明善为会试官。
延祐四年(1317)	仁宗命为玄教大宗师张留孙贺七十大寿。名道士吴全节回乡为父母寿,群臣贺送。
延祐五年(1318)	内廷大办佛事,以黄金 3900 两写佛经。
延祐六年(1319)	张可久曲集《今乐府》成。贯云石、刘时中等作序。
延祐七年(1320)	元仁宗卒。硕德八剌继位,即元英宗。
至治元年(1321)	张留孙卒。李孟卒。张士诚生。
至治二年(1322)	禁止汉人持兵器出猎及习武。赵孟頫卒。元明善卒。
至治三年(1323)	颁布《大元通制》。元英宗卒。也孙铁穆耳继位,即泰定帝。杨载卒。
泰定元年(1324)	周德清《中原音韵》成。虞集等人为之作序。贯云石卒。
泰定四年(1327)	杨梓卒。杨梓家为海盐大户,从贯云石等学曲,童仆传唱,遂形成地方戏腔一种——海盐腔。冯子振约卒于此年。

续表

年代	事件
天顺元年(1328)	泰定帝卒。阿速吉八即位上都，改元天顺；图帖睦尔即位大都，改元天历，即元文宗。大都与上都兵战波及四省。上都告败。曲家赵良弼卒。明朝开国皇帝朱元璋生。
天历二年(1329)	和世瑓即位于和宁北，为元明宗。遂暴死。文宗复位。陕西大旱，张养浩往陕西赈灾，途中写下名曲《潼关怀古》。卒于救灾任上。曲家曹元用、金仁杰、廖毅、陈无妄卒。
至顺元年(1330)	钟嗣成名作《录鬼簿》初稿成。曲家朱凯为之作序。刘时中名曲《上高监司》成。曲家孛罗卒。范梈卒。
至顺三年(1332)	元文宗卒，懿璘质班立，为元宁宗。宁宗卒，妥懽帖睦尔即位，即元惠宗。李泂卒。
元统二年(1334)	曲家周文质卒。顾瑛与张翥、柯九思等相交。
至元元年(1335)	曹鉴卒。郭天锡卒。诗人丁鹤年生。
至元二年(1336)	蒲道源卒。诗人高启生。
至元三年(1337)	禁止汉人学蒙古、色目文字。伯颜专权，请杀张、王、李、赵、刘五姓汉人，未得实现。民谣“天雨线，民起怨，中原地，事必变”广泛传播。
至元五年(1339)	曹德名作《长门柳》出，讥讽伯颜，震动一时。
至正元年(1341)	孔学诗卒。瞿佑生。
至正二年(1342)	张雨、倪瓒、柯九思、张翥、李孝光等相聚吟诗、作画。
至正三年(1343)	曲家贾仲明生。柯九思卒。
至正五年(1345)	《辽史》《金史》《宋史》成。《录鬼簿》最后修改稿成。钟嗣成、朱凯、乔吉、张可久、王晔等人合编《包罗天地》。乔吉卒。

续表

年代	事件
至正八年(1348)	顾瑛家园为文士聚会之所。杨维桢、倪瓒、张雨、李孝光等多人常至咏诗,遂成《玉山草堂雅集》。杨维桢又倡《竹枝词》,数十人赓和,遂成《西湖竹枝集》。
至正十一年(1351)	刘福通等拥白莲教首领韩山童起义,头裹红巾为记,天下响应。杨朝英第二部散曲总集《太平乐府》编成。
至正十二年(1352)	朱元璋从郭子兴起兵。
至正十三年(1353)	张士诚起兵。
至正十四年(1354)	黄公望、吴镇卒。
至正十五年(1355)	刘福通迎韩林儿为帝,号"小明王"。建国号"宋"。都亳州。朱元璋附韩林儿。夏伯和《青楼集》成。
至正二十年(1360)	元军与红巾军战。刘基投朱元璋。曲家郏经为《录鬼簿》题跋。
至正二十四年(1364)	朱元璋称"吴王",置百官,用韩林儿"龙凤"年号。全国陷于战乱。
至正二十五年(1365)	周德清、柯九思卒。
至正二十七年(1367)	朱元璋称"吴元年",开科取士。元皇太子爱猷识理达腊总天下兵马,但大势已去。张士诚兵败自缢。朱元璋引兵北进。
至正二十八年(1368)	元惠宗北逃至开平。朱元璋称帝。定国号"明",建元"洪武"。史称明太祖。元朝实亡。
明洪武三年(1370)	元惠宗卒。爱猷识理达腊继位于应昌,为元昭宗。改元"宣光"。明军攻应昌,昭宗又北逃。其后妃及皇孙、百官数百人皆被俘。明军继续进击,直追至漠北。明《大明集礼》成,开科取士。杨维桢卒。

主要参考文献

1. 臧晋叔编:《元曲选》:中华书局 1958 年版。

2. 隋树森编:《元曲选外编》:中华书局 1959 年版。

3. 隋树森编:《全元散曲》:中华书局 1964 年版。

4. 徐征等主编:《全元曲》:河北教育出版社 1998 年版。

5. 张月中主编:《元曲通融》:山西古籍出版社 1999 年版。

6. 中国戏曲研究院编:《中国古典戏曲论著集成》:中国戏剧出版社 1959 年版。

7. 秦学人、侯作卿编著:《中国古典编剧理论资料汇辑》:中国戏剧出版社 1984 年版。

8. 奚海著:《元杂剧论》:河北教育出版社 2001 年版。

9. 门岿著:《元曲百家议论》:教育科学出版社 1990 年版。

10. 门岿著:《元曲管窥》:天津人民出版社 1993 年版。

11. 陈多、叶长海选注:《中国历代剧论选注》:湖南文艺出版社 1987 年版。

12. 唐振景、张国伟主编:《首届元曲国际研讨会论文集》:河北教育出版社 1994 年版。

13. 邵曾祺编著:《元明北杂剧总目考略》:中州古籍出版社 1985 年版。

14. 王国维撰:《宋元戏曲史》:上海古籍出版社 1998 年版。

15. 郑振铎著:《中国俗文学史》:商务印书馆 1938 年版。

16. 王文才编著:《元曲纪事》:人民文学出版社 1985 年版。

17. 赵义山著:《元散曲通论》:巴蜀书社 1993 年版。

18. 王季思、洪柏昭等选注:《元散曲选注》:北京出版社 1981 年版。

19. 谢伯阳主编:《散曲研究与教学》:浙江教育出版社 1992 年版。

20. 门岿主编:《中国古典诗歌的晚晖——散曲》:天津古籍出版社 1994 年版。

21. 门岿著:《戏曲文学:语言托起的综合艺术》:广西师范大学出版社 2000 年版。

22. 彭飞著:《中国的戏剧》:中国青年出版社 1986 年版。

23. 张月中、卢彬主编:《关汉卿研究新论》:花山文艺出版社 1989 年版。

24. 张月中、卢彬、刘鹏主编:《关汉卿研究精华》:花山文艺出版社 1990 年版。

25. 胡世厚著:《白朴论考》:中州古籍出版社 1991 年版。

26. 杨镰著:《贯云石评传》:新疆人民出版社 1983 年版。

27. 胥惠民、张玉声、杨镰辑注:《贯云石作品辑注》:新疆人民出版社 1986 年版。

28. 刘大杰著:《中国文学发展史》:上海古籍出版社 1982 年版。

29. 游国恩等主编:《中国文学史》:人民文学出版社 1963 年版。

30. 中国社会科学院文学研究所、中国文学史编写组编:《中国文学史》:人民文学出版社 1962 年版。

31. 张庚、郭汉城主编:《中国戏曲通史》:中国戏剧出版社 1980 年版。

32. 李昌集著:《中国古代散曲史》:华东师范大学出版社 1991

年版。

33. 许金榜著:《中国戏曲文学史》:中国文学出版社 1994 年版。

34. 邓绍基主编:《元代文学史》:人民文学出版社 1991 年版。

35. 蒙思明著:《元代社会阶级制度》:中华书局 1980 年版。

36. 么书仪著:《元代文人心态》:文化艺术出版社 1993 年版。

37. 袁世硕主编:《元曲百科辞典》:山东教育出版社 1989 年版。

38. 卜键主编:《元曲百科大辞典》:学苑出版社 1992 年版。

39. 贺新辉主编:《元曲鉴赏辞典》:中国妇女出版社 1988 年版。

40. 蒋星煜主编:《元曲鉴赏辞典》:上海辞书出版社 1990 年版。